dtv Reihe Hanser

DEBBI MICHIKO FLORENCE

Gib deinem Glück eine Chance, Keiko Carter

Aus dem Englischen von
Ilse Rothfuss

dtv

Ausführliche Informationen über
unsere Autorinnen und Autoren und ihre Bücher
finden Sie unter www.dtv.de

MIX
Papier aus verantwortungsvollen Quellen
FSC® C083411

1. Auflage 2021

Published by arrangement with Rights People, London
Titel der Originalausgabe: Keep it together, Keiko Carter
(Scholastic Press, an imprint of Scholastic Inc., New York, 2018)

Umschlaggestaltung: dtv nach einer Vorlage von Stephanie Yan
Umschlagfotografie: Michael Frost
Gesetzt aus der Berling
Satz: Gaby Michel, Hamburg
Druck und Bindung: CPI books GmbH, Leck
Printed in Germany · ISBN 978-3-423-65035-9

Für Jo Knowles und Cindy Faughnan –
Schreibpartnerinnen und liebe Freundinnen.
Ihr seid besser als Schokolade.

1

Schokolade ist nicht immer gleich, wie die meisten Leute glauben. Schokolade kann buttrig oder bittersüß sein, bröckelig oder cremig. Einige Schokoladen haben eine Kirsch-, Kaffee- oder Vanillenote. Meine Freundschaft mit meinen beiden besten Freundinnen war wie die teuerste, feinste Qualitätsschokolade, süß und schmelzend. Oder wenigstens war sie das früher mal. Jetzt war ich mir nicht mehr so sicher, und ich konnte nur hoffen, dass sich alles bald wieder einrenkte.

Ich hatte auch bereits einen Plan im Kopf. Wir würden uns zu dritt treffen, an einem Ort, den wir alle liebten, und über die vielen schönen Dinge reden, die im Sommer passiert waren. Wir würden miteinander lachen wie beste Freundinnen, uns gegenseitig aufziehen wie beste Freundinnen. Und natürlich würden wir uns die Köpfe über die siebte Klasse heiß reden, in die wir jetzt kommen würden.

»Audrey, mach schon!« Ungeduldig klopfte ich an das Fliegengitter an der Haustür meiner besten Freundin. Ich wollte nicht reingehen, weil es dann noch länger dauern würde, bis ich sie aus dem Haus gelockt hatte. Ich warf mir ein paar M&Ms in den Mund und spürte, wie meine Schultern sich entspannten, als ich die Zuckerhülle zerbiss und die samtige Schokolade in meinem Mund schmolz.

Nach einer Weile hörte ich Schritte. Ich wich zur Seite, als sie endlich die Tür aufstieß und herauskam.

»Wozu die Eile, Keiko?« Audrey wischte mit ihren Händen über ihr weißes T-Shirt, dann tastete sie die hintere Tasche ihrer pinkfarbenen Shorts nach ihrem Telefon ab.

»Freust du dich nicht auf Jenna?«, fragte ich.

Jenna Sakai war unsere andere beste Freundin. Nach der Scheidung ihrer Eltern war Jennas Dad letztes Jahr nach Texas umgezogen, und Jenna hatte den Sommer zum ersten Mal in den vergangenen drei Jahren getrennt von uns verbracht.

Audreys Haare, von der Farbe heller Milchschokolade, fielen in weichen Wellen über ihre Schultern – sie trug jetzt keinen Pferdeschwanz mehr. »Freuen? Warum? Jenna hat uns den ganzen Sommer über komplett ignoriert.«

»Nicht komplett«, sagte ich. Anfangs hatten wir die besten Absichten gehabt und uns so oft wie möglich geschrieben, aber mit der Zeit wurde es schwieriger, den Kontakt zu halten. Zum Teil auch, weil ich Jenna nicht immer alles, was wir ohne sie zusammen machten, unter die Nase reiben wollte. Vielleicht saß sie den ganzen Sommer allein in der Wohnung ihres Vaters herum, wenn er im Büro war.

»Sie hat uns einfach irgendwann nicht mehr geschrieben.« Audrey trug Lipgloss auf statt farblosen Lippenbalsam wie noch im Sommer. Ihre Lippen glänzten und rochen nach Erdbeeren.

»Na und? Wir haben ihr auch nicht mehr geschrieben.«

Audrey schwenkte ihre Hand herum. »Aber Jenna hat als Erste damit aufgehört.«

»Sei nicht sauer, Audrey«, bat ich, obwohl ich in Wahrheit gern gesagt hätte: Verdirb uns bloß nicht die Wiedersehensfreude.

Ich stand auf und ging die Treppe hinunter, um Audrey endlich auf Trab zu bringen. Irgendwann in diesem Sommer hatte sie verkündet, Radfahren sei unter unserer Würde, nachdem wir jetzt Teenager seien. In ein paar Monaten wurden wir beide dreizehn – Audrey im November, ich im Februar. Wir hatten zwei Wochen zu Hause herumgesessen, dann hatten wir unsere Eltern angebettelt, uns mit dem Bus fahren zu lassen. Sie waren einverstanden, aber die Erlaubnis galt nur für die Hin- und Rückfahrt zum *Courtyard,* dem angesagten Outdoor-Shopping-Center in der City, und auch nur tagsüber und wenn wir vorher gefragt hatten. Das erste Mal war unglaublich spannend gewesen. Audrey hatte alles haarklein kommentiert, vom Warten an der Bushaltestelle bis zu der Fahrt auf den harten Busbänken. Und vor jedem Laden, in den wir gingen, machte sie ein Selfie von uns. Später druckte sie die Fotos aus und bastelte eine Collage für mich daraus, die ich in meinem Zimmer aufgehängt hatte.

In fünfzehn Minuten ging der Bus, und ich hatte das

dumpfe Gefühl, dass Audrey ihn absichtlich verpassen wollte.

Anfangs war es komisch gewesen, so ganz ohne Jenna. Wir hatten immer alles zu dritt gemacht, waren durch unser Viertel geradelt, hatten Spiele bei mir zu Hause gemacht und Filme bei Audrey angesehen. In der ersten Zeit hatten Audrey und ich Jenna alles erzählt, damit sie sich nicht ausgeschlossen fühlte. Audrey hatte sogar ein Foto von Jennas Gesicht vergrößert und auf einen Stick gespießt, damit wir Selfies mit ihr zusammen machen konnten, als wäre Jenna noch bei uns. Aber Jennas Antworten fielen immer ziemlich kurz aus, und ab Juli reagierte sie manchmal tagelang gar nicht mehr. Im August hörte sie ganz zu schreiben auf, genau wie Audrey – Jenna sei egoistisch, behauptete sie, und ihr liege nichts an uns. Ich glaubte das keine Sekunde lang. Jenna hatte nie viel gechattet, auch schon vor diesem Sommer, und keinerlei Interesse an sozialen Medien. Sie war einfach anders als Audrey. Audrey war wie eine Tüte *Hershey's Kisses* und Jenna wie eine Minitafel extradunkle Schokolade.

»Na toll«, murmelte Audrey vor sich hin, während sie mir die Verandatreppe hinunterfolgte.

Bevor ich sie fragen konnte, was das heißen sollte, drang der hässlichste Laut der Welt an mein Ohr.

»Ey, die Pfannkuchen-Zwillinge«, grölte Audreys Bruder Conner, der mit seinen bescheuerten Freunden Doug Nolan und Teddy Chen die Straße entlangstolzierte. Sie waren ein Jahr älter als wir, benahmen sich aber wie Kleinkinder.

Ich verschränkte meine Arme, etwas, das ich in letzter Zeit ziemlich oft machte. Wie ein geölter Blitz schoss Audrey an mir vorbei und ich hinterher, obwohl sie den längeren Weg zur Bushaltestelle nahm. Aber keine von uns wollte mit diesen Blödmännern zusammentreffen, wenn es sich irgendwie vermeiden ließ.

»Diese Idioten«, keuchte Audrey. »Mir wird schlecht bei der Vorstellung, dass wir sie jetzt auch noch in der Schule sehen müssen.«

Also in genau zwei Tagen. In der Pacific Vista Middle hatten wir Sechstklässler ein getrenntes Gebäude und andere Mittagspausen gehabt, sodass wir Conner und seiner Clique nie begegnet waren. Aber jetzt, in der Siebten, würde sich das ändern.

»Das Schulgelände ist groß«, tröstete ich Audrey. »Und die Chancen, dass wir Conner in die Arme laufen, sind minimal. Wir müssen nur auschecken, wo er mittags rumhängt, und ihm dann aus dem Weg gehen.«

Ich ließ meine Arme herunterfallen und schwang sie stattdessen hin und her, um mit Audrey Schritt zu halten. Wenigstens würden wir jetzt den Bus nicht verpassen. Mir taten schon die Beine weh, so verbissen stampften wir über den Gehsteig – fast, als wäre es Conners blödes Gesicht. Wie konnten Achtklässler nur so unreif sein? Letztes Jahr hatte Doug für Audrey, Jenna und mich den

Spitznamen »Die Große Mauer« erfunden, ein superlahmer Witz, weil wir ja nicht mal Chinesinnen waren. Jenna hatte japanische Wurzeln, ich halb japanische, und Audrey stammte von Engländern, Iren und Franzosen ab.

Im Bus vertiefte Audrey sich in ihr Smartphone und chattete mit ihrer Cousine Sylvia, die in San Francisco lebte und in der Highschool war. Für Audrey war Sylvia neuerdings die Expertin in allen Dingen – von Mode bis Liebe.

Drei Haltestellen weiter stiegen wir am *Courtyard* aus. Es war toll, dort herumzuschlendern und zu shoppen, weil die Läden alle im Freien waren, zwischen Palmen und blühenden Pflanzen, Wasserfontänen und gefliesten Wegen. Nur Schokoladengeschäfte gab es nicht, was in meinen Augen eine echte Katastrophe war.

Wir gingen zu unserem üblichen Treffpunkt vor *Heart & Soul,* dem koreanischen Imbissstand. Audrey schrieb im Gehen weiter. Seit sie in der Sechsten ein Smartphone bekommen hatte, hing sie pausenlos am Telefon, chattete mit Leuten oder klickte sich durch irgendwelche Promi-Seiten. Anfangs war mir das auf die Nerven gegangen, vor allem, weil ich noch monatelang auf ein eigenes Handy warten musste, aber inzwischen hatte ich mich daran gewöhnt. Ich reckte den Hals, um über das Gedränge hinwegzuspähen – überall Familien und Schüler, die für das neue Schuljahr einkauften und sich gegenseitig mit ihren Plastiktüten und gigantischen Shoppern behinderten.

»Da ist sie!«, rief ich und stieß Audrey an.

Jenna stand neben einer Bank beim *Heart & Soul*. Ihr schulterlanges Haar war neonblau, nicht mehr schwarz mit einem pinkfarbenen Streifen, so wie im Juni. Ansonsten sah sie wie immer aus – verwaschene Jeans und Angry-Little-Asian-Girl-T-Shirt.

Als wir zu ihr kamen, stürzte ich mich buchstäblich auf sie vor lauter Freude. Aber ich nahm mich schnell wieder zurück, weil Jenna kein Typ war, der seine Gefühle offen zeigte.

»Einmal umarmen«, sagte sie, schlang aber dann zu meiner Überraschung ihre Arme um Audrey *und* mich und drückte uns. Das Ganze war vorbei, ehe ich auch nur blinzeln konnte, aber ich nahm es als gutes Zeichen.

»Wow«, stieß ich hervor, und mir ging das Herz auf vor Erleichterung und Glück. »Du musst uns ja wirklich vermisst haben.«

Audrey sagte nichts, starrte nur auf ihr Handy. Als ich ihren verkniffenen Mund sah, wurde mir flau im Magen. Jenna freute sich ehrlich, dass wir wieder zusammen waren, und Audrey stand da, als wünschte sie sich weit weg.

»Und? Wie war's in Texas?«, fragte ich, um das Schweigen zu brechen. »Ziemlich anders als in Kalifornien, oder?«

Jenna setzte sich auf die Bank und zuckte mit den Schultern. »Anders. Ja.« Sie kramte in ihrer armeegrünen Kuriertasche. »Hab euch was mitgebracht.«

Audrey horchte auf. »Ehrlich?« Sie setzte sich neben Jenna, lächelte endlich und steckte ihr Handy weg.

»Das ist für Keiko.« Jenna hielt mir eine Tafel Schokolade hin.

»Extradunkel, aus Einzelbohnen«, las ich von der Hülle ab. »Aus Madagaskar! Wow! Danke!«

Jenna grinste. »Ist nicht so schwer, dich glücklich zu machen.«

Audrey trat die ganze Zeit von einem Fuß auf den anderen. Ihre Hände flatterten, und sie versuchte vergeblich, ihre Ungeduld zu bezähmen.

Jenna reichte ihr eine kleine Schachtel. Ich setzte mich auf Jennas andere Seite, während Audrey den Deckel herunterriss. Sie schnappte nach Luft, dann zog sie eine kompakte pinkfarbene Metallkassette hervor. »Wahnsinn!«

»Damit du deinen USB-Stick nicht mehr in deiner Tamponbox verstecken musst«, sagte Jenna.

»Ach, da fällt mir ein …«, fing Audrey an und zeigte auf mich. »Sag's ihr, Keiko.«

»Ich habe auch meine Tage bekommen, kaum zwei Wochen nachdem du weg warst«, verkündete ich mit einigem Stolz. Audrey, die ihre schon seit der Sechsten hatte, hatte mich allerdings vorgewarnt, dass es eine Weile dauern könne, bis die Periode regelmäßig kommen würde. Und bisher hatte ich auch noch keine zweite gehabt.

Jenna sah mich mit hochgezogenen Augenbrauen an.

»Das ist doch nichts, was man über WhatsApp verbreitet«, verteidigte ich mich. »Und du? Hast du sie auch?«

Jennas Gesicht lief knallrot an, und sie schüttelte einmal den Kopf. Ich wusste nicht genau, was das heißen sollte: dass sie sie noch nicht hatte oder dass sie nicht darüber reden wollte? In solchen Dingen war sie ziemlich zugeknöpft.

»Oh, Jenna, das ist so toll!« Audrey öffnete die Kassette. »Ich hatte immer Angst, dass Mom irgendwann den ganzen Krempel unter dem Waschbecken einfach wegwirft, wenn sie einen ihrer seltenen, aber gründlichen Putzanfälle bekommt.«

Audrey musste sich einen Computer mit ihrem schrecklichen Bruder teilen. Und weil sie seit einiger Zeit ein Tagebuch führte, in dem sie alle ihre wichtigen Erlebnisse und Gedanken festhielt, musste sie befürchten, dass Conner ihre Notizen finden und gegen sie verwenden würde. Deshalb hatte sie alles auf einen USB-Stick gespeichert, den sie in einer Tamponbox in ihrem gemeinsamen Badezimmer aufbewahrte. Ein geniales Versteck, das musste man ihr lassen.

»Danke, Jenna«, sagte sie jetzt.

Jenna lächelte. Ich stieß sie an, und sie stieß mich zurück.

Erleichterung durchströmte mich. Unser Wiedersehen lief perfekt. Wir drei wieder zusammen, ohne ungute Gefühle, nachdem wir so lange getrennt gewesen waren. Ein

Sommer zu dritt wäre natürlich schöner gewesen, aber ich hatte trotzdem jede Menge Spaß mit Audrey gehabt. Wir hatten tolle Filme gesehen und stundenlang über unser neues Leben in der Siebten geredet, und Audrey hatte mir unzählige Maniküren verpasst. Der Gedanke rief ein paar heftige Gewissensbisse in mir wach, aber ich verdrängte sie schnell wieder. Ich wollte diesen Moment in vollen Zügen auskosten. Audrey fummelte an Jennas Geschenk herum, ein Lächeln um ihre lipglossschimmernden Lippen, und Jenna und ich lehnten uns mit den Schultern aneinander. Nichts sollte diesen Augenblick trüben.

»Ich muss euch was erzählen – was Cooles«, sagte Jenna plötzlich.

2

Ich drehte mich mit großen Augen zu ihr um. »Echt jetzt? Und was?«

»Warte!« Audrey sprang auf und hielt eine Hand hoch. »Erst das Thema.«

Alle beide drehten sich zu mir um, weil ich jedes Jahr ein Thema für uns festlegte. In einem Jahr hatten wir zum Beispiel Sticker gesammelt und getauscht, nachdem ich es zum Jahr der Sticker erklärt hatte. In der Sechsten hatte ich Hayao Miyazaki als Thema gewählt, und wir hatten uns möglichst viele Miyazaki-Filme angesehen und die Figuren dazu gesammelt. Ich fand *Mein Nachbar Totoro* am besten, Jenna *Prinzessin Mononoke,* und Audrey hatte sich in *Kikis kleiner Lieferservice* verliebt.

»Also, dieses Jahr werden wir dreizehn«, fing ich an.

»Das wissen wir doch«, fiel Audrey mir ins Wort.

»Lass Keiko zu Ende reden«, sagte Jenna, unbeeindruckt von den Blicken, die Audrey ihr zuwarf.

Ich räusperte mich. »Und in der Siebten können wir uns jede Arbeitsgruppe oder jeden Club aussuchen, auf den wir Lust haben.« In der Sechsten hatten wir nur an Sechstklässler-Aktivitäten teilnehmen dürfen. »Unser diesjähriges Motto lautet: Erfahrungen sammeln! Jede von uns wählt etwas Bestimmtes aus, und die anderen machen mit. Dann sind wir in drei Clubs zusammen und können dort gemeinsam Erfahrungen sammeln und neue Abenteuer erleben.«

»Cool«, sagte Jenna.

»Nein, nein, wartet mal!« Audrey schwenkte ihre Hände in der Luft herum.

Jenna und ich sahen sie an.

»Dein Erfahrungsthema ist gut«, fing sie an. »Ich finde es toll, wenn wir zusammen Abenteuer erleben. Aber ich weiß noch was viel Spannenderes als Arbeitsgruppen und Clubs oder so was.«

»Und was?«, fragte ich.

»Jungs!« Audrey drückte ihre Hände auf ihre Brust.

Ich blinzelte sie an, weil es mir einen Augenblick die Sprache verschlug.

»Was soll das denn für ein Thema sein?«, protestierte Jenna. »Außerdem gibt Keiko die Themen vor, und ihres ist super.«

Audrey ließ ihre Hände fallen und runzelte die Stirn.

»Nein, nein.« Ich stellte mich schnell auf Audreys Seite. Nachdem sie Jenna gegenüber endlich aufgetaut war, sollte das auch so bleiben. »Alles gut. Mir gefällt das Thema.«

»Ach, wirklich?« Jenna zog die Augenbrauen hoch.

»Ja. Ich meine, überleg doch mal«, sagte ich. »Wir drei mit unserem ersten Freund!« So langsam erwärmte ich mich für Audreys Vorschlag. »Zusammen! Wir könnten

Dreier-Dates haben und uns gemeinsam zum Ausgehen fertig machen. Wir suchen unsere Outfits zusammen aus und sprechen hinterher alles durch. So wie in Audreys Teenie-Zeitschriften.«

Audrey hakte sich bei mir ein. »Siehst du? Keiko ist auf meiner Seite!«

Audrey war schon immer auf Jungs fixiert gewesen, und ich hatte längst den Überblick verloren, wie oft sie sich seit der Fünften verknallt hatte. Bei mir hatte es erst im Sommer angefangen, dass ich plötzlich so ein seltsames Flattern im Bauch spürte, wenn ich einen bestimmten Jungen sah – als hätte ich zu viel Schokolade gegessen. Zum Beispiel der supersüße Typ, der im Sommer bei *Heart & Soul* gejobbt hatte. Audrey hatte ihn gefragt, auf welche Schule er ging, weil sie mich mit ihm in Kontakt bringen wollte. Ich wusste gar nicht, wo ich hinschauen sollte, so verlegen war ich, aber als ich dann hörte, dass er aus Seattle kam und nur den Sommer über dablieb, war ich trotzdem enttäuscht.

Bei dem Gedanken an einen Freund wurde ich innerlich ganz weich und warm – ich schmolz dahin wie Milchschokolade. Aber Jenna wollte sicher nichts davon wissen. Sie war kopfgesteuert und nüchtern, die typische Einserschülerin. Ich hielt den Atem an, wartete auf ihren Protest, aber sie zuckte nur mit den Schultern.

»Wir können uns doch trotzdem für dieselben AGs bewerben«, schlug ich als Kompromisslösung vor.

»Die Welt liegt uns zu Füßen«, verkündete Audrey theatralisch und brachte mich damit zum Lachen. Ich drehte mich zu Jenna um, die ihren Mund zu einem knappen Lächeln verzog.

In der Sechsten hatte unsere Englischlehrerin eine Kampagne gegen abgedroschene Redensarten und Klischees aller Art ins Leben gerufen, was Audrey dazu angestachelt hatte, erst recht welche zu verwenden. Allerdings nicht vor der Lehrerin.

»Gut, dann haben wir jetzt unser Thema und können uns wichtigeren Dingen zuwenden! Was hast du den ganzen Sommer über gemacht, Jenna?«, fragte ich.

»Nicht viel.«

»Du hast eine Menge verpasst«, warf Audrey schnell ein. »Conner war ein paarmal campen, und wir hatten das ganze Haus für uns allein. Keiko durfte vier Nächte hintereinander bei mir zu Hause schlafen, und das gleich zweimal in diesem Sommer. Wir waren wie Schwestern, oder, Keiko?« Audrey lächelte mir zu. »Ich würde Conner jederzeit gegen dich eintauschen.«

Ich grinste. »Und jetzt sind wir wieder alle zusammen! Das wird ein tolles Jahr!«

»Oooh!«, rief Audrey und zerrte uns lachend hinter sich her. »Ich habe eine super Idee – lasst uns Kleider probieren!«

»Ich brauche nichts mehr«, sagte Jenna.

Audrey starrte sie an. »Was? *Du* warst shoppen?«

Jenna war schon immer der absolute Modemuffel gewesen.

»Dad hat irrsinnig viel Geld für mich ausgegeben«, sagte sie und nahm ihre Kuriertasche über die Schulter. »Als könnten neue Kleider und ein Laptop mich dafür entschädigen, dass er nicht mehr zu Hause ist.«

Jenna sprach nicht oft über die Scheidung ihrer Eltern, und wenn, wusste ich nie, wie ich darauf reagieren sollte. Es tat weh, sie so traurig zu sehen.

»Was? Einen neuen Laptop hast du auch noch bekommen?« Audreys Stimme triefte vor Neid. Sie hatte in fast allen Dingen ein unbeschränktes Budget, aber ein eigener Computer gehörte nicht dazu.

»Aber egal. Es macht nichts, wenn du schon Kleider gekauft hast, Jenna, weil es ja nicht für die Schule ist. Nicht wirklich.« Audrey schnippte mit den Fingern. »Mir nach, Ladys.«

Jenna und ich trotteten hinter ihr her, bis sie vor einer kleinen Boutique namens *Whispers* anhielt. In der Auslage waren ein paar kopflose Schaufensterpuppen mit paillettenbesetzten Abendkleidern zu sehen, die eher auf unsere Mütter zugeschnitten waren als auf uns.

»Also, kommt schon«, sagte Audrey grinsend und ging in den Laden.

Eine kleine Ladenglocke klimperte, und ein eisiger Luftzug schlug uns beim Eintreten entgegen. Audrey durchkämmte einen Ständer mit Abendkleidern.

Ich drehte mich zu Jenna um, die ihre Tasche von einer Schulter auf die andere hievte. »Du wolltest uns doch was sagen?«

Jenna lächelte und nickte.

»Wie findet ihr die hier?« Audrey hielt ein paar Kleider hoch, die so teuer und protzig aussahen, dass ich nie danach gegriffen hätte. Eins davon war mit glitzernden Perlen bestickt und sah unglaublich schwer aus.

»Hm, ganz hübsch?« Ich hatte keine Ahnung, worauf Audrey hinauswollte.

»Los, kommt. Wir probieren sie mal an.« Audrey scheuchte uns in die größte Umkleidekabine, nachdem die Verkäuferin hinter der Theke zustimmend genickt hatte.

»Was machen wir hier eigentlich?«, fragte ich, als sie den Vorhang hinter uns zuzog. »Oder willst du mir erzählen, dass wir so was in der Siebten tragen müssen?«

»Ich sage nur Herbstball.« Audrey lächelte triumphierend.

In der PV Middle fanden jedes Jahr zwei Bälle für die Siebt- und Achtklässler statt, der Herbst- und der Frühlingsball. Beide Veranstaltungen dienten dem Zweck, Spenden für Bibliotheksbücher oder Basketballtrikots und dergleichen zu sammeln.

»Hab ich das jetzt richtig verstanden?«, sagte ich. »Das hier sollen unsere Kleider für den Herbstball sein?«

Audrey nickte.

»Aber müssen wir nicht erst einen Partner finden?« Ich warf Jenna einen vielsagenden Blick zu, in der Hoffnung, dass sie mir Rückendeckung geben würde. Stattdessen studierte sie zwei Kleider, die direkt vor ihrer Nase hingen.

»Ja, klar!«, sagte Audrey. »Das gehört doch zu unserem Plan, Keks.«

»Nenn mich nicht so.« Ich runzelte die Stirn.

»Warum? Das ist doch der Spitzname, den *ich* dir gegeben habe!«

»Ja, in der ersten Klasse.« Audrey hatte Keiko zu Keks abgekürzt – weil sie mich so süß fand –, und das gefiel mir. Bis Conner mir den Namen total vergällt hatte, weil er mir bei jeder Gelegenheit Scherzkeks und Hundekeks oder was auch immer hinterherrief.

»Okay, du hast recht«, sagte Audrey. »Schluss mit dem Kinderkram. Das passt nicht mehr in unser glamouröses neues Teenager-Leben. Wenn wir es schaffen, uns einen Freund zu angeln, gehen wir zum Herbstball.«

»Und wenn wir nicht so schnell einen finden?«, wandte ich ein. »Brauchen wir nicht einen Plan? Also ungefähr so: Im September checken wir unsere Chancen aus. Im Oktober und November lernen wir dann vielleicht jemand kennen, der infrage kommt. Und wenn alles gut geht, haben wir bis Weihnachten einen richtigen Freund. Vielleicht ist es besser, wenn wir den Frühlingsball anpeilen.« Das schien mir realistischer.

»Kommt nicht infrage. Ich vergeude doch nicht das ganze Schuljahr ohne Date«, sagte Audrey. »Probier einfach mal die Kleider an, Keiko. Nur so zum Spaß.«

Ich drehte mich Hilfe suchend zu Jenna um, die aber bereits ihre Jeans und ihr T-Shirt herunterzerrte.

»Mit diesen Sport-BHs siehst du nur noch flacher aus«, belehrte Audrey sie. Und wahrscheinlich hätte sie weitergemacht, wenn Jenna sie nicht mit einem Blick zum Schweigen gebracht hätte.

Ich drehte mich zur Wand, als ich mein Hoodie auszog und mir das nächstbeste Kleid schnappte. Ich war schließlich umkleidetrainiert. Aber dann ging der Reißverschluss an dem Kleid nicht ganz zu. Ich betrachtete mich im Spiegel. Das Hellblau sah schön aus zu meinem dunkelbraunen Haar. Und die Glitzerperlen gefielen mir auch irgendwie. Audrey hatte ihre Stilsicherheit sogar in dieser Boutique für erwachsene Frauen bewiesen. Trotzdem fühlte ich mich nackt mit den Spaghetti-Trägern. Und obwohl das Kleid eng an meinem Körper anlag, konnte ich mich nicht vorbeugen, ohne dass mein Zwölf-Dollar-BH aus der Teenie-Abteilung zum Vorschein kam. Der BH selbst klaffte weit auf und zeigte ziemlich viel von meiner Haut.

Ich legte eine Hand über meinen Ausschnitt. Jenna hatte ihr erstes Kleid bereits wieder abgestreift, ein cooles schwarzes Slinky-Teil, und zog den Reißverschluss des zweiten zu. Aber der Herzausschnitt passte überhaupt nicht zu ihrer athletischen Figur. Sie fing meinen Blick im Spiegel auf, und ihre Lippen zuckten. Ich unterdrückte ein Kichern.

Audrey drehte sich zu uns um, in einem blassrosa Abendkleid, das wie angegossen saß. Sie sah aus wie eine Ballerina.

»Oh, Audrey«, sagte ich. »Das sieht aber schön an dir aus. Wie viel kostet es?«

Audrey warf einen Blick auf das Preisschild und schnappte nach Luft. »Fünfhundert!«

»Dollar?«, quiekte Jenna. Vorsichtig zog sie ihr Kleid wieder aus, als hätte sie Angst, etwas kaputt zu machen. Ich folgte ihrem Beispiel, indem ich mich im Schneckentempo aus meinem herausschälte.

Als ich das Kleid aufhängte, hörte ich Audrey schniefen.

»Mach dir nichts draus«, sagte ich. »Wir haben noch so viel Zeit. Wir suchen uns als Erstes einen Freund, und dann kommen die perfekten Ballkleider an die Reihe.«

Wir kehrten der Boutique mit den überteuerten Luxus-Klamotten den Rücken und gingen zu unserem Lieblingstreff, der großen Wasserfontäne mit den bequemen Sesseln ringsherum. Audrey und ich setzten uns auf eine Korbcouch unter einem grünblauen Sonnenschirm. Aber noch bevor mein Hintern auf dem blau gestreiften Kissen auftraf, bereute ich diese unglückliche Wahl. Jenna stand vor drei orangefarbenen Sesseln und verschränkte herausfordernd die Arme.

Ich winkte sie herüber und sagte: »Ich wollte lieber im Schatten sitzen.« Dann rückte ich beiseite, und Jenna setzte sich neben mich. Es war ziemlich eng. Früher, als wir noch zu dritt herumgezogen waren, hatten wir die Sesselgruppe direkt am Brunnen in Beschlag genommen. Aber Audrey und ich hatten uns im Sommer diese Couch ausgeguckt, und erst jetzt merkte ich, dass sie für drei viel zu unbequem war. Ich konnte nur hoffen, dass Audrey keine dumme Bemerkung darüber machen würde. Jenna sollte sich auf keinen Fall ausgeschlossen fühlen.

»Hast du im Sommer irgendwelche guten Filme gesehen?«, fragte ich Jenna und zog meinen Arm vorsichtig auf den Schoß, um sie nicht ständig mit dem Ellbogen anzustoßen. Es war zu anstrengend, mein Gesicht zu ihr umzudrehen, also saßen wir alle drei nur wie versteinert da und starrten geradeaus.

Ich spürte, dass Jenna mit den Schultern zuckte.

Audrey beugte sich vor, um etwas mehr Platz zu machen. »Wir haben jede Menge gesehen, und nicht nur im Kino, sondern vor allem bei mir zu Hause«, ließ sie Jenna wissen. »Du erinnerst dich doch sicher, dass Keks, ähm … sorry … Keiko immer diese alten Schwarz-Weiß-Filme ansehen wollte? Ich habe ihr viel bessere Retro-Filme gezeigt, aus den Achtzigern.«

»Zum Beispiel?«, fragte Jenna.

»Filme von John Hughes. *Der Frühstücksclub* war super, aber ich glaube, Keiko fand *Pretty in Pink* am besten.«

»Nie davon gehört«, sagte Jenna leise.

»Wir können sie noch mal zu dritt anschauen«, schlug ich vor. »Oder auch andere. Wir haben nicht alle gesehen.«

Ich liebte meine alten Schwarz-Weiß-Filme immer noch, auch wenn Audrey sie langweilig fand. Aber die vom Sommer gefielen mir auch. Audrey hatte recht, *Pretty in Pink* war der beste. Die Hauptfigur darin, ein Mädchen namens Andie, steht zwischen zwei Jungs – ihrem besten Freund Duckie, der ziemlich verrückt, aber witzig ist, und einem reichen Typ namens Blane, der mit einer Clique von arroganten Schnöseln herumzieht. Als Blane sie wegen seiner bescheuerten Freunde abblitzen lässt und ihre Gefühle verletzt, merkt er plötzlich, dass er einen Fehler gemacht hat. Es war so romantisch, wie er sich auf dem Schulball bei ihr entschuldigt und ihr seine Liebe gesteht. Am Ende kommt dann der perfekte Kuss.

Genau das wollte ich. Wenn Audreys Herbstballpläne aufgingen, wollte ich einen romantischen Jungen und den perfekten Kuss.

3

Wir beobachteten eine Weile die Leute, die an uns vorbeischlenderten, und saßen in vertrautem Schweigen zusammen, wie nur gute Freunde es können. Die warme Luft wehte uns den Geruch von Sonnenmilch und Rosen in die Nase.

»Also«, sagte Audrey, während sie aufstand und sich auf einen niedrigen Tisch vor der Korbcouch hockte. »Was für Jungs wollt ihr?«

Ich stellte mir eine Mischung von Blane und Duckie aus *Pretty in Pink* vor. »Romantisch, witzig, nett, ein Typ, mit dem man sich gut unterhalten kann, und süß natürlich«, sagte ich. »Also im Prinzip perfekt.«

»Perfekt ist ein unrealistischer Anspruch«, bemerkte Jenna und zupfte an einer ihrer blauen Haarsträhnen.

»Okay, vielleicht nicht perfekt«, gab ich zu. »Es reicht schon, wenn er das genaue Gegenteil von Conner ist.«

»Keiko kann bekommen, was immer sie will«, sagte Audrey zu Jenna, dann drehte sie sich zu mir um und fügte hinzu: »Du musst das Glück beim Schopf packen, Keiko. Lass dir das ja nie ausreden.«

Ich sah, wie Jenna Audrey anfunkelte, und lenkte schnell die Aufmerksamkeit auf mich. »Und du, Audrey?«, fragte ich. »Was willst du?«

»Ich hab schon jemanden im Auge.«

»Was? Jetzt schon?«, fragte ich, obwohl ich eigentlich nicht überrascht hätte sein dürfen. Audrey verknallte sich ständig. Aber ihr Ziel, sich einen Freund zu angeln, mit dem sie zum Ball gehen konnte, war definitiv neu.

Sie schwieg einen Augenblick und warf mir ein verschmitztes Lächeln zu. Jenna wickelte einen Faden, der sich aus ihrem T-Shirt gelöst hatte, um ihren Finger. Ich sah Audrey fragend an.

»Elliot Oxford«, verkündete sie schließlich.

Jenna zerrte so heftig an dem Faden, dass er abriss und ein winziges Loch im Saum ihres T-Shirts hinterließ.

»Wirklich?«, sagte ich.

»Wieso nicht?«, gab Audrey leicht beleidigt zurück. »Findest du, dass er in einer anderen Liga spielt?«

Ich schüttelte den Kopf. »Ich hätte nur nicht gedacht, dass er dein Typ ist. Ich meine, der ist doch ein ziemlicher Kopfmensch?« Ich drehte mich zu Jenna um, die supergut in der Schule war. »Also sorry, geht nicht gegen dich.«

»Kennst du ihn?«, sagte Jenna zu Audrey.

»Nicht wirklich, aber letztes Jahr waren wir zusammen in Sport, und ich habe ihn vor ein paar Wochen mit seiner Mom im Supermarkt gesehen. Er ist total süß. Auf so eine nerdige Art.«

Ich sah Jenna an, die finster auf das Loch in ihrem T-Shirt starrte, was ich verstehen konnte. Ich hatte auch keine Lust, mich schon wieder in eine von Audreys Verknalltheiten mit hineinziehen zu lassen. Letztes Jahr mussten wir Nick Vandrows Schließfach für sie stalken. Er nahm uns überhaupt nicht wahr, oder wenn, ignorierte er uns einfach. Und ein paar Monate später, als Audrey sich in Jason Hatami verliebte, mussten wir jedes Wochenende im Baumarkt seines Dads herumhängen, für den Fall, dass Jason vielleicht dort auftauchte. Was aber nie passierte. Und ehrlich, wer kann schon tagelang Hämmer und Zangen anstarren? Auch wenn es noch so viele Sorten davon gibt.

»Ich muss nach Hause«, sagte Jenna plötzlich.

»Aber wir haben noch gar nichts gegessen«, protestierte ich.

Jenna stand auf und schlang sich ihre Tasche über die Schulter.

»Nimmst du den Bus?«, fragte ich.

»Bin mit dem Rad da.« Jenna zeigte auf den Parkplatz mit den Fahrradständern. »He, Moment mal! Ihr seid mit dem Bus gekommen?«

»Mom und Dad haben es mir endlich erlaubt«, sagte ich. Und als Jenna finster auf ihre Füße starrte, fügte ich schnell hinzu: »Ich wollte es dir schon die ganze Zeit sagen.«

»Ja, aber leider hast du ja aufgehört, uns zu schreiben«, warf Audrey ein.

»Nein, hab ich nicht«, gab Jenna zurück. »Ihr habt aufgehört.«

»Ja, aber nur die letzten paar Wochen«, sagte ich schnell. »Wir können das doch jetzt alles nachholen.«

»Ich habe Mom versprochen, dass ich mit ihr Schulsachen einkaufen gehe. Bis später dann.« Jenna drehte sich um und ging los. Ich rannte hinter ihr her.

»Warte doch, Jenna!«, sagte ich, als ich sie eingeholt hatte. »Du wolltest uns noch was erzählen.«

Jenna warf einen Blick zu Audrey zurück, die hinter uns herkam. »Vielleicht später.«

Dann stand ich mit Audrey da und schaute zu, wie Jenna ihr Fahrrad aufschloss und davonfuhr. Als sie außer Sicht war, stieß ich Audrey mit dem Ellbogen an.

»Was?« Sie hob die Hände.

»Jenna war die ganze Zeit allein in Texas, und wir haben nichts Besseres zu tun, als ihr von unseren tollen Übernachtungspartys und den vielen Filmen vorzuschwärmen, die wir zusammen gesehen haben. Ist doch klar, dass sie sich ausgeschlossen fühlt.« Ich ließ die Schultern sinken. Eine schlechte Freundin war ich. Wie hatte ich nur so unsensibel sein können? »Wir müssen das wieder in Ordnung bringen.«

»Wieso denn? In zwei Tagen fängt die Schule an«, sagte Audrey. »Dann sind wir wieder die ganze Zeit zusammen. Alles wie früher. Alles normal. Oder nein, *besser* als normal.«

Hoffentlich behielt sie recht. Audrey und ich waren seit der ersten Klasse befreundet, während ich Jenna erst in der zweiten kennengelernt hatte, weil unsere Väter in derselben Firma arbeiteten. Wenn unsere Eltern ausgingen, engagierten sie einen gemeinsamen Babysitter für meine kleine Schwester, Jenna und mich. Erst als Jennas Familie in unseren Schulbezirk umzog, kamen Jenna und Audrey auch zusammen. Jenna war die Neue, aber weil sie mich schon kannte, hatte sie in Audrey und mir von Anfang an zwei beste Freundinnen.

Shoppen mit Audrey war wirklich toll. Sie half mir, zwei süße T-Shirts auszusuchen, mit einer schicken blauen Hose dazu. Ich trug sonst nur Jeans, aber Audrey brachte mich dazu, auch mal was Neues auszuprobieren. Nach dem Shoppen ging ich direkt nach Hause. Ich ließ die Einkaufstüten in meinen Schrank fallen und setzte mich mit Jennas Geschenk an meinen Schreibtisch. Ich *liebe* gute Schokolade. Langsam wickelte ich sie auf, biss ein Stück ab und ließ es mit geschlossenen Augen auf der Zunge zergehen. Wieder sah ich Jennas verletztes Gesicht vor mir, als sie hörte, dass wir allein mit dem Bus gefahren waren, ohne ihr etwas davon zu sagen. Ich hätte ihr schreiben müssen, auch wenn sie nicht immer antwortete. Ihr zeigen, dass wir sie vermissten.

Plötzlich meldete sich mein schlechtes Gewissen zurück. Ich hatte Jenna ehrlich vermisst. Mom sagte immer, dass eine Dreierkonstellation schwierig sei, was mir aber nie so vorgekommen war. Und anfangs hatten wir ja auch keine Probleme gehabt. Erst im letzten Jahr war mir bewusst geworden, wie unterschiedlich Audrey und Jenna tickten. Nicht, dass sie Streit hatten oder so, aber sie waren selten einer Meinung. Jenna interessierte sich nicht für Dinge, die Audrey gern machte, wie Yoga, Online-Quizze oder stundenlang über Conner herziehen. Außerdem war Audrey extrem modebewusst, etwas, wofür Jenna nichts übrighatte, und umgekehrt fand Audrey Jennas diverse Umweltthemen oder die neuesten Artikel auf ihren Lieblingswebsites todlangweilig. Da ich im Sommer mit Audrey allein gewesen war, musste ich nicht dauernd zwischen Audrey und Jenna vermitteln. Ich mochte beide, aber ohne mich wären sie wahrscheinlich nie Freundinnen geworden. Ich war praktisch die Schnittmenge zwischen ihnen, so wie die zwei Kreise in einem Venn-Diagramm.

Trotzdem hing ich an unserer Dreierkonstellation, so schön der Sommer mit Audrey auch gewesen war. Audrey und Jenna waren wie eine zweite Familie für mich. Wir ergänzten uns, rundeten einander ab, wie die einzelnen Zutaten einer guten Schokolade.

Ich musste Jenna sagen, wie sehr ich sie bei unseren Übernachtungspartys vermisst hatte. Ich würde alles wiedergutmachen. Jenna sollte wissen, dass sie uns immer noch wichtig war. Oder mir jedenfalls.

Ich brauchte einen neuen Plan. Wenn die Schule erst wieder angefangen hatte und wir zusammen an verschiedenen Projekten teilnahmen, würde sich alles von selbst ergeben. Vielleicht brauchten wir einfach ein neues Ritual. Ich musste mir etwas ausdenken. Der Gedanke munterte mich auf, und ich gönnte mir noch ein Eckchen Schokolade.

Dann warf ich einen Blick auf meine Totoro-Uhr. Hoffentlich kam Mom heute früher vom Kinder-Museum zurück. Ich musste ihr erzählen, wie froh ich war, wieder mit Jenna zusammen zu sein. Aber seit Mom im Juni zur pädagogischen Leiterin des Museums ernannt worden war – davor hatte sie als Teilzeit-Assistentin dort gearbeitet –, ließ sie sich zu Hause kaum noch blicken.

Ich ging in die Küche hinunter. Den Sommer über war ich meistens bei Audrey gewesen. Ihre Eltern arbeiteten oft bis in den späten Abend, und Audrey fand es toll, dass wir das Haus dann »für uns allein« hatten. Conner war zum Glück die meiste Zeit bei Doug gewesen. Aber normalerweise sah ich meine Familie beim Abendessen. Dad hatte sich ein japanisches Kochbuch gekauft und probierte fast alle Rezepte durch. Mom war begeistert von seinen Kochkünsten, weil es lauter Dinge waren, die sie als Kind gegessen hatte. Mir schmeckte *Tonkatsu* am besten – gebratene Schweinekoteletts, mit Pankomehl paniert, in einer dicken, süßsauren Sauce. Bei dem bloßen Gedanken daran lief mir das Wasser im Mund zusammen.

Plötzlich ging die Hintertür auf, und ich drehte mich strahlend um. Aber es war nicht Mom.

»Hey«, sagte ich zu Macy, meiner kleinen Schwester.

Macy grinste.

»Und? War's schön bei Claire?« Macys beste Freundin seit ewigen Zeiten.

Macy blies ihren Pony aus der Stirn. Ihre Haarfarbe war etwas heller als meine.

»Ja«, sagte sie. »Wir wollen zusammen in die Theater-AG gehen.«

»Seit wann gibt es in der Sandpiper Elementary eine Theater-AG?«, fragte ich verblüfft. Vor zwei Jahren, als ich die Schule verlassen hatte, war noch keine Rede davon gewesen.

»Wir haben einen neuen Klassenlehrer, Mr Diggs. Er hat Theaterstücke geschrieben und auch selber Theater gespielt, bevor er Lehrer wurde.«

»Wow, wirklich? Willst du später mal Schauspielerin werden?«

»Was?« Macy runzelte die Stirn. »Wieso fragst du das? Glaubst du, ich bin nicht gut genug?«

»Das hab ich nicht gesagt. Ich bin nur überrascht. Ich meine, du musst doch sicher vorsprechen, oder?« Was, wenn Macy durchfiel? Dann wäre sie am Boden zerstört.

»Ja«, sagte Macy. »Vorsprechen ist diese Woche.«

»Am besten redest du mal mit Mom. Frag sie, ob es okay ist.«

Macy warf mir einen Blick zu. »Na ja, vielleicht lieber doch nicht. War nur so eine Idee von Claire und mir. Weil es unser letztes Jahr in der Grundschule ist.«

Das erinnerte mich an meine eigenen Pläne, mit Audrey und Jenna verschiedene Sachen auszuprobieren. Wir waren zwar nicht ganz davon abgekommen, aber jetzt stand dieses völlig andere Projekt im Vordergrund. Jungs. Ich musste unbedingt mit Mom sprechen und sie um Rat fragen.

»Wann kommt Mom nach Hause?«, sagte Macy, als hätte sie meine Gedanken erraten.

»Heute ist Montag, also wahrscheinlich um fünf, selbe Zeit wie Dad.«

»Schon komisch, dass Mom jetzt Vollzeit arbeitet«, sagte Macy. »Ich vermisse sie irgendwie. Wir kriegen nichts mehr zu essen nach der Schule. Alles ist anders.« Sie zog eine Haarsträhne in ihren Mund, ein nervöser Tick, den sie eigentlich schon vor Jahren abgelegt hatte.

»Nein, das stimmt nicht. Nur manches ist anders, nicht alles.« Ich fand es auch nicht gut, dass Mom so oft weg war, aber ich durfte meine kleine Schwester nicht noch mehr belasten.

Macy spuckte die Haarsträhne aus, die prompt an ihrem Kinn kleben blieb. Krass. »Anders *ist* anders. Und nicht wie früher.«

Ich ging wieder in mein Zimmer hinauf. Macy tat so, als hätte *ich* ein Problem damit, dass die Dinge sich änderten. Aber das stimmte nicht. Ich hatte gerade ziemlich viel Neues akzeptiert. Zum Beispiel, dass Audrey zum ersten Mal unser Jahresmotto ausgewählt hatte und nicht ich, oder dass wir uns einen Freund suchen und zum Herbstball gehen wollten. Nein, wirklich – ich hatte keine Angst vor Veränderungen.

Jedenfalls, solange alles andere beim Alten blieb.

H

Am nächsten Morgen, einen Tag vor Schulbeginn, ging ich zu Audrey. Wir schickten Jenna eine Nachricht, dass sie auch zu ihr nach Hause kommen sollte, aber sie reagierte nicht darauf.

»Typisch«, sagte Audrey, die auf der Wohnzimmercouch saß.

»Sie ist sicher beschäftigt. Du darfst nicht vergessen, dass sie gerade erst heimgekommen ist«, wandte ich ein und ließ mich neben Audrey fallen.

»Ach was. Sie will sich nur rar machen.« Audrey spielte mit einem silbernen Armreifen an ihrem Handgelenk.

»Lass ihr Zeit. Jenna muss sich doch erst wieder zu Hause eingewöhnen. Das gibt sich schon alles.« Es *musste* einfach gut werden. Der Sommer ohne Jenna war irgendwie seltsam gewesen, so als fehlte uns etwas, um wirklich ganz zu sein. Ich konnte nur hoffen, dass wir bald zu unserer alten Dreierkonstellation zurückfinden würden. Dass alles wieder wie früher wurde. Wir gehörten doch zusammen.

Audrey lehnte ihren Kopf an die Couch. »Du hast recht, Keiko. Ich will ja nur, dass dieses Jahr das beste wird, das wir je hatten, verstehst du? Meine Cousine Sylvia sagt, ihr Leben hat sich ab der Mittelstufe total verändert. Sie wurde auf einmal richtig beliebt und hat wahnsinnig viel an ihrer Schule gemacht. Und jetzt ist sie Cheerleaderin in der Highschool und hat einen Freund, der in der ersten Basketball-Liga spielt.«

»Ist dir das so wichtig? Beliebt sein?« Ich schluckte den Kloß hinunter, der sich in meinem Hals bildete. Ich wollte Audrey nicht an eine angesagte Mädchenclique verlieren, die ich nicht kannte.

»Nein, du Dummerchen.« Audrey lächelte mich an. »Ich muss nicht unbedingt beliebt sein. Ich will nur, dass wir Spaß haben. Aber ich will auch nicht mehr das kleine Mädchen sein, das ich in der Grundschule war. Ich will Teenager-Sachen machen.«

»Zum Beispiel?«

»Mir einen Freund angeln, Make-up tragen, auf Partys gehen und neue Leute kennenlernen.« Audrey schwenkte eine Hand in meine Richtung. »Das heißt natürlich nicht, dass ihr beide mir nicht mehr wichtig seid, ich will nur meinen Freundeskreis erweitern, verstehst du?«

Das klang nicht wirklich beruhigend. Natürlich wollte ich auch andere Leute kennenlernen, aber ich brauchte es nicht. Unser Trio genügte mir. Und wer weiß, was passierte, wenn eine Neue dazukam.

»Lust, einen Film anzusehen?«, sagte ich, weil ich nicht länger darüber sprechen wollte.

Audrey schlenderte zum DVD-Schrank hinüber. Ihre Eltern hatten sich eine riesige Sammlung zugelegt.

»Okay, alte Filme aus der Vorzeit.« Audrey hielt *Ferris macht blau* hoch. Wir hatten den Film im Lauf des Sommers dreimal gesehen. Wenn wir mit Jenna Filme anschauten, saßen wir zu dritt auf dem Boden, den Rücken an die Couch gelehnt, und Audrey in der Mitte, mit einer Schüssel Popcorn auf dem Schoß. Aber in den Sommerferien hatten Audrey und ich uns eine neue Sitzordnung angewöhnt: Wir lehnten an den entgegengesetzten Enden der Couch, die Füße in der Mitte ausgestreckt. Als der Film anfing, machten wir es uns an unserem Stammplatz bequem. Wir lachten wieder an denselben Stellen, und ich vergaß meine Angst, dass Audrey sich andere Freundinnen suchen könnte. Wir drei hatten so viel miteinander erlebt. Wir würden zusammenbleiben.

Nach einer Stunde und vierzig Minuten, als der Abspann vor uns ablief, brüllten wir synchron mit Ferris Bueller: »Was? Ihr seid noch da? Es ist vorbei!«

Dann lachten wir uns schlapp.

Audrey stand auf und dehnte ihre Arme. »Ich hab Hunger.«

Ich folgte ihr in die Küche, wo sie im Vorratsschrank kramte, während ich an der Theke saß.

»Hier, schau mal, was ich für dich habe.« Audrey stellte eine *Trader-Joe's*-Tragetüte vor mich hin.

Ich griff hinein und holte nacheinander einen Beutel Kakaonibs, Zimtstangen, Piment und schwarze Pfefferkörner heraus.

»Wow! Du kennst alle Zutaten?«, sagte ich beeindruckt. Dann bereitete ich eine heiße Schokolade zu, scharf und würzig, wie ich es – im Gegensatz zu Audrey – am liebsten mochte.

»Na klar – hast es ja oft genug gemacht.« Audrey stellte die Zutaten in den Schrank zurück. »Also, Keiko – das ist nur für dich, damit du dir jederzeit heiße Schokolade machen kannst, wenn du bei mir bist.«

»Danke!«

Audrey nahm sich eine Tüte Mixed-Pickle-Chips, riss sie auf und stellte sie zwischen uns auf die Theke. Wir grapschten sie mit vollen Händen und stopften sie in den Mund. Diese Chips hatten wir im Juli im Supermarkt entdeckt und uns vor Ekel geschüttelt. Chips, die nach Mixed Pickles schmeckten? Krass! Ich hatte Audrey überredet, welche zu probieren. Also hatte sie eine Tüte gekauft, und es schmeckte ihr! Mir dann auch – es wurden sogar unsere Lieblingschips. Ob Jenna auch Geschmack daran finden würde?

»Also eigentlich war das der Sommer der Snacks«, sinnierte ich und staubte Chipskrümel von meinen Fingern ab.

Audrey, die eine Diät-Coke aufriss, nickte. »Ja, genau. Wir haben fast alles durchprobiert. Gebratene Kochbananen am kubanischen Stand und Green-Tea-Donuts im Coffee Shop. Du warst ganz wild drauf!«

»Die waren auch gut.« Ich leckte mir die Lippen bei

der Erinnerung daran. »Ach übrigens, heute macht ein neuer Bubble-Tea-Stand auf. Da bekommt man Gratisproben. Wollen wir hingehen?«

Audrey stöhnte. »Iiieh! Nein danke.«

»Ach komm. Du weißt doch, wie sehr ich Bubble Tea liebe!«

»Krass, diese schleimigen Tapiokakugeln – da kannst du genauso gut Rotz kauen.«

Plötzlich stolzierte Conner mit seinem Hund Lumpy durch die Küche. Er trug ein Lakers-Basketball-Trikot und Shorts, in seiner Hand baumelte eine rote Hundeleine. Lumpy tänzelte aufgeregt neben Conner her – er konnte es kaum erwarten, endlich Gassi zu gehen. Ich ließ meine Hand über Lumpys seidiges schwarzes Fell gleiten, als er an mir vorbeilief.

»Ha! Dann wäre es doch genau das Richtige für dich«, sagte Conner. »Audrey und Rotz, die perfekte Kombi.«

»Klappe!«, fauchte Audrey, die sich schnell vor Conner und Lumpy in Sicherheit brachte.

Conner lachte nur und stolzierte mit seinem Hund zur Vordertür hinaus.

»Grrrrr.« Audrey ballte die Fäuste. »Ich hasse ihn.«

»Lass uns zu mir zum Essen gehen«, schlug ich vor, um Audrey bei Laune zu halten. »Mein Dad kommt heute früher nach Hause, weil es das letzte Abendessen vor dem Schulanfang ist. Du kannst mitkommen. Und wir schreiben Jenna, dass sie auch eingeladen ist.« Meine Eltern hatten nichts dagegen, wenn Macy oder ich Freunde zum Abendessen mitbrachten.

Auf dem Weg zu mir nach Hause landete eine Antwort von Jenna auf meinem Smartphone.

»Und?«, fragte Audrey, die mir über die Schultern spähte.

Ich schüttelte den Kopf. »Sie isst mit ihrer Mom zu Abend.«

Audrey schnaubte leicht.

»Ist doch nett, dass sie ihrer Mom Gesellschaft leistet«, sagte ich.

»Ja, schon«, gab Audrey zu. »Ihr habt wenigstens Moms, die gern mit euch zusammen sind.« Audreys Eltern hatten einen Fotoladen und waren fast immer dort, was ja wahrscheinlich normal war. Es war schließlich ihr Geschäft. Aber natürlich bedeutete es, dass Audrey und Conner viel allein waren. In der Grundschule waren sie nach dem Unterricht oft mit mir nach Hause gekommen und später dann auch Jenna. Und weil Mom uns nicht fernsehen ließ, holten wir ihre alten Brettspiele wie *Lifestyle* und *Payday* hervor, was viel mehr Spaß machte.

»Deine Mom ist doch auch gern mit dir zusammen. Sie nimmt dich immer zum Shoppen mit.«

Audrey sagte nichts darauf.

Als wir zu mir nach Hause kamen, war noch niemand da.

»Komm«, sagte Audrey. »Ich lackiere dir die Nägel für

die Schule.« Sie hatte mich im Lauf des Sommers dazu überredet, fünf verschiedene Nagellackfarben zu kaufen.

Wir gingen in mein Zimmer, und sie nahm die Fläschchen aus meiner Schreibtischschublade. Dann drückte sie mich auf mein Bett, schnappte sich ein Buch von meinem Regal, legte ein Papiertuch darüber und zog meine rechte Hand darauf.

»Shiny New oder Minty Fresh?« Audrey hielt einen metallic-silbernen und einen neongrünen Nagellack hoch.

»Wie wär's mit Beach Walk?« Ich zeigte auf die perlmuttfarbene Flasche.

»Langweilig!«, murrte Audrey. »Komm schon, Keiko. Ein bisschen mehr Abenteuerlust! Wir kommen schließlich in die Siebte.«

Ich entschied mich für First Crush, ein glitzriges Pink, das laut Audrey toll an mir aussehen würde. »Wer denkt sich nur die ganzen Namen aus?«, sagte ich und hielt still, als Audrey eine Schicht auf meinem Daumennagel auftrug.

»Das wäre ein Job für mich. Hey, hat Jenna dir schon ihren Stundenplan gezeigt?«

»Nein.« Unsere Stundenpläne waren vor ein paar Wochen gekommen. Audrey und ich hatten Jenna geschrieben, damit wir sie alle gleichzeitig öffnen konnten. Aber es fiel genau in die Zeit, in der Jenna nicht mehr geantwortet hatte. Audrey und ich hatten unsere schließlich bei ihr zu Hause geöffnet, aber wir erlebten eine bittere Enttäuschung. Wir hatten nur ein Fach zusammen – Englisch. Wie gemein war das denn? In der gesamten Grundschulzeit hatten wir immer dieselben Stunden gehabt und immer zusammengesessen. In der Sechsten hatten Audrey und ich wenigstens die meisten Kernfächer gemeinsam. Jenna allerdings nicht – sie spielte in einer anderen Liga.

Audrey schraubte das Fläschchen wieder zu, während ich auf meine trocknenden Nägel blies. Dann hielt ich meine Finger hoch und lächelte zufrieden. Es sah gar nicht schlecht aus.

Plötzlich kam Dad ins Zimmer. »Da bist du ja!« Er wuschelte mir die Haare durch, als wäre ich immer noch zehn. »Hübsche Nägel«, sagte er.

»Hi, Mr Carter.« Audrey lächelte ihn an.

»Schön, dass du wieder mal da bist, Audrey! Du bleibst doch zum Abendessen?«

Audrey nickte.

»Gut, dann kommt mit runter und leistet mir Gesellschaft«, sagte Dad.

Wir folgten ihm die Treppe hinunter und lehnten uns an die Küchentheke. Dad nahm den Pizzastein aus dem Schrank. Ich schaltete Musik ein, Dads übliches Retro-Zeug, und wir – er und ich – sangen lauthals mit, während er die Pizza zubereitete und Salat machte. Selbst Audrey, die Dads Musikgeschmack normalerweise abartig fand, sang bei *We are the Champions* von Queen mit. Dad kochte leidenschaftlich gern. Vor Moms Beförderung zur

Museumsleiterin hatten wir alle gemeinsam das Abendessen zubereitet, auch wenn Dad die meiste Arbeit machte. Macy und ich standen eigentlich nur herum, aber wir waren gern bei Mom und Dad in der Küche, selbst wenn sie irgendwann sentimental wurden und zu Dads altmodischer Musik tanzten.

Als wir die glutheiße Pizza aus dem Ofen holten, schlenderte Macy herein.

»Wo ist Mom?«, fragte sie.

»Ja, wo ist sie eigentlich?«, legte ich nach. Sie hätte inzwischen längst da sein müssen.

Dad checkte sein Telefon. »Oh, sie schreibt, dass sie ein Meeting hat, das noch dauern kann. Wir sollen schon mal ohne sie anfangen.« Er drückte Macy einen Stapel Servietten in die Hand und bat sie, den Tisch zu decken. »Sie isst dann später.«

»Aber heute ist der letzte Ferienabend«, protestierte ich. »Da essen wir doch immer zusammen.« Mein Magen krampfte sich zusammen, aber nicht vor Hunger.

»Sie arbeitet an diesem Bewilligungsantrag, das weißt du doch«, sagte Dad.

Audrey und ich setzten uns an den Tisch, und ich starrte auf Moms leeren Stuhl. Das war einfach nicht okay. »Und wann kommt sie nach Hause?«

»Ich weiß nicht«, sagte Dad. »Wahrscheinlich sehr spät.«

Ich runzelte die Stirn, aber als ich sah, dass Macy mich

beobachtete, klebte ich schnell ein Lächeln in mein Gesicht.

Dad schnitt die Pizza auf und stellte die Platte in die Tischmitte. Ich wartete, bis alle anderen sich ihre Stücke ausgewählt hatten, bevor ich mir auch etwas nahm. Normalerweise redeten wir am Abend vor dem Schulbeginn alle wild durcheinander, sodass man kaum ein Wort dazwischenquetschen konnte. Mom lenkte das Gespräch, indem sie uns ungefähr eine Million Fragen zu unseren Hoffnungen und Wünschen für das neue Schuljahr stellte. Aber heute checkte Dad seine Mails auf dem Telefon, und Audrey und Macy redeten über eine Fernsehshow, die ich nicht gesehen hatte. Ich vermisste Moms Fragen.

Ich vermisste Mom.

5

Am nächsten Tag traf ich Jenna in der ersten Stunde in Geschichte. Ich schlüpfte strahlend auf den Platz hinter ihr und sah, dass sie bereits ihre farbigen Stifte in einer ordentlichen Reihe über ihrem Notizblock ausgelegt hatte.

»Wo warst du gestern? Audrey und ich hätten dich auch gern dabeigehabt«, sagte ich.

»Mom hat extra einen Mutter-Tochter-Tag für mich organisiert. Ich glaube, sie hat mich vermisst.«

»Ja, wir haben dich alle vermisst. Was habt ihr denn gemacht?«

»Wir waren im Zoo! Ich glaube, wenn es nach ihr ginge, müsste ich bis in alle Ewigkeit zehn bleiben. Aber es hat Spaß gemacht. Mom war ausnahmsweise mal ziemlich gechillt. Und sie hat nur drei gemeine Bemerkungen über Dad gemacht.«

Das war ein Fortschritt, denn Jenna wäre an der extrem hässlichen Trennung ihrer Eltern fast zerbrochen. Ihre Mom und ihr Dad hatten einander mit der spitzen Feder ihrer Anwälte bekämpft, ohne zu merken, wie sehr sie Jenna dabei verletzten. Ich dachte an den Abend, als wir bei Jenna waren, noch vor der Scheidung, und die sonst so höfliche Mrs Sakai ihrem Mann vor uns allen die schlimmsten Schimpfwörter an den Kopf geworfen hatte, die ich mir nur vorstellen konnte. Danach hatte Jenna uns nie wieder mit nach Hause genommen.

Mom lud Jenna in dieser Zeit fast jeden Abend zum Essen und manchmal auch zum Übernachten ein. Nach dem Essen saßen Jenna und ich in meinem Zimmer, und sie erzählte mir, wie schlimm es für sie war, ihre Eltern streiten zu hören. Einmal sagte sie sogar, es wäre besser, wenn sie sich endlich trennen würden. Aber als es dann so weit war, machte Jenna völlig dicht, was allerdings auch an Audrey gelegen haben konnte.

Audrey fühlte sich ausgeschlossen, weil Jenna so oft bei mir war, also lud ich sie auch zu mir ein. Anfangs zeigte sich Audrey als gute Freundin, hörte zu, wenn Jenna reden wollte, und gab ihr gute Ratschläge, die Jenna allerdings nicht beachtete. Sie brachte Süßigkeiten und witzige Bücher mit, um Jenna aufzumuntern, aber auch das funktionierte nicht. Am Ende beschwerte sie sich, wie langweilig es mit uns sei. Ich griff auf unsere alten Brettspiele zurück, um sie abzulenken, und wir redeten nicht mehr über Jennas Probleme.

Jetzt kramte ich die restliche Hälfte von Jennas Schokolade aus meinem Rucksack hervor und brach einen Riegel für jede von uns ab.

»Und? Wie findest du sie?« Jenna warf sich die Schokolade in den Mund, kaute und schluckte alles hinunter, ohne es wirklich auszukosten.

»Ausgezeichnet«, sagte ich. »Danke noch mal.« Ich ließ die glatte, leicht bittersüße Masse ein wenig auf meiner Zunge schmelzen, während das Klassenzimmer sich langsam füllte. »Alsoooo«, fing ich an. »Du wolltest uns was erzählen?«

»Ja, wollte ich.« Jenna zwirbelte einen violetten Stift zwischen ihren Fingern.

»Aber jetzt nicht mehr?«

»Versprichst du mir, dass du es Audrey nicht weitersagst?«

»Nein, das können wir nicht machen, Jenna.« Ich rutschte auf meinem Stuhl herum. »Geht es etwa um sie?«

»In gewisser Weise ja.«

»Aber du hast doch gesagt, es wäre was Gutes, oder?«

Jenna warf mir ein verkrampftes Lächeln zu.

Ehe ich weiterfragen konnte, kam Mr Jay, unser Geschichtslehrer, herein, einen Stapel Hefter und eine Tasse Kaffee in der Hand balancierend. Jenna schaltete sofort in den Musterschüler-Modus um, Augen nach vorn, kerzengerade aufgerichtet, Kugelschreiber einsatzbereit in der Hand. Unser Gespräch war beendet, wenigstens fürs Erste. Mr Jay erklärte uns des Langen und Breiten, was in diesem Halbjahr auf uns zukommen würde, einschließlich eines Abschlussprojekts über das alte Rom oder was auch immer. Ich war so gespannt auf Jennas Neuigkeiten – und warum Audrey nichts davon erfahren durfte –, dass ich mich kaum konzentrieren konnte. Wir drei hatten bisher nie Geheimnisse voreinander gehabt.

Nach dem Läuten stürzte Jenna in ihre nächste Stunde davon, und das einzige andere Fach, das ich mit ihr zusammen hatte, war Sport. Ich musste also bis zur letzten Stunde warten, um mehr zu erfahren. Wir waren natürlich in der Mittagspause verabredet, aber mit Audrey zusammen, und vor ihr würde Jenna nichts preisgeben, das wusste ich jetzt.

Ich ging in meine nächste Stunde – Englisch –, wo Audrey mir einen Platz reserviert hatte. Als ich ihr strahlendes Gesicht sah, war ich plötzlich froh, dass Jenna mir noch nichts erzählt hatte. Ich war immer eine miserable Lügnerin gewesen. Und ich wollte auch nichts hinter Audreys Rücken machen. Ich nahm mir vor, Jennas Geheimnis irgendwie aus ihr herauszulocken und dann dafür zu sorgen, dass sie es Audrey erzählte. Beste Freundinnen hatten keine Geheimnisse voreinander.

»Kannst du mir einen Gefallen tun?«, fragte Audrey, während wir unsere Stühle im Kreis aufstellten. Ms McQueen schien eine Vorliebe für Diskussionsrunden zu haben.

»Klar«, sagte ich und setzte mich neben sie.

»Also eigentlich ist es ja für Conner, nicht für mich.«

»Vergiss es.« Audreys grässlicher Bruder war wirklich der Letzte, dem ich helfen wollte.

Audrey senkte ihre Stimme, als Ms McQueen herumging und an jeden von uns ein Exemplar der *Outsider* austeilte, das erste Buch, das wir in diesem Halbjahr lesen sollten. »Bitte, Keiko! Conner geht campen übers Wochenende, und Mom und Dad sind am Freitagabend auf einem Foto-Workshop. Kannst du dich nicht um seinen widerlichen Hund kümmern? Bitte! Du kannst mit Jenna bei mir übernachten.«

Der »widerliche« Hund war Lumpy, ein Labrador-Mischling, den Conner vor zwei Jahren auf der Straße aufgelesen hatte. Audrey hasste ihn aus unerfindlichen Gründen fast noch mehr als ihren Bruder.

»Ja, klar«, sagte ich. Ich liebte Lumpy, auch wenn sein Herrchen ein Idiot war. Ich würde mich Audrey zuliebe um den Hund kümmern – und vor allem, weil ich mir nichts Besseres vorstellen konnte.

Die Aussicht, bei Audrey zu übernachten und mit Lumpy herumzutoben, trug mich durch die nächsten beiden Stunden.

Dann war endlich Mittagspause, und wir trafen uns zu dritt in der Cafeteria, die in den Sommerferien dank einer großzügigen Spende renoviert worden war. Der Raum sah jetzt wie ein schicker Mini-Food-Court aus und nicht mehr wie eine schäbige Schulkantine.

Die Schlangen waren superlang, aber endlich, nach einer gefühlten Ewigkeit, konnten wir unsere Tabletts beladen, dann quetschten wir uns wieder hinaus, auf der Suche nach einem gemütlichen Plätzchen.

»Das ist eine wichtige Entscheidung«, behauptete

Audrey. »Überlegt euch gut, wo wir uns hinsetzen, weil das für die nächsten zwei Jahre unser Stammplatz sein wird.«

In der Sechsten war es verboten gewesen, den Cafeteria-Bereich zu verlassen. Jetzt konnten wir überall auf dem Schulgelände Mittagspause machen. Wir folgten Audrey zu einem Picknicktisch unter einer Magnolie.

»Weiß nicht, ob das so ein guter Platz ist.« Jenna zeigte auf ein paar weiße Kleckse auf der Tischplatte. »Sieht so aus, als ob dort oben Vögel sitzen und ab und zu was runterfallen lassen.«

Audrey sprang kreischend von dem Tisch weg.

Ich blickte mich um. »Da!« Ich nickte zu einem Rasenstück in der Nähe des Hauptgebäudes hinüber. »Wir können uns da drüben hinsetzen.«

Wir machten es uns auf dem Rasen bequem, ich in der Mitte. Jenna und Audrey fingen an zu essen. Niemand sagte etwas.

»Hey«, fing ich an. »Erinnert ihr euch noch an Disneyland?«

Wir waren im Sommer dort gewesen, kurz bevor Jenna nach Texas abreisen musste. Es war supertoll, wir hatten alle Fahrgeschäfte getestet und die ganze Zeit gelacht und geredet. Jennas Mom hatte sich mit einem Buch auf eine schattige Bank gesetzt und uns erlaubt, den ganzen Tag allein durch den Park zu stromern, solange wir uns hin und wieder bei ihr meldeten.

»Das war toll«, sagte Audrey. »Jedenfalls bis es Keiko auf dem Teekannen-Karussell schlecht wurde.«

»Stimmt ja gar nicht!«

»Nein«, sagte Jenna, »natürlich nicht, du warst nur grasgrün im Gesicht.«

»Fast schon neongrün«, fügte Audrey hinzu.

Jenna und Audrey lachten miteinander, und das war schön, selbst wenn es auf meine Kosten ging.

»Wenigstens hab ich nicht gekotzt«, sagte ich.

»Ja, zum Glück hast du nicht noch diesen zweiten Hotdog gegessen.« Audrey kicherte. »Oh Mann, und dieser Typ, der sich an der Achterbahn vordrängeln wollte!«

»So ein Idiot«, knurrte Jenna.

»Du hast ihm gesagt, dass er sich gefälligst hinten anstellen soll«, quiekte Audrey, die es immer noch nicht fassen konnte. »Das hätte ich dir nie zugetraut!«

Ich nickte. Der Junge war mindestens vierzehn gewesen, aber Jenna hatte ihn einfach nicht vorbeigelassen.

»Der war vielleicht sauer«, sagte Audrey.

»Und die anderen haben ihn dann auch nicht vorgelassen.« Jenna lachte.

Na endlich, ging doch! Ich nahm meinen Burger in die Hand, aber dann verschlug es mir den Appetit, denn im selben Moment stolzierte Audreys Bruder mit seinen vertrottelten Freunden in unsere Richtung.

»Hey, wen haben wir denn da? Modry, Hundekeks und Gender.«

»Hau ab!«, fauchte Audrey.

Kichernd gingen sie an uns vorbei und stießen sich gegenseitig an wie die bescheuerten Blödmänner, die sie ja auch waren. Der Hamburger zerkrümelte in meinem Griff.

»Gender?« Jenna lachte. »Was Besseres fällt ihnen zu meinem Namen nicht ein?«

»Mann«, stöhnte Audrey. »Ich kann's kaum erwarten, bis die am Wochenende wegfahren. Hoffentlich wird Conner von einem Bär gefressen.«

»Ignorier ihn einfach«, sagte Jenna.

»Du hast gut reden«, stöhnte Audrey. »Du musst ja nicht mit ihm im selben Haus leben!«

Conner war ein Albtraum, so viel stand fest. Ich fand ihn auch zum Kotzen, aber Audrey ließ sich von seinen blöden Kommentaren total fertigmachen. Wenn er ihr wieder mal mit irgendwas die Laune verdarb – also fast immer –, dauerte es lange, bis sie sich wieder gefangen hatte. Eins stand jedenfalls für mich fest: Wenn dieses Jahr wirklich so gut werden sollte, wie wir es uns vorstellten, musste ich einen großen Bogen um diesen Blödmann machen.

6

»Warum kannst du dein großes Geheimnis nicht uns beiden anvertrauen?«, fragte ich, als ich beim Basketball-Training neben Jenna stand. Ich hasste Sport, im Gegensatz zu Jenna, die ein Naturtalent war.

»So groß ist es auch wieder nicht«, murmelte sie.

»Dann sag's uns einfach.« Ich fing den Ball, der in meine Richtung flog. Ich dribbelte los, und zu meiner Überraschung landete der Ball im Korb. Einen kurzen Moment lang sonnte ich mich in meinem unverhofften Ruhm, während Jenna den Rückprall auffing und den Ball an den Nächsten in meiner Reihe weitergab.

»Ich erzähle es dir, wenn du mir versprichst, dass du Audrey nichts sagst«, beharrte Jenna, während wir nach hinten gingen.

Aber das konnte ich nicht. Wie sollte ich Audrey etwas verheimlichen? Mein Magen verknotete sich, als hätte ich billige Schokolade gegessen. »Sie ist doch auch unsere Freundin.«

Ein schriller Pfiff zerschnitt die Luft, und Coach Yangs Stimme dröhnte über den Platz. »Carter! Sakai! Hört auf zu quatschen und konzentriert euch auf das Training!«

Autsch. Die Stunde hatte kaum angefangen, und schon

waren wir unangenehm aufgefallen! Ich versuchte mich aufs Dribbeln und Werfen zu konzentrieren, dachte aber die ganze Zeit nur daran, wie ich Audrey gegenüber loyal bleiben und trotzdem Jennas Geheimnis aus ihr herauslocken konnte.

Bei Audrey kam ich immer an erster Stelle. In der vierten Klasse zum Beispiel wollten wir gemeinsam an einem schulweiten Wissenschaftswettbewerb teilnehmen. Mir schwebte ein Projekt mit Tieren vor, und Audrey, die schon damals ein Modefreak war, wollte austesten, welche Fasern sich am einfachsten färben ließen. Ihre Idee war konkreter, also machte ich einfach mit.

Zwei Tage später, als wir eigentlich Stoffe zum Färben aussuchen sollten, fand ich auf dem Küchentisch einen Stapel Hundebücher vor.

»Wem gehören die?«, fragte ich.

»Conner.« Audrey schnitt ein Rechteck aus einem alten Baumwoll-T-Shirt ihres Vaters aus. »Er macht ein Projekt über den Geruchssinn von Hunden.«

»Klingt gut.«

Audrey schaute von ihrem Stoffstück auf. »Ein Freund von Dad lässt Conner verschiedene Gerüche an seinem Cockerspaniel testen.«

Ich sagte nichts mehr, sondern schnitt pflichtschuldig ein Rechteck aus einer Seidenbluse von Audreys Mom aus. Später erfuhr ich, dass Audrey gar nicht gefragt hatte, ob wir das durften. Ihre Mom war stocksauer.

Aber jedenfalls, am nächsten Tag redete Audrey mit unserem Lehrer, und ich durfte an Conners Projekt teilnehmen. Das war supernett von ihr. Ich wusste ja, wie viel es ihr bedeutete, etwas mit mir zusammen zu machen.

Conner und ich bekamen den dritten Preis. Und obwohl Audrey leer ausging, feierte sie mit mir, als wäre es ihr eigener Erfolg. Wir gingen Eis essen, und sie bastelte eine Glückwunschkarte für mich, die ich immer noch in der Schatzkiste unter meinem Bett aufbewahrte.

»Gute Arbeit, Carter!«, rief der Coach mir am Ende der Stunde zu.

Es war das erste Mal, dass ein Sportlehrer etwas Positives über mich gesagt hatte. Auf dem ganzen Weg zur Umkleide strahlte ich vor Freude.

Als ich mich umgezogen hatte, traf ich Jenna an ihrem Sport-Schließfach an, wo sie gerade ihre Schuhe zuband.

»Sag's mir, bevor wir in die Bibliothek gehen«, drängte ich sie. Jennas Geheimnis machte mich ganz kribbelig. Ich nahm den letzten Schokoladenriegel heraus, brach ihn in zwei Stücke und gab Jenna das größere. Ich würde mir später überlegen, wie ich das Problem mit Audrey lösen konnte.

»Okay, okay.« Jenna stopfte sich die Schokolade in den Mund und schlang sie hinunter. Dann holte sie tief Luft, und die Worte schossen in einem einzigen, kakaolastigen Schwall aus ihr hervor. »Ich habe in der letzten Woche in

Texas ziemlich viel mit Elliot Oxford gechattet und gemailt, und ich glaube … ich mag ihn.«

»He, warte mal, was?« Ich spürte, wie sich ein Lächeln in meinem Gesicht ausbreitete, und Jenna strahlte wie die Sonne. »Das ist ja toll!«

Jenna nickte, aber dann verfinsterte sich ihr Gesicht.

»Oh«, sagte ich. Zu dumm, dass ich keine Schokolade mehr hatte. »Audrey.«

»Das wird ihr nicht gefallen«, murmelte Jenna und stützte ihre Füße auf der Bank ab.

»Aber sie geht ja gar nicht mit ihm«, wandte ich ein. »Erzähl's ihr einfach.«

Jenna schüttelte den Kopf.

»Warum nicht?«

»Weil sie dann sauer auf mich ist.« Jenna runzelte die Stirn.

»Nein, ist sie nicht. Ich meine, vielleicht rastet sie im ersten Moment ein bisschen aus, aber dann ist sie froh für dich, da bin ich mir sicher.«

»Erinnerst du dich an diesen Online-Wettbewerb, bei dem man einen witzigen Spruch zu einem Foto abliefern sollte?« Jenna band ihre Schnürsenkel zu. »Ihr beide habt euch miteinander abgesprochen, aber ich habe meinen einfach eingeschickt, ohne euch etwas zu sagen. Nicht, weil ich euch austricksen wollte, sondern weil mir der Spruch mitten in der Nacht eingefallen ist und ich ihn dann sofort abgeschickt habe.«

Ich seufzte. »Ja, und du hast wenigstens eine lobende Erwähnung bekommen, während Audrey und ich komplett leer ausgingen.« Mir war es nicht wichtig gewesen, den Wettbewerb zu gewinnen. Ich hatte mich einfach mit Jenna gefreut. Außerdem hatte sie ihren Preis mit uns geteilt: eine riesige Tüte voller Süßigkeiten – mit allem, was ein zehnjähriges Gehirn sich nur vorstellen konnte. Aber Audrey war beleidigt, als hätte Jenna uns hintergangen, und redete eine ganze Woche lang kein Wort mehr mit ihr.

»Na ja, egal«, sagte Jenna. »Es gibt sowieso nichts zu erzählen. Ich meine, wir gehen nicht miteinander oder so was. Ich weiß ja nicht mal, ob er mich überhaupt mag. Auf *diese* Art, du weißt schon.«

»Genau, dann kannst du es Audrey auch erzählen. Sie versteht das doch.« Ich stand auf und nahm meinen Rucksack über die Schulter. »Hey, hast du deshalb aufgehört, uns zu schreiben?«

Jenna schüttelte den Kopf. »Ihr habt im August kaum noch was von euch hören lassen. Und ich dann auch nicht mehr. Vielleicht ist uns einfach der Gesprächsstoff ausgegangen. Ihr habt so viel zusammen gemacht, und bei mir ist nichts Interessantes passiert. Das mit Elliot fing erst in der letzten Woche an, weil er eine Frage zu der Lektüreliste hatte, die wir von unserer Lehrerin im Leistungskurs Englisch für die Sommerferien bekommen hatten. Und dann haben wir einfach geredet … über Gott und die Welt. Von da an haben wir uns geschrieben.«

Ich nickte.

»Das ist eigentlich alles, was es darüber zu sagen gibt. Und ich wollte euch ja von Elliot erzählen, aber dann hat Audrey gesagt, dass sie ihn gut findet.«

»Ja, klar. Aber du musst es ihr trotzdem sagen«, beschwor ich Jenna. Audrey war vielleicht im ersten Moment enttäuscht, aber zwischen ihr und Elliot lief ja nichts, wie ich Jenna bereits gesagt hatte. Je schneller Jenna es hinter sich brachte, desto besser für sie. »Das ist wie mit einem Pflaster – ein kurzer Ruck, dann tut's am wenigsten weh.«

Jenna zuckte mit den Schultern. »Ja, wahrscheinlich hast du recht.«

Als wir in die Bibliothek kamen, war Audrey bereits da. Aber sie war nicht sauer über unsere Verspätung, wie ich befürchtet hatte – sie empfing uns mit einem geheimnisvollen Lächeln um die Lippen.

»Was ist los? Du siehst aus, als würdest du gleich platzen«, sagte ich, während wir uns hinsetzten.

Audrey kicherte. »Merkt man das?« Verschwörerisch beugte sie sich vor, nahm unsere Hände und drückte sie. »Ich bin im Herbstball-Komitee.«

»Wow«, sagte ich. »Aber wollten wir uns nicht für dieselben Sachen anmelden?«

»Ja und? Ihr könnt doch auch mitmachen.« Audrey breitete ihre Arme aus. »Wir drei. Wenn das kein Spaß wird!«

Der Haken war nur, dass ich keine Lust auf das Ballkomitee hatte. Vielleicht war es doch keine so geniale Idee gewesen, in dieselben Clubs zu gehen. »Wir können ja was anderes zusammen machen«, sagte ich lahm.

»Ja, klar. Was immer du willst. Aber damit sind wir voll am Drücker, versteht ihr? Ich erfahre als Erste, was das Ballthema in diesem Jahr ist und wann der Kartenverkauf anfängt. Jetzt müssen wir uns nur noch jede einen Freund angeln!« Audrey drehte sich zu mir um. »Hast du dir schon einen ausgesucht?«

»Was? Nein.«

»Also ehrlich, Keiko. Sag bloß nicht, dass es in all deinen Unterrichtsstunden keinen einzigen Jungen gab, der dich nicht wenigstens ein bisschen interessiert hat?«

Ich schaute Jenna an, weil jetzt der richtige Moment war, Audrey von Elliot zu erzählen. Aber Jenna tat so, als wäre sie vollauf damit beschäftigt, ihre zehn Billionen Stifte hervorzukramen.

»Du bist zu wählerisch, Keiko«, flüsterte Audrey mir zu. »Es muss doch einen Jungen geben, den du nicht total krass findest.«

»Ich bin nicht wählerisch«, protestierte ich. Ich wollte ja auch einen Freund, aber keinen x-beliebigen. Es musste einer sein, der dieses Herzflattern, dieses Verliebtheitsgefühl in mir auslöste, wenn wir uns begegneten. Natürlich war ich nicht so naiv, von einer Pretty-in-Pink-Romanze zu träumen, aber ich wollte meine Ansprüche auch nicht zu weit herunterschrauben.

»Okay«, sagte Audrey in beschwichtigendem Ton. »Aber du musst wenigstens dein Operationsfeld eingrenzen. Such dir, sagen wir, drei Jungs aus, die als Kandidaten infrage kommen.«

Ich stieß Jenna unter dem Tisch mit dem Fuß an, aber jetzt kramte sie ihre Notizbücher hervor.

»Wie wär's mit Sam aus Geschichte letztes Jahr? Oder Logan aus Mathe? Ist er in einer deiner Stunden?«

Ich schüttelte den Kopf. Sam war ein Nasenpopler. Oder wenigstens hatte ich ihn in der vierten Klasse popeln sehen. Und dieses Bild bekam ich nur schwer aus dem Kopf. Und Logan hatte letztes Jahr »fette Kuh« zu Colette gesagt. Okay, nicht zu ihr direkt, aber trotzdem.

»Logan ist süß«, sagte Audrey.

»Dann nimm du ihn doch.« Ich wollte mich nicht festlegen lassen. Irgendwo da draußen wartete der perfekte Junge auf mich.

Audrey lachte. »Ich habe schon jemand im Blick, falls du dich erinnerst.«

Wie hätte ich das je vergessen können? Ich funkelte Jenna an, aber sie schaffte es, meinem Blick auszuweichen. Ich wollte sie gerade wieder anstoßen, als Audrey sich zu ihr umdrehte. »An dir müssen wir noch arbeiten«, bemerkte sie. »Wen findest du gut?«

Ich hielt den Atem an.

»Ich bin im Zeitungsclub«, sagte Jenna.

»Fantastisch.« Audrey strahlte sie an. »Clubs und Komitees sind die besten Orte, Jungs kennenzulernen.«

»He, warte mal?« Ich drehte mich zu Jenna um. »Seit wann?«

»Seit heute. Ich schreibe gern, das wisst ihr ja.« Jenna fing meinen Blick auf und fügte hinzu: »Ihr könnt ja auch mitmachen.«

Audrey lachte. »Wohl kaum! Schreiben, nur so zum Spaß? Nicht mein Ding.«

Jenna zuckte mit den Schultern und sah mich an.

»Ich weiß nicht«, sagte ich. »Vielleicht.« Ich konnte es nicht fassen, dass Audrey und Jenna sich einfach in einer Arbeitsgruppe angemeldet hatten, ohne mir etwas zu sagen. Das wollten wir doch gemeinsam machen?

»Oh mein Gott, das ist er!« Audrey packte mich am Arm. Bevor ich mich umdrehen konnte, drückte sie mit aller Kraft zu. »Nicht hinsehen! Sonst merkt er es doch!«

Ich brauchte mich nicht umzudrehen, ich wusste auch so, wer es war. Jenna fielen vor Schreck fast die Augen aus dem Kopf, und sie stopfte schnell ihre Bücher in ihre Tasche. Ihre Stifte kullerten auf den Teppichboden, aber sie hielt sich nicht damit auf, sie wieder einzusammeln.

»Wo willst du hin?«, flüsterte Audrey.

»Ich hatte ganz vergessen, dass ich gleich einen Arzttermin hab.« Jenna schlang ihre Tasche über die Schulter, machte einen großen Bogen um Elliot und schaffte es zur

Tür, ohne von ihm gesehen zu werden. Als ich mich wieder zu Audrey umdrehte, starrte sie Elliot sehnsüchtig an. Oh nein!

Das konnte ja heiter werden.

7

Bis zum folgenden Freitag hatten Jenna, Audrey und ich in unsere gewohnte Alltagsroutine zurückgefunden, und alles fühlte sich wieder normal an. Jenna kam superfrüh in die Schule, weil ihre Mom sie vor der Arbeit dort absetzte, und ging dann direkt ins Klassenzimmer, um zu lernen, bevor der Unterricht anfing. Ich traf mich mit Audrey an ihrem Schließfach, und wir redeten auf dem Weg in unsere Klassen. In der Mittagspause wartete Jenna in der Essensschlange der Cafeteria auf mich. Audrey hatte meistens ein Lunchpaket dabei und besetzte den Rasenfleck, den wir inzwischen als unseren Stammplatz betrachteten. Der einzige Wermutstropfen in dieser Idylle waren Conner und seine beiden Vollidioten, die uns jedes Mal Beleidigungen an den Kopf warfen, wenn sie am Ende der Mittagspause an uns vorbeistolzierten.

Nach der Schule kamen wir in der Bibliothek zusammen, um zu lernen und über unsere Klassenkameraden zu tratschen, so wie wir es immer schon gemacht hatten. An diesem Abend würden wir bei Audrey übernachten, und weil ich die zerbrechliche Harmonie nicht zerstören wollte, behielt ich Jennas Geheimnis für mich. Aber Jenna musste so schnell wie möglich mit Audrey über Elliot sprechen, das stand für mich fest. Und zwar noch an diesem Abend. Es gab keine andere Lösung.

Nach der Mittagspause hatte ich Grundkurs Algebra. Ich plumpste auf meinen Stuhl und hoffte, dass es schnell vorbeiging, damit ich endlich in mein tolles Wochenende abdüsen konnte. Ich griff in die Seitentasche meines Rucksacks, zog eine kleine goldfarbene Schachtel heraus, nahm mir einen der Trüffel, die darin zum Vorschein kamen, und steckte ihn in den Mund. Dad hatte die Pralinen von einem Kunden bekommen und mir geschenkt.

Als ich gerade in die knusprige Schokoladenhülle biss, spazierte ein atemberaubender Typ in die Klasse herein. Zum ersten Mal in meinem Leben schluckte ich die Schokolade einfach hinunter, ohne etwas zu schmecken.

»Hört bitte mal her, ja?« Mr Fordiani, unser Mathelehrer, hatte sofort unsere volle Aufmerksamkeit. Ein Neuer und noch dazu einer, der so süß war, fand immer Beachtung. »Das ist Gregor Whitman. Er ist gerade erst aus Michigan hierhergezogen.«

Whitman … wie die berühmte Schokoladenfabrik! Ich weiß nicht, ob es an Gregors schokoladigem Namen lag oder an seinem karamellfarbenen Haar und den dunklen Augen, die in einem tiefen, samtigen Kakaoton schimmerten, dass ich den Blick nicht von ihm abwenden konnte. Er trug dunkle Jeans und einen cremefarbenen Pulli, der zu warm für einen südkalifornischen Herbst war. Statt Converse oder Vans hatte er dunkelbraune Stiefel an den

Füßen. Mit anderen Worten, er sah nicht wie alle Jungs von Pacific Vista aus. Sehr interessant.

Der einzige freie Tisch stand direkt hinter mir. Gregor lächelte mir im Vorbeigehen zu, und ich spürte, wie er sich auf seinen Stuhl fallen ließ.

»Keiko, kannst du Gregor bitte deine Notizen zum Abschreiben geben?«, sagte Mr Fordiani, der sofort zu meinem neuen Lieblingslehrer aufrückte. »Gregor, du hast nur zwei Tage versäumt, du wirst den Stoff also leicht aufholen können.«

Die restliche Stunde über konnte ich mich kaum konzentrieren. Ich sah dauernd auf die Uhr – wie viele Minuten mussten noch vorüberticken, bis ich mich endlich zu ihm umdrehen konnte? Der zweite Zeiger bewegte sich im Schneckentempo vorwärts. Ich saß da und beschwor ihn mit aller Kraft, schneller zu laufen.

Als es endlich läutete, war ich total erledigt von der Anstrengung, die Zeit voranzutreiben. Ich raffte meine Notizen zusammen und hoffte inständig, Gregor Whitman ohne Zuschauer gegenübertreten zu können. Aber so viel Glück war mir nicht beschieden. Kimmie Chin und Nicole Morgan blieben vor dem Tisch hinter mir stehen.

»Hi, Gregor«, sagte Nicole betont lässig. »Cooler Name.«

»Danke.« Gregors Stimme war so glatt wie geschmolzene Schokolade.

»Was hast du als Nächstes? Wir können dich hinbringen«, bot Nicole an.

Ich drehte mich um und erhielt eine Nahaufnahme von Gregors hinreißendem Gesicht. Seine Haare fielen ihm in einer leichten Welle über die Augen, er hatte dichte, lange Wimpern und eine volle Unterlippe. Ich ließ meine Notizen auf seinen Tisch fallen.

»Du kannst sie mir am Montag zurückgeben«, sagte ich leicht außer Atem. Dann stand ich auf und ging zur Tür, ohne seine Reaktion abzuwarten. Warum war ich nicht so selbstbewusst wie Nicole und Kimmie? Dann hätte *ich* ihm anbieten können, mit ihm zu seiner nächsten Stunde zu gehen. Mein Gesicht brannte bei dem bloßen Gedanken daran.

Nach Sport – diesmal wurden Jenna und ich auf getrennten Plätzen eingeteilt – musste Jenna zu ihrem Zeitungstreffen, und ich traf mich mit Audrey in der Bibliothek.

»Okay«, sagte Audrey, sobald ich mich gesetzt hatte. »Anscheinend bin ich die Einzige, die sich schon einen Freund ausgeguckt hat. Ihr müsst jetzt aber bald mal in die Gänge kommen, sonst bleibt euch nicht genug Zeit, bis der Kartenverkauf anfängt.«

»Ich glaube, ich weiß, mit wem ich hingehen will«, sagte ich leise.

Audrey grinste. »Na endlich! Sag schon, wer ist es?«

Ich warf einen Blick über die Schulter, um zu checken, ob wir vielleicht belauscht wurden. Aber zum Glück waren wir die Einzigen in der Bibliothek, weil die Schule ja gerade erst angefangen hatte. »Er ist neu. In meiner Matheklasse.« Ich versteckte schnell mein Gesicht in den Händen, weil ich spürte, dass ich rot wurde. »Und er ist supersüß.«

»Oh, Keiko, wie toll! Das freut mich wahnsinnig für dich!«, stieß Audrey hervor.

»Freu dich nicht zu früh«, brummte ich. »Da wird garantiert nichts laufen. Er nimmt mich wahrscheinlich gar nicht wahr.«

Dann merkte ich, dass Audrey nicht mehr mich anschaute, sondern über meine Schulter spähte.

»Kiiko?« Eine neu vertraute, schokoladenglatte Stimme drang an mein Ohr, und Gregor schlenderte an unseren Tisch.

»Hi«, quiekte ich.

Er schaute Audrey an, warf ihr ein Lächeln zu. »Störe ich?«, fragte er.

»Nein, natürlich nicht«, sagte Audrey.

»Gregor, das ist Audrey Lassiter, eine meiner beiden besten Freundinnen. Audrey, das ist Gregor.« Erleichtert stellte ich fest, dass meine Stimme wieder normal klang. Obwohl mir das Herz bis zum Hals klopfte – so als würde es jeden Moment aus meinem Mund heraushüpfen.

»Hi!«, sagte Audrey strahlend. »Setz dich doch.«

Ich warf ihr einen Blick zu. Was, wenn er sich gar nicht setzen *wollte*? Wenn er uns nur im Vorbeigehen gegrüßt hatte, aus reiner Höflichkeit? Ich konnte schon froh sein, dass er überhaupt stehen geblieben war. Und er hatte sich meinen Namen gemerkt! Auch wenn er ihn falsch aussprach, aber das war egal.

Sobald Gregor sich neben mich gesetzt hatte, sprang Audrey auf und sammelte ihre Bücher ein.

»Moment mal, wo willst du hin?«, fragte ich hektisch.

»Ich muss los, hatte ganz vergessen, dass ich mit Tricia vom Ballkomitee verabredet bin.«

Wenn Audrey log, blähten sich ihre Nasenflügel, was Gregor natürlich nicht wissen konnte. Audrey ignorierte meinen wütenden Blick und lächelte Gregor an. »Die Schule veranstaltet zweimal im Jahr einen Spendenbeschaffungsball. Ich bin im Herbstball-Komitee, habe also das ganze Insider-Wissen. Der Kartenverkauf fängt in einem Monat an.«

Ich dachte, mein Gesicht müsste in Flammen aufgehen. Ging es vielleicht noch plumper? Ich hätte Audrey am liebsten umgebracht.

»Also jedenfalls bin ich mir sicher, dass ihr beide ganz gut ohne mich zurechtkommt. Bis später dann!«

Ja. Damit war ihr Schicksal besiegelt. Ich würde sie umbringen. Gregor schlug sein Mathebuch auf. Meine Notizen lagen ordentlich auf die Hälfte zusammengefaltet zwischen den Seiten. »Danke, dass du mir deine Notizen gegeben hast.«

»Kein Problem«, sagte ich und nahm die Blätter wieder an mich.

»Hast du Zeit, die Aufgaben von gestern noch mal mit mir durchzugehen? Ich will sie auf jeden Fall machen, obwohl Mr Fordiani meinte, dass es nicht nötig sei.«

»Klar.« Wer hätte gedacht, dass ich noch irgendwann dankbar für Mathegespräche sein würde?

Er rückte seinen Stuhl noch näher an meinen heran. *Oh. Mein. Gott.* Ich fiel fast in Ohnmacht. Gregor saß praktisch direkt neben mir! Obwohl wir uns nicht berührten, spürte ich die Körperwärme, die er ausstrahlte. Aber ich verdrängte schnell diesen Gedanken und konzentrierte mich auf die Aufgaben vom Vortag.

»Es ist hauptsächlich ein Überblick über das letzte Jahr«, sagte ich etwas zu laut. Schnell dämpfte ich meine Stimme und schob ihm mein Notizbuch zu. »Hier.«

»Danke.«

Ich wagte nicht, Gregor anzusehen. Er war so nahe. Wenn ich mich ganz leicht nach links geneigt hätte, wäre mein Knie gegen sein Bein gestoßen.

Er schubste mein Notizbuch zu mir zurück. »Du hast recht. Das ist nur eine Zusammenfassung. Wollen wir jetzt unsere Hausaufgaben machen? Oder musst du irgendwohin?«

»Nein, ich hab nichts weiter vor.« In diesem Moment hätte ich selbst eine Führung durch die Godiva-Schokoladenfabrik ohne Zögern abgelehnt, nur um mit Gregor Whitman Mathe-Aufgaben zu machen.

Wir fingen mit den Aufgaben an, und ich wusste nicht,

ob ich ihn ansprechen oder in Ruhe arbeiten lassen sollte. Ich wollte auf keinen Fall aufdringlich sein.

Schade war nur, dass wir einander nicht gegenübersaßen, sonst hätte ich ihn wenigstens unter meinen Haaren hervor anstarren können. Aber im nächsten Moment dankte ich meinem Schicksal, dass mein Wunsch nicht erhört worden war, weil Gregors Arm gegen meinen stieß, als er etwas in seinem Heft ausradierte. Es war wie ein Stromstoß, der mir vom Ellbogen bis ins Gesicht hinaufschoss. Ich hielt still, in der Hoffnung, dass Gregor mich noch einmal anstoßen würde. Und bingo! Ein zweiter Stromstoß. Diesmal murmelte er eine Entschuldigung. Okay, vielleicht hatte Audrey mir einen Gefallen getan, indem sie sich verkrümelte. Vielleicht musste ich sie doch nicht umbringen. Vielleicht musste ich mich sogar bei ihr bedanken.

Nachdem wir die Lösungen der Aufgaben miteinander verglichen hatten, packten wir unsere Bücher ein. Ich ging direkt zu meinem Schließfach, in der Annahme, dass Gregor sich absetzen würde, aber er kam einfach mit. Genau davon hatte ich geträumt: dass mich ein süßer Junge zum Unterricht begleitete. Vielleicht würde Gregor mein erster Freund werden. Dann konnten wir zusammen zum Herbstball gehen. Und vielleicht würde er mich sogar küssen. Ich warf ihm einen verstohlenen Blick zu, und er lächelte, was ein strahlendes Lächeln auf mein Gesicht zauberte.

»Du kommst also aus Michigan?«, sagte ich. »Wie ist es da so?«

Und er darauf: »Cool.«

Schweigen senkte sich herab.

»Das Wetter ist dort sicher ganz anders als in Kalifornien.« *Wow, Keiko, das Wetter. Brillant!* Ich hätte mir am liebsten eine gescheuert. Warum fiel mir nichts Interessanteres ein?

»Ja. Schon komisch, keinen Schnee im Winter zu haben.«

»Oh. Ja, klar.« Ich seufzte. Verlor mich in den Gedanken an Schnee, und wir legten den restlichen Weg schweigend zurück.

Als wir zu meinem Schließfach kamen, drehte ich hektisch an meinem Zahlenschloss. Gregor lehnte an der Wand und schaute zu. Ich brauchte drei Anläufe, um die Tür zu öffnen.

»Und was ist Kiiko für ein Name?«, fragte er plötzlich.

»Das ist Japanisch«, sagte ich und schob mein Mathebuch ins Schließfach.

»Oh. Du sprichst aber akzentfrei Englisch.«

Ich funkelte ihn an. Wollte er mich veräppeln, oder was? Aber er lachte nicht. Stand nur da und wartete auf eine Antwort.

»Ich bin Amerikanerin. Ich bin hier geboren. Und meine Eltern auch«, sagte ich.

»Ah. Deshalb hast du einen normalen Familiennamen.« Er schüttelte den Kopf. »Ich meine, einen amerikanischen.«

»Wir sind ja auch Amerikaner, nur hat meine Mom eben japanische Wurzeln.«

»Cool.«

Ich warf meine Bücher ins Schließfach. Wahrscheinlich war es okay, dass er nach meinem Namen fragte. Ein Zeichen, dass er sich für mich interessierte. Oder wenigstens für meinen Namen. Keiko war nun mal einzigartig.

»Magst du Schokolade?«, fragte ich.

»Klar.«

Ich gab ihm einen meiner edlen Milchschokoladentrüffel. Er kaute nachdenklich, und ich hielt den Atem an und versuchte, ihn nicht anzustarren.

»Mhm. Lecker.« Gregors Lächeln verwandelte mein Inneres in eine schmelzende Ganache-Pfütze.

Bevor ich antworten konnte, zerschnitt eine schrille Stimme die Luft. »Hey, was ist das für ein ekliger Fleck an der Wand?«

Conner und seine Blödmänner kamen auf uns zu. »Oh!« Conner schlug sich gegen die Stirn, wenn auch nicht so hart, wie *ich* es gern getan hätte. »Oh, das ist ja Splatter-Keks.«

Dann lachten sie, als hätte Conner etwas Witziges gesagt!

Warum verschwanden diese Hohlköpfe nicht einfach? Warum mussten sie mir in jeder Pause *und* nach dem Unterricht über den Weg laufen? Das Schulgelände war groß genug, dass wir uns aus dem Weg gehen konnten.

Gregor schwieg einen langen Augenblick, nachdem sie außer Sicht waren. Ich musste etwas sagen.

»Das war Audreys grässlicher Bruder und seine beiden bescheuerten Freunde.«

»Ganz schön blöd, die drei.«

»Das ist die Untertreibung des Jahrhunderts.« Ich war froh, dass er Conners Beleidigungen überging.

»Einfach ignorieren.«

»Versuch ich ja.«

»Wo bist du in der Mittagspause?«

Der abrupte Themawechsel brachte mich aus der Fassung. »Was?«

Er grinste. »Mittagspause? Wo gehst du da hin? Kann ich vielleicht dazukommen?«

»Oh.« Er wollte mit mir Mittag essen. »Ja, sicher. Klar kannst du zu uns kommen. Wir sind zu dritt, meine beiden Freundinnen Audrey und Jenna und ich. Jenna kennst du noch nicht.«

»Super. Und wo seid ihr dann?«

Ich wurde rot. »Oh, ähm, also …« Gregor lachte. Er hatte ein sehr nettes Lachen. »Der große Rasenplatz neben dem Hauptgebäude. Über dem Weg drüben.«

»Gut. Dann sehen wir uns am Montag.«

»Wenn du willst, kann ich dir die Cafeteria zeigen.«

»Ja, gern.«

Ich winkte ihm nach, als er aus dem Gebäude schlenderte. Gregor hatte einen coolen Gang. Ich lächelte vor mich hin. Vielleicht würde er mich bald in meine Stunden begleiten … oder sogar nach Hause?

8

Als ich ins Haus kam, warf ich als Erstes meinen Rucksack auf den Boden. Dad stand an der Küchentheke und zog Gewürzgläser aus dem Regal. Ich lief hinüber und umarmte ihn. Sprudelte förmlich über vor Glück.

»Hey.« Dad drehte sich zu mir um. »Das ist aber eine nette Begrüßung. Guter Tag?«

Ich nickte, grinste so breit, dass mein Gesicht schmerzte. »Du bist heute aber früh zu Hause.«

»Bin gerade erst gekommen«, sagte er. »Ich dachte, ich mache ein richtig großes Abendessen für uns.«

»Oh«, sagte ich zerknirscht. »Ich habe Mom geschrieben. Ich übernachte heute bei Audrey. Tut mir leid, ich hätte es dir auch sagen müssen.«

»Ah, okay. Kein Problem, dann bleibt mehr für uns.« Dad zog ein Schneidebrett hervor und hackte Gemüse.

Ich wollte gerade seine geliebte Retro-Musik für ihn einschalten, als ich ein Auto in unserer Einfahrt hörte. Dad und ich lächelten einander an. Er wischte sich die Hände an einem Handtuch ab, als Mom wie ein Wirbelwind zur Hintertür hereinstürzte. Ihr Haar war von einem Band zurückgehalten, ihr schwarzer Baumwollrock schwang um ihre Knie herum.

»Mom!« Ich schlang meine Arme um sie. Jetzt war mein Tag perfekt. Mit Mom konnte ich über alles reden, was gerade in meinem Leben vorging, und vielleicht konnte ich ihr sogar von Gregor erzählen.

Sie drückte mich an sich und ging zu Dad, um ihm einen Kuss zu geben.

»Tut mir leid«, stieß sie atemlos hervor. »Kümmert euch nicht um mich. Ich bin gar nicht wirklich da.«

»Ich mache Abendessen«, sagte Dad.

Mom schüttelte den Kopf, während sie einen Stapel Papiere auf der hinteren Theke durchwühlte. Moms Papierkram war absolut tabu – nichts durfte weggeräumt oder verschoben werden, das hatte ich von klein auf gelernt. Für mich waren das einfach planlose Papierhaufen, aber in Moms Augen hatte das Chaos eine eigene Ordnung.

»Ich kann nicht. Hab ein Meeting in …« – sie schaute auf die Küchenuhr – »dreißig Minuten. Ich wollte nur schnell meine Notizen über das Carlson-Schulprojekt zusammensuchen – hatte sie heute Morgen vergessen.«

»Mom«, sagte ich, »wenn du wüsstest, was gerade zwischen Audrey und Jenna abgeht …«

»Hab's!« Mom hielt einen blauen Hefter hoch, dann beugte sie sich vor und küsste mich auf die Wange. »Ich ess was auf dem Meeting.«

Und schon war sie wieder weg. Ich seufzte. Offenbar musste sie noch viel mehr arbeiten, als ich gedacht hatte. Es war schrecklich, dass ich ihr nicht erzählen konnte, was in meinem Leben gerade passierte. Und dass ich keine Ahnung hatte, wann ich endlich mal die Gelegenheit dazu bekommen würde.

»Immerhin haben wir sie kurz gesehen«, sagte Dad, als er mein enttäuschtes Gesicht bemerkte. »Mach dir keine Sorgen, mein Schatz, das ist nur vorübergehend. Sobald sie diesen Antrag fertig hat, kommt sie abends auch wieder nach Hause.«

»Macy wird sich über dein Festessen freuen«, sagte ich.

»Oh, das hatte ich ganz vergessen.« Dad stellte das Gewürzglas ins Regal zurück. »Macy übernachtet heute Abend bei Claire.«

Er kippte das bereits gehackte Gemüse vom Schneidebrett in eine große Tüte. »Ich kann Reste essen und endlich mal wieder lesen. Eine kleine Auszeit kann nicht schaden.«

»Wirklich?«, fragte ich.

Dad streckte lachend seine Hand aus, um die Falte zwischen meinen Augenbrauen glatt zu streichen. »Mach dir nicht so viele Sorgen, Keiko. Ich komme schon zurecht. Bin ja schließlich ein großer Junge.«

Ich ging nach oben, um Macy viel Spaß bei Claire zu wünschen, aber die ganze Etage war verlassen. Ich schaute ins Bad, aber dort war sie auch nicht. Ich klopfte an ihre Zimmertür, und als keine Antwort kam, ging ich hinein. Wo konnte Macy nur sein? Dann hörte ich die Haustür zufallen, und kurz darauf kam sie in ihr Zimmer.

»Hey«, sagte sie. »Was machst du hier?«

»Wollte dir nur viel Spaß bei Claire wünschen«, sagte ich und warf ihr einen misstrauischen Blick zu. »Wo warst du?«

Macy stopfte ein paar Sachen in ihre Übernachtungstasche und hievte sie über ihre Schulter. »Claires Mom holt mich ab. Ich warte draußen auf sie.« Und schon fegte sie an mir vorbei und polterte die Treppe hinunter.

So benahm sich Macy sonst nie. Wo war sie nach der Schule gewesen, und warum hatte sie mir nicht geantwortet? Ich nahm mir vor, sie später danach zu fragen.

* * *

Jenna, Audrey und ich fielen in unsere alten Gewohnheiten zurück und machten Nachos, wie früher immer bei Audrey zu Hause. Jenna duckte sich unter Audreys Arm durch, um sich eine Rührschüssel und die Avocados zu schnappen, während Audrey verschiedene Zutaten aus dem Kühlschrank nahm.

Ich schnitt Käse klein, Jenna bereitete ihre berühmte Guacamole zu, und Audrey hackte Tomaten für die Sauce. Bei uns kam nichts Gekauftes, Vorgefertigtes auf den Tisch. Na ja, außer den Tortillachips natürlich. Wir durften den Herd nicht einschalten, wenn Audreys Eltern nicht zu Hause waren – also fast immer –, und mussten uns dann mit der Mikrowelle begnügen.

Wir mischten und hackten, und Audrey erzählte nebenbei von ihrem Herbstball-Komitee. »Nächste Woche stimmen wir über ein Thema ab. Ich will *Tropenparadies* vorschlagen. Hoffentlich gewinne ich! Dann könnten wir Blumengirlanden und Fruchtdrinks mit kleinen Papierschirmchen machen. Ihr beide müsst unbedingt mithelfen«, sagte sie.

Weder Jenna noch ich antwortete etwas darauf, was Audrey aber nicht auffiel, weil sie uns von den Mädchen in ihrem Komitee vorschwärmte. »Tricia ist die Netteste, und Addie hat die besten Ideen.«

Als die Mikrowelle piepste und unsere Nachos fertig waren, tappte Conners Hund in die Küche. Audrey, die gerade ihre Sauce zum Tisch trug, wäre fast über ihn gestolpert.

»Mann«, fauchte sie. »Blöder Köter.«

Ich kauerte mich zu Lumpy nieder, um ihn zu streicheln, und er wedelte so heftig mit dem Schwanz, dass er Audreys Beine peitschte.

»Oh mein Gott«, schimpfte sie und huschte schnell außer Reichweite. »Das tut weh!«

»So schlimm kann es doch nicht sein«, sagte Jenna. Sie nahm gerade die Tortillas mit dem geschmolzenen Käse aus der Mikrowelle und stellte die Platte auf den Tisch.

Ich kraulte Lumpy, weil er mir leidtat. Ein wedelnder Schwanz war doch etwas Gutes. Es bedeutete, dass

Lumpy glücklich war. Hunde sind fast immer glücklich – einer der vielen Gründe, warum ich sie so liebe.

»Iiih, Keiko«, sagte Audrey. »Jetzt hast du den ganzen Hundegeruch an deinen Händen.«

Ich verdrehte innerlich die Augen und ging zur Spüle, um mir die Hände zu waschen. Als ich mich an den Tisch setzte, goss Jenna Wasser in drei Gläser, während Audrey Servietten verteilte. Mir wurde ganz warm ums Herz, als die beiden sich gleichzeitig hinsetzten und einander zulächelten. Strahlend hob ich mein Wasserglas. »Auf uns, die drei Amigas! Freundinnen für immer!«

Jenna und Audrey stießen ihre Gläser gegen meins. »Freundinnen für immer«, wiederholten wir alle zusammen.

Audrey löffelte Guacamole auf einen Tortillachip, der dick mit geschmolzenem Käse bedeckt war, und biss hinein. »Mhmmm. Himmel auf Erden. Der Snack mit dem Glücksfaktor!«

Wir lachten.

»Letzteres ist nicht übertrieben«, sagte Jenna.

»Ey, alter Retro-Werbespot«, kicherte Audrey.

Wir verspeisten unsere Nachos und schlugen uns die Bäuche voll.

»Es war schrecklich, dass wir dich im Sommer nicht dabeihatten, Jenna«, sagte ich.

»Für mich auch – ich meine, dass ich nicht hier sein konnte. Nächstes Jahr muss ich hoffentlich nicht den ganzen Sommer bei meinem Dad bleiben. Obwohl ich ihn natürlich schon sehen will.«

»Wir müssen eben lernen, dich zu teilen«, sagte ich.

»Teilen wird überschätzt, wenn ihr mich fragt.« Audrey angelte sich den letzten Chip.

Apropos teilen – ich schmuggelte heimlich einen Käsebrocken für Lumpy unter den Tisch.

Wir räumten auf und folgten Audrey in ihr Zimmer hinauf. In der Tür blieben Jenna und ich wie angewurzelt stehen. Ein großes, selbst gebasteltes Poster mit der Aufschrift *Herbstball* prangte an der Wand gegenüber. Künstliche Blumen in roten Plastikbechern standen auf Audreys weißen Möbeln – auf der Kommode, dem Nachttisch und dem Schreibtisch.

»Was ist das denn?« Jenna hielt sich am Türrahmen fest.

»Überraschung!« Audrey wirbelte herum. »Damit wir schon mal in Stimmung kommen.«

»Der Ball ist doch erst in ein paar Wochen«, murmelte ich.

Jenna sagte gar nichts. Sie war wie vor den Kopf geschlagen.

»Ach kommt schon, Mädels«, rief Audrey. »Das wird so toll! Jede Menge Fun!«

»Wir haben ja noch nicht mal Freunde, es fühlt sich alles nach etwas viel Druck an.« Ich ging in ihr Zimmer und nahm einen Plastikbecher in die Hand.

Jenna stand immer noch reglos in der Tür.

»Komm endlich rein«, sagte Audrey zu ihr. »Wir haben so viel zu planen und zu besprechen!«

Jenna schleppte sich ein paar Zentimeter ins Zimmer herein und lehnte dann am Türrahmen.

»Also, Keks …«, fing Audrey an. »Wie weit bist du mit Gregor gekommen? Habt ihr bald ein Date?«

Jenna riss ihren Kopf zu mir herum. »Gregor? Wer ist Gregor?«

»Der Neue, den Keiko so toll findet. Er war heute mit ihr in der Bibliothek, Hausaufgaben machen.«

Mir wurde ganz mulmig bei ihren Worten. Ich war meilenweit von einem Date mit Gregor entfernt. Ich versuchte zu lächeln, aber meine Gesichtszüge entgleisten zu einer Grimasse. »Lass es uns ein bisschen langsamer angehen, Audrey, ja? Vielleicht erst mal einen Plan ausarbeiten …« Ich fand es viel prickelnder, die Vorfreude zu genießen, als wie eine Irre auf die Ziellinie zuzurasen.

Audrey drehte sich zu Jenna um. »Du bist die Einzige, die noch hinterherhinkt. Such dir jemand aus, dann haben wir unsere Dates in der Tasche, bevor der Kartenverkauf anfängt.«

Ich setzte mich auf Audreys Bett, während Jenna weiter stumm in der Tür stand.

»Was ist denn los mit euch?« Audrey schaute uns fragend an.

»Nichts.« Ich warf Jenna einen Blick zu. *Jetzt!* Das war

der Moment, um endlich die Katze aus dem Sack zu lassen.

Jennas Kiefer mahlten. »Audrey, ich muss dir …«

»Schon klar«, fiel Audrey ihr ins Wort. »Die Scheidung deiner Eltern war ein Albtraum, und ich kann verstehen, dass du vor Beziehungen zurückschreckst. Aber wer sagt denn, dass du nicht mit einem Jungen glücklich sein kannst, nur weil die Ehe deiner Eltern in die Brüche gegangen ist?«

Ich hielt den Atem an. Die Scheidung von Jennas Eltern war immer ein absolutes Tabu-Thema gewesen.

»Wir können dir helfen, Jenna«, fuhr Audrey fort. »Ehrlich. Vielleicht änderst du mal deinen Kleiderstil. Du könntest so süß aussehen, wenn du die richtigen Klamotten anhättest. Dann würden die Jungs dich auch mehr beachten.«

»Mir ist es lieber, wenn ich wegen meiner Persönlichkeit beachtet werde«, sagte Jenna, die endlich ins Zimmer kam und sich neben mich setzte. »Oder wenn der Junge zumindest ein paar Gemeinsamkeiten mit mir hat.«

Audrey nickte so heftig, dass ihre Haare herumpeitschten. »Ganz genau, Jenna. Das ist die richtige Einstellung!«

Ich stieß Jenna an.

»Versprich mir, dass du es wenigstens mal versuchst«, beschwor Audrey sie. »Und dass du uns keinen Strich durch die Rechnung machst.«

»Ich halte euch beide von nichts ab«, sagte Jenna mit rauer, erstickter Stimme.

»Ach ja? Du hüllst dich die ganze Zeit in Schweigen, als wärst du sauer, weil wir uns einen Freund suchen wollen.«

»Überhaupt nicht.« Jenna verschränkte die Arme.

Ich wollte keinen Streit und ging schnell dazwischen. »Okay, Audrey, ich frage Gregor, ob er mit mir zum Ball geht. Aber dafür brauche ich dringend deinen Rat. Jetzt, sofort!«

Jenna stand auf. »Gute Idee, Keiko. Warum sollen wir herumsitzen und Däumchen drehen, bis wir gefragt werden? Ich mach das auch.«

»He, Moment mal, Jenna«, sagte Audrey. »Heißt das, du hast schon jemand im Blick, mit dem du zum Ball gehen kannst? Das ist doch super! Warum sagst du es nicht gleich?«

Jenna setzte sich wieder.

»Na los!« Audrey lächelte sie an. »Wer ist es?«

»Ach, egal.«

»Das muss dir doch nicht peinlich sein, Jenna. Wir lachen dich nicht aus, ehrlich. Keks, hilf mir – sie soll endlich auspacken.«

Ich war eine miserable Lügnerin und suchte verzweifelt nach Worten.

Audrey starrte mich mit hochgezogenen Augenbrauen an. Dann drehte sie sich zu Jenna um, die auf ihre Füße schaute. »Du weißt es!«, stieß sie hervor, als sie sich wieder zu mir umdrehte. Ihre Stimme schoss eine ganze Oktave in die Höhe, wie immer, wenn sie sich aufregte. Ich schluckte, aber es war, als steckte ein riesiges Marshmallow in meiner Kehle. »Du weißt, wer es ist. Warum erzählt Jenna es dir und mir nicht?«

»Du hast doch auch als Erste erfahren, wen Keiko gut findet«, wandte Jenna ein.

Audrey holte Luft. »Ja, okay. Du hast ja auch zwei Fächer mit Keiko zusammen und ich gar keins. Da kann schon mal was durchs Netz gehen.«

Dass sie schon wieder mit Binsenweisheiten um sich warf, war ein gutes Zeichen.

»Also, sag's mir jetzt«, verlangte Audrey. »Wer ist der Glückliche?«

Ich wagte kaum zu atmen, als Jenna »Elliot Oxford« flüsterte.

Niemand rührte sich. Totenstille. Die Sekunden tickten vorüber.

»Was hast du gesagt?«, fragte Audrey betont ruhig.

»Tut mir leid«, sagte Jenna. »Oder nein, es tut mir nicht leid. Ich mag ihn, aber du ja auch.«

Audrey blinzelte. »Dann such dir jemand anderen, Jenna. Elliot gehört mir. Ich hab's als Erste gesagt.«

»Er ist doch kein Donut«, protestierte Jenna.

»Sag, was du willst.« Audrey winkte mit der Hand ab. »Aber such dir jemand anderen.«

»So geht das nicht«, sagte Jenna.

»Du weißt, dass ich ihn mag! Und jetzt willst du ihn mir ausspannen.«

»Ich spanne ihn dir nicht aus«, sagte Jenna leise.

»Also, dann such dir jemand anderen.«

»Jenna kannte Elliot schon vor dir«, warf ich ein. »Sie sind befreundet.«

»Weil sie letztes Jahr in denselben Leistungskursen waren? Na und? Das hat doch nichts zu bedeuten?«

»Wir haben uns gegen Ende des Sommers geschrieben. Über die Schule geredet und so«, sagte Jenna.

Audrey zuckte zurück, als hätte Jenna ihr einen Stoß versetzt. »Du hast ihm geschrieben?« Es klang wie eine Mordanklage.

»Audrey«, sagte ich beschwörend und hoffte, dass sie sich beruhigen würde.

Aber von wegen. Jetzt fiel sie über mich her. »Du hast es mir verheimlicht! Wie konntest du so was tun? Freundinnen haben keine Geheimnisse voreinander.«

»Sei nicht sauer auf Keiko«, sagte Jenna. »Sie kann nichts dafür. Ich hab's ihr erst am Mittwoch erzählt. Und auf mich brauchst du auch nicht sauer zu sein. War ja keine Absicht von mir.«

»Es ist gegen die Regeln«, trumpfte Audrey auf.

»Was für Regeln?«

»Dass man einer Freundin nicht den Freund ausspannen darf! Unter keinen Umständen!«

»Ich spanne dir Elliot nicht aus. Ich bin doch gar nicht mit ihm zusammen. Und du auch nicht.«

»Dann lass die Finger von ihm!«

Mir brach der kalte Schweiß aus, das T-Shirt klebte mir am Rücken. Ich hatte keine Ahnung, was ich tun oder sagen sollte, um die Katastrophe zu stoppen.

»Wenn nicht, bist du keine gute Freundin«, legte Audrey nach.

»Wir müssen uns deswegen nicht streiten«, gab Jenna zurück. »Ich sage ja nur, dass ich ihn auch mag. Das ist alles.«

»Das ist *nicht* alles! Hör auf, mit ihm zu reden! Und ihm zu schreiben! Halt dich fern von ihm!«

»Das wird nicht passieren«, sagte Jenna. »Wir arbeiten in der Zeitungsredaktion zusammen.«

»Aha! Deshalb bist du da reingegangen!«, brüllte Audrey los.

Jenna straffte ihre Schultern. »Du weißt genau, dass ich gern schreibe. Und dass ich eines Tages Schriftstellerin oder Journalistin werden will.«

»Lasst uns einfach mal kurz durchschnaufen«, schlug ich vor. »Und dann sprechen wir in Ruhe darüber. Aber zuerst brauchen wir eine Pause. Lasst uns ins Wohnzimmer gehen.«

Ich packte Jennas Hand, um sie in den Flur hinauszuziehen, aber Audrey zeigte mit dem Finger auf Jenna und fauchte:

»Da gibt’s nichts zu besprechen.« Dann brach sie in Tränen aus. »Entweder sie zieht sich zurück, oder sie ist nicht mehr unsere Freundin.«

9

»Ich geh nach Hause«, sagte Jenna, als wir ins Wohnzimmer kamen.

»Du kannst jetzt nicht einfach gehen.«

»Sie will uns doch gar nicht dahaben.«

»Sie ist wütend und verletzt. Wenn sie sich ausgeweint hat, können wir mit ihr reden.« Ich hasste Konflikte, aber mangelnde Entschlossenheit noch mehr.

Jenna schüttelte den Kopf. »Das lässt sich nicht an einem Abend regeln. Und Audrey ist stur. Ich habe nichts falsch gemacht.«

»Ich weiß, ich weiß.«

»Ich hab ihr Elliot nicht ausgespannt.«

»Nein, natürlich nicht. Sie muss erst mal runterkommen. Dann lenkt sie schon ein.«

»Wie kann man sich nur so aufführen? Ich verstehe das nicht.« Jenna packte ihre Übernachtungstasche.

»Geh nicht«, flehte ich sie an. »Wenn du jetzt gehst, denkt Audrey, es ist dir egal.«

»Das denkt sie sowieso schon.«

»Dann beweise ihr, dass sie unrecht hat.«

»Indem ich ihr Elliot überlasse?«

»Nein, ich meine, du warst vorher schon mit ihm befreundet. Und er mag dich sicher auch.« Ich lächelte.

Jennas Mundwinkel gingen nach oben. »Hmmm.«

»Audrey wird bald einsehen, dass du das nicht absichtlich gemacht hast, um ihr eins auszuwischen. Und sie kommt auch drüber hinweg, dass du es uns nicht sofort erzählt hast. Das alles hat sie nur völlig aus der Bahn geworfen.«

»Sie wird mich hassen – für immer.« Jenna riss ihr Telefon heraus und tippte wütend darauf herum.

»Nein, wird sie nicht. Lass ihr einfach Zeit.«

»Eine Nacht reicht vermutlich nicht aus, aber ich komme morgen früh zurück.« Jenna nahm ihre Tasche über die Schulter und packte ihren Schlafsack. »Meine Mom ist schon unterwegs.«

Ich seufzte.

Als Jenna fort war, holte ich Lumpy und drehte eine Runde um den Block mit ihm. Die Sonne ging gerade unter, und der Himmel war wunderbar blassrosa und lavendelblau gestreift, was mich aber auch nicht aufmuntern konnte. Dieser Streit schlug mir auf den Magen. Ich hatte Audrey noch nie so wütend erlebt, jedenfalls nicht auf uns. Ich wollte doch nur, dass unser Leben wieder wie früher war. Stattdessen veränderte sich alles, obwohl wir gerade erst eine Woche in der Siebten waren.

Ich war so in meine düsteren Gedanken vertieft, dass ich stehen blieb, ohne es zu merken. Lumpy zerrte auch nicht an der Leine, sondern setzte sich und schaute mich mit hängender Zunge an.

»Du bist ein guter Junge«, sagte ich und beugte mich zu ihm hinunter. Lumpy schmiegte seine Schnauze an meine Schulter, und ich streichelte sein glattes Fell. Wenigstens leistete Lumpy mir heute Abend Gesellschaft. Hunde sind nicht so kompliziert wie Menschen. Sie lieben einen, komme, was wolle, und würden einen niemals ausgrenzen, verurteilen oder verspotten.

Lumpy wedelte mit dem Schwanz, und bald hatte ich mich so weit gefangen, dass ich ins Haus zurückkonnte.

Ich gab Lumpy frisches Wasser und ging auf Zehenspitzen zu Audreys Zimmer hinauf.

»Audrey?«, sagte ich und klopfte an die Tür.

Keine Antwort. Ich klopfte ein bisschen fester. Vielleicht schlief sie schon.

»Geh weg! Hau ab!«

Ups. Wohl doch nicht.

Es war noch früh am Abend, aber ich hatte keine Lust, allein aufzubleiben. Die Couch in der großen Lounge war tabu. Sie wurde nur für die seltenen Kundenmeetings der Lassiters benutzt, und die Couch im Wohnzimmer war unbequem. Allerdings nicht so ungemütlich wie die Vorstellung, Audrey gegenüberzutreten, solange sie so wütend war, selbst wenn sie mich in ihr Zimmer gelassen hätte. Aber ich war trotzdem entschlossen, nicht aufzugeben, so wie Jenna. Ich würde dableiben und abwarten, bis Audrey sich beruhigt hatte.

Lumpy streifte an mir vorbei in den Flur und trottete

in Conners Zimmer. Audrey hatte gesagt, dass Conner erst am Sonntag vom Campen zurückkommen würde. Ob ich es riskieren sollte? Die Vorstellung, auf seinem Bett zu sitzen, war irgendwie eklig, aber ich konnte ja meinen Schlafsack darüberlegen.

Lumpy quetschte sich unter Conners Schreibtisch, kam aber heraus, um mich zu begrüßen, als ich meine Sachen ins Zimmer schleppte und die Tür hinter mir zuzog. Ich machte das Licht auf dem Nachttisch an und ließ meinen Schlafsack aufs Bett fallen, während ich mich im Zimmer umschaute.

Ich hatte Conners Zimmer mindestens ein Jahr lang nicht mehr betreten. Die Wände waren jetzt sandfarben gestrichen und die T-Ball-Trophäen auf seiner Kommode verschwunden. Stattdessen stapelten sich dort Bücher über Hundetraining und Hundeverhalten, außerdem Broschüren diverser Veterinär-Colleges. Ich wusste, dass Conner Lumpy liebte und Hunde ganz allgemein, aber so viel ernsthaftes Interesse hätte ich ihm nie zugetraut. Es warf mich irgendwie um.

Ich ging zu seinem ordentlich gemachten Bett zurück. Früher lag dort eine Überdecke mit Basketballmotiven, aber das war lange her. In dem Sommer bevor Conner in die PV Middle kam und sich in einen Albtraum verwandelte, hatte er eine tannengrüne Steppdecke bekommen. Nur das Filmposter von dem alten Schwarz-Weiß-Film *Casablanca*, das über seinem Bett hing, war gleich geblieben.

Ich dachte daran, wie Conner und ich vor zwei Jahren alte Filmklassiker zusammen angeschaut hatten. *Casablanca. Rat mal, wer zum Essen kommt. Frühstück bei Tiffany*. Letzteren zusammen mit Audrey, die ihn gut fand, im Gegensatz zu mir. Audrey wollte ihn noch mal sehen, aber ich weigerte mich, weil ich diesen grässlichen Asiaten hasste, der von einem Weißen gespielt wurde. Er war total klischeehaft und falsch. Seine Schlitzaugen und sein unechter Akzent beleidigten mich. Audrey warf mir vor, dass ich zu empfindlich sei.

»Keks, du übertreibst«, hatte sie gelacht. »Das hat doch nichts mit dir zu tun – dich würde niemand so sehen. Du hast also keinen Grund, dich beleidigt zu fühlen.«

»Tu ich aber«, hatte ich beharrt, und meine Augen füllten sich mit Tränen vor Wut.

»Es ist ja auch beleidigend.« Conner stellte sich auf meine Seite.

Audrey schnaubte. »Wie kannst du dich davon getroffen fühlen? Du bist doch weiß!«

»Hör jetzt auf damit«, sagte Conner zu ihr. »Wir schauen ihn nicht mehr an. Keks hat recht, der Film ist beleidigend.«

Audrey hielt den restlichen Tag über den Mund, aber irgendwann später konnte sie sich die Bemerkung nicht verkneifen, wie merkwürdig es sei, dass Conner Partei für mich ergriffen hatte. Damals war mir das nicht aufgefallen, aber im Nachhinein musste ich ihr recht geben. Es war tatsächlich komisch, weil Conner mich jetzt bei jeder Gelegenheit schlechtmachte und verspottete.

Ich rollte meinen Schlafsack auf seinem Bett aus und schlüpfte in eine weite Jogginghose und ein Oversize-T-Shirt mit M&Ms vorne drauf. Als ich in meinen Schlafsack kroch, hüpfte Lumpy zu mir herauf und schmiegte seine feuchte Schnauze an meine Wange. Das war ein Geschenk für mich. Audrey ließ Lumpy nie in ihr Zimmer. Ich knipste das Licht aus und kuschelte mich an den Hund.

Irgendwann wachte ich völlig benommen auf. Es dauerte ein paar Sekunden, bis ich mich erinnerte, wo ich war. Conners digitale Uhr zeigte 1.15 an. Ich blinzelte in den dunklen Raum. Lumpy hopste vom Bett herunter, als die Tür aufging und leise wieder zuklickte. Er begrüßte Audrey, die sich zu ihm hinunterbeugte und ihn umarmte.

Halt. Moment mal. Audrey und den Hund umarmen?

Ich machte Licht und schnappte nach Luft. Conner starrte mich an, eine Augenbraue fragend hochgezogen.

»Was willst du denn hier?«, sagte ich.

»Dasselbe könnte ich dich fragen.« Conner richtete sich auf. »Hast du mit Audrey gestritten?«

»Ja, so ähnlich.« Was zwischen mir und Audrey war, ging ihn nichts an. Ich setzte mich auf und rieb mir die Augen. »Ich geh ins Wohnzimmer und schlaf dort.«

Conner schüttelte den Kopf. Er hatte seine Haare wachsen lassen, und eine dicke Strähne fiel ihm in die

Augen. »Nö. Ich ratz auf der Couch. Wenn du schon mal da bist, kannst du auch bleiben.«

Ich schwieg einen Augenblick. »Ich dachte, du wärst campen.«

»Das Auto von Teddys Dad ist auf halber Strecke liegen geblieben.«

Conner sah müde aus. Wahrscheinlich der Grund, warum er nicht ausfallend wurde. Lumpy sprang neben mich aufs Bett zurück.

»Er mag dich«, sagte Conner. »Und du ihn.«

Ich umarmte Lumpy, dessen Schwanz vor Begeisterung auf das Bett klopfte. »Er ist der Beste.«

Conner kam ins Zimmer und setzte sich möglichst weit von mir entfernt auf die Bettkante. Langsam streckte er die Hand aus, um Lumpy hinter den Ohren zu kraulen. Lumpy lehnte sich an Conner, was mir einen Stich ins Herz gab. Ich hätte auch gern einen Hund gehabt.

»Ich habe deine Bücher gesehen«, sagte ich. »Willst du Tiermedizin studieren?«

Conner lächelte. Das war neu. In den letzten Monaten hatte er mir höchstens mal ein boshaftes Grinsen gegönnt. »Ja. Das ist momentan mein Traum. Ich brauche gute Noten dafür.«

»Wow.«

»Wow?«

»Ich weiß nicht«, sagte ich. »Ich hätte nicht gedacht, dass es dir mit irgendwas so ernst sein könnte.« Ups. Ich schlug mir erschrocken die Hand vor den Mund. Es wurde Zeit, dass ich lernte, erst zu denken und dann zu reden. Da hatten wir ausnahmsweise mal normal miteinander geredet, so flüchtig dieser Waffenstillstand auch sein mochte, und ich Idiot musste alles wieder kaputt machen.

Aber … Überraschung! Conner lachte. »Na ja, das hab ich wohl verdient.«

Mir klappte der Mund auf, aber es kam kein einziges Wort heraus.

Das Schweigen zog sich in die Länge, bis ich plötzlich merkte, dass ich im Pyjama war, auf Conners Bett – mit ihm allein in seinem Zimmer!

Conner stand abrupt auf und ging zu seinem Schreibtisch, als hätte er meine Gedanken erraten und wollte mehr Abstand zwischen uns bringen.

»Ich war ein Idiot«, sagte er.

»Stimmt.« Was hätte ich sonst darauf antworten sollen? Er war im ganzen letzten Jahr immer nur gehässig und gemein zu mir gewesen. »Was ist eigentlich los? Ich meine, wir waren doch mal Freunde.«

»Betonung liegt auf *waren*.«

»Ja, genau. Waren. Oder was erwartest du, wenn du mich die ganze Zeit mit blöden Bemerkungen bombardierst?«

»Du meinst, damit hat es angefangen?«

Wir funkelten einander an, bis Lumpy zu winseln anfing.

»Richtig. Oder etwa nicht?«

Normalerweise hätte ich es wieder mit einer lahmen Retourkutsche versucht, aber diesmal hielt ich den Mund. Vielleicht, weil es schon so spät und so dunkel war, oder wegen des Krachs mit Audrey und weil Jenna sich verdrückt hatte. Vielleicht auch nur, weil Lumpy an meiner Seite mir Kraft gab – jedenfalls ließ ich meine Wut nicht einfach heraus wie sonst immer. »Warum?«, fragte ich. »Was ist zwischen uns passiert?«

Conner zog seinen Schreibtischstuhl unter dem Tisch hervor und hockte sich rittlings darauf. »Du hast eine Entscheidung getroffen«, sagte er.

»Eine Entscheidung?«

»Ja. Wir waren Freunde. Wir waren immer zusammen, bis Audrey so komisch und besitzergreifend wurde.«

»Oh ja.« Conner und ich spielten bei den Brettspielen oft gegen Audrey und Jenna. Und obwohl sie bei banalen Quizfragen (Audrey) und Wortspielen (Jenna) gewannen, hatten Conner und ich viel mehr Spaß dabei. Wir lachten und dachten uns irgendwelche hirnrissigen Regeln aus, nur so, aus Blödelei. Ich glaube, Audrey hätte lieber verloren, als mitansehen zu müssen, wie gut wir uns verstanden.

Conner starrte auf den Teppich. »Audrey hat mir gesagt, dass sie mich nicht mehr dabeihaben will.«

»Ach ja?«

»Und dann hat sie dich zu einer Entscheidung gezwungen, und du hast sie gewählt.«

Ich erinnerte mich genau daran. Es war beim Monopoly in unserem Haus gewesen. Seit der dritten Klasse gehörte Jenna mit dazu, und wir behielten unsere Spieleabende auch später noch bei, als Audrey und Conner bereits allein zu Hause bleiben durften.

Bei dem Spiel vor zwei Jahren hatten Conner und ich verloren, und er wollte, dass wir beide ein Team bildeten. Für Audrey war das Schummeln, während Conner behauptete, das sei erlaubt. Das Ganze endete im Streit, sie brüllten sich an, und Audrey schleuderte das Monopolybrett auf den Boden. Jenna und ich standen wie gelähmt dabei.

Schließlich sagte Audrey zu mir: »Conner oder ich. Mit wem willst du befreundet sein? Du musst dich entscheiden, weil ich nie wieder was mit diesem Blödmann zu tun haben will.«

Ich hoffte, dass sich das alles wieder einrenken würde, aber ich täuschte mich. Audrey konnte endlos grollen, was sie bei dieser Gelegenheit wieder einmal unter Beweis stellte.

Ich blinzelte Conner an. »Heißt das, du warst die ganze Zeit sauer auf mich, weil ich mich für meine beste Freundin entschieden habe? Und nur aus Rache hast du uns dann die ganze Zeit beschimpft und beleidigt?«

»Ich war wütend«, sagte er.

»Ja, aber ich wollte dich nicht verletzen. Während du mich mit voller Absicht gekränkt hast.«

Conner sah mich so lange schweigend an, bis ich mich unter seinem Blick förmlich krümmte und mein Gesicht in Lumpys Fell versteckte. Was war nur in mich gefahren? Ich hatte das alles gar nicht sagen wollen. Mangelnder Schlaf – das musste der Grund sein, warum ich plötzlich meine Gefühle hinausposaunte.

»Du hast recht«, sagte Conner, und ich riss verblüfft den Kopf hoch.

Ehe ich mich bremsen konnte, platzte ich heraus: »Und wo wir gerade dabei sind – es war total rassistisch von Doug, uns als Chinesische Mauer zu bezeichnen.«

Conner zog den Kopf ein. »Ja, ich hab ihm gesagt, er soll das lassen. Tut mir leid, okay?«

Wie bitte? Hatte ich mich verhört? Conner entschuldigte sich! »Okay«, sagte ich. »Aber Audrey wird es dir nicht so schnell verzeihen.«

Conner stand auf, seine Armmuskeln angespannt. »Ich spreche nicht von Audrey. Bei ihr tut mir überhaupt nichts leid.«

»Dann bist du wegen was anderem böse auf sie?«

Er ignorierte meine Frage und ging zur Tür. »Ist es okay, wenn ich Lumpy dalasse? Er ist gern hier drin.«

»Klar«, murmelte ich, als er zur Tür hinausschlüpfte.

Es dauerte lange, bis ich wieder einschlafen konnte.

10

Als ich am nächsten Morgen aufwachte, war die Tür offen und Lumpy fort. Ich schlüpfte aus meinem Schlafsack und spähte in den Flur hinaus. Audreys Tür war noch zu. Ich starrte einen Augenblick darauf – wenn ich doch nur einfach reingehen könnte, als hätte es den Streit gestern nie gegeben. Ich wusste selbst nicht, warum ich Angst hatte. Audrey war meine beste Freundin. Es hätte mir nichts ausmachen dürfen, sie anzusprechen. Hätte.

Stattdessen ging ich in die Küche. Meine Haut kribbelte von der Morgenkälte, als ich die Zutaten für meine heiße Schokolade aus dem Küchenschrank nahm. Audreys nette Geste, dieses Kakaoset für mich im Schrank zu deponieren, fühlte sich wie etwas längst Vergangenes an. Ihre Eltern waren gestern Nacht spät nach Hause gekommen und hatten eine Nachricht auf der Theke hinterlassen, dass sie ausschlafen wollten.

Ich stellte einen Topf auf den Herd und röstete die Kakaonibs leicht an, bis der erdige Geruch, den ich so liebte, die Luft erfüllte. Dann kippte ich die Nibs in eine Schüssel und röstete Gewürze im selben Topf. Die Küche wärmte sich auf, und die scharfen Chilidünste hüllten mich ein wie eine Decke.

Ich schaltete den Herd ab und ging in die Hocke, um die Kaffeemühle aus dem Schrank hervorzukramen. Sie war nicht am gewohnten Platz, also schob ich eine Küchenmaschine beiseite und griff ganz nach hinten. Lumpy trottete zu mir herüber und leckte mir übers Gesicht.

Ich lachte, hielt meine freie Hand hoch. »Das ist unfair, wenn ich mich nicht wehren kann«, sagte ich und wich seiner Zunge aus.

»Machst du gerade deine superleckere heiße Schokolade?« Conners Stimme ließ mich zusammenzucken, und ich sprang so heftig auf, dass ich gegen die Küchentheke stieß.

Ich rieb mir die Schulter und erstarrte, als Conner mit verstrubbelten Haaren und Lumpys Leine in der Hand durch die Küche spazierte. Er trug ausgebleichte Jeans und ein zerknittertes smaragdgrünes T-Shirt, dieselben Sachen, die er gestern Nacht schon angehabt hatte.

Ich duckte mich hinunter, um weiter nach der Kaffeemühle zu suchen. Es war komisch, Conner ganz normal reden zu hören, so wie früher, bevor er sich in einen Idioten verwandelt hatte. Um meine Verlegenheit zu überspielen, machte ich eine Menge Lärm, knallte mit Töpfen und Pfannen herum, bis ich endlich die Kaffeemühle hinter dem Mixer entdeckte. Lumpy trottete davon, also war Conner wahrscheinlich auch gegangen.

Ich sprang auf und hielt die Kaffeemühle über meinen Kopf wie eine Siegestrophäe. Dann sah ich, dass Conner auf der anderen Seite der Theke stand, direkt mir gegenüber, und ich purzelte beinahe nach hinten vor Schreck. *Reiß dich zusammen*, schnauzte ich mich in Gedanken an und stellte die Kaffeemühle zwischen uns auf die Theke.

Conner lächelte, und ich glaube, ich lächelte zurück.

»Warst du Gassi mit Lumpy?«, fragte ich, während ich die Gewürze aus der Pfanne in die Mühle kippte.

»Ja, klar – der könnte fünfzigmal am Tag Gassi gehen und hätte immer noch nicht genug.« Conner setzte sich auf einen Hocker. »Kann ich dir helfen?«

»Geht schon«, sagte ich.

Er kicherte.

»Was ist?« Ich funkelte ihn mit zusammengekniffenen Augen an.

»Kontrollfreak«, sagte er, aber nicht gehässig, sondern in einem scherzhaften Ton, den ich seit einer Ewigkeit nicht mehr von ihm gehört hatte.

Ich holte Luft. »Gut, du kannst vier Tassen Wasser heiß machen, während ich alles mahle.«

Er salutierte vor mir und kam um die Theke herum. Wir arbeiteten still vor uns hin, bis die Befangenheit zwischen uns verflogen war und ich mich voll auf meinen Kakao konzentrieren konnte. Es war mein absolutes Lieblingsschokoladengetränk, obwohl Audrey sich immer beschwerte, es sei zu viel Arbeit und dauere zu lange. Ihr war es lieber, heißes Wasser über ein geschmackloses Fertigpulver zu gießen.

Conner nahm ein Sieb und eine Schale aus dem Schrank. Wir hatten das Rezept vor zwei Jahren zusammen entwickelt, mit Audrey als Publikum. Unglaublich, dass er sich noch an die einzelnen Schritte erinnerte. Ich goss die heiße Schokoladenmischung durch das Sieb und in die Schale. Dann schöpfte ich zwei gleich große Portionen in zwei Becher und schob einen davon zu Conner hinüber.

Bevor er daran nippte, warf er mir einen Blick zu. »Wir sind wieder gut, oder?«

Ich nickte und schloss die Augen, um meinen Kakao zu genießen. Schokoladig, aromatisch, mit einem Hauch von Schärfe, nicht übermäßig süß. Perfekt abgerundeter Geschmack.

Vorsichtig spähte ich über meinen Becher und schaute zu, wie Conner an seiner Tasse nippte. Nicht jedermanns Geschmack. Es war nicht die übliche heiße Schokolade.

»Immer noch so gut, wie ich es in Erinnerung hatte.« Er nickte zu seinem Becher. »Das hab ich vermisst.«

Meinte er die heiße Schokolade oder uns? Ich war mir nicht sicher. Und während ich Conner zum Küchentisch folgte, begriff ich, wie wichtig die Antwort darauf war.

»Warum bist du sauer auf Audrey?«, fragte ich ihn.

Er schüttelte den Kopf. »Vergiss es. Ich hätte gar nicht davon reden sollen.«

»Aber vielleicht kann ich zwischen euch beiden vermitteln.«

Er schnaubte. »Typisch Keks.«

»Was soll das heißen?«

»Na, was du immer machst. Ständig springst du für andere ein, versuchst zu helfen und zu retten und alles in Ordnung zu bringen.«

Ich runzelte die Stirn. »Du sagst das, als wäre es was Schlechtes.«

Conner drehte seinen Becher in den Händen.

»Was machst *du* denn hier?« Audreys Stimme zerschnitt die Stille in der Küche.

Conner, der mit dem Rücken zu seiner Schwester saß, kniff die Augen zu. Seine Brust hob und senkte sich, als holte er tief Luft. Audreys Haare waren glänzend gebürstet, ihr Gesicht gewaschen. Sie sah frisch und sauber aus, im Gegensatz zu mir – ich fühlte mich verkrumpelt und schmuddelig in meinem Pyjama.

»Willst du auch heiße Schokolade?«, fragte ich.

»Nein danke – nicht deine komische selbst gemachte«, sagte sie schnippisch und stolzierte zum Kühlschrank. Wenigstens redete sie noch mit mir.

Lumpy hörte, wie die Kühlschranktür aufging, und trottete hinüber. Prompt stolperte Audrey über ihn, eine O-Saft-Packung und einen Apfel in den Händen. Sie ließ die Packung fallen, sodass der Saft über den Boden spritzte.

»Hau ab, du dummer Hund«, fauchte sie.

Conner ging zur Tür, und Lumpy sprang zu ihm hinüber, schwanzwedelnd und ohne sich um Audreys böse Blicke zu kümmern.

»Hör auf, ihn zu beschimpfen«, sagte Conner.

»Das musst gerade du sagen«, fauchte Audrey zurück. »Ist doch deine Spezialität.«

»Und du bist die Königin der Egomanen.« Conner lotste Lumpy aus der Küche hinaus.

»Du kannst mich mal, Conner, und nimm gefälligst deinen blöden Hund mit!«, kreischte Audrey, als die Eingangstür zuknallte. Das ganze Haus wackelte, und Audrey stürmte in ihr Zimmer zurück. Wie ihre Eltern bei dem ganzen Radau schlafen konnten, war mir ein Rätsel. Vielleicht waren sie einfach daran gewöhnt.

Ich sammelte die Orangensaft-Packung vom Boden auf und machte alles sauber. Dann wusch ich mein Geschirr und unsere Becher ab, räumte sie weg und wischte die Theke trocken. Warum musste alles so vertrackt sein? Ich hatte keine Ahnung, wie ich den Streit mit Audrey aus der Welt schaffen sollte, aber ich musste es versuchen, so viel stand fest.

Doch dann ging ich ins Wohnzimmer, statt mit Audrey zu reden. In den Einbauregalen standen Bilder von Familienferien und besonderen Anlässen. Die Lassiters hatten ein Fotogeschäft, in dem Fotos ausgedruckt und gerahmt werden konnten. Außerdem gaben sie Kurse in digitaler Fotografie oder so was. Ihr Haus war vollgestellt mit gerahmten Fotos.

Jedes Familienmitglied hatte sein eigenes Regal. Audreys Bilder zeigten immer uns drei – Jenna, Audrey und mich. Unsere Sechstklässler-Porträts. Wir drei in den gleichen Halloween-Kostümen – einmal sogar als Sushi-Rollen verkleidet. Vor ihrer Scheidung hatte Jennas Mom die Kostüme für uns genäht. Eines der Fotos zeigte uns beim Reiten in San Diego, ein anderes am Strand. Audrey trug einen Bikini, Jenna einen schwarzen Sport-Tankini, und ich hatte ein Oversize-T-Shirt über meinen gestreiften Badeanzug angezogen.

Conners Regal dagegen hatte sich im Lauf der Jahre im Gegensatz zu Audreys stark verändert. Ganz weit hinten lugte ein Foto von seiner T-Ball-Mannschaft hervor, das vor einer Ewigkeit aufgenommen wurde. Conner hatte Teddy und Doug beim T-Ball kennengelernt. Weiter vorne stand ein neueres Foto, auf dem Conner mit seinen beiden Freunden auf dem Basketball-Platz im Park zu sehen war. Ein verschwitztes, aber glückliches Trio. Die restlichen Bilder waren von Lumpy. Lumpy als der halb verhungerte Welpe, den Conner in einer schmutzigen Decke neben einer Mülltonne gefunden hatte. Lumpy ein paar Monate später, stark gewachsen, mit einem Tennisball im Maul. Er spitzte die Ohren, als lauschte er auf etwas.

Dann hörte ich, wie die Haustür aufging.

»Hey.«

Ich drehte mich um, ein freudiges Lächeln im Gesicht. »Du bist zurückgekommen.«

Jennas Haar schimmerte heute in einem satten Dunkellila.

»Oh, ich glaube, ich weiß, was du gestern Nacht gemacht hast«, fügte ich hinzu. »Sieht gut aus.«

Jenna zupfte an ihrem Haar. »Danke. Ich musste irgendwas tun. Konnte nicht einschlafen.« Sie warf einen Blick über die Schulter. »Wie geht's ihr?«

»Sie war okay, bis sie heute Morgen Streit mit Conner bekam. Die haben sich vielleicht angebrüllt!«

»Okay, bringen wir es hinter uns.«

»Ehrlich?«

»Ich habe die ganze Nacht darüber nachgedacht, Keiko. Es tut mir leid für Audrey, wirklich, aber ich habe mir nichts vorzuwerfen. Außer vielleicht, dass ich ihr das mit Elliot nicht sofort erzählt habe, aber ich hatte ja keine Gelegenheit dazu. Außerdem war ich mir gar nicht sicher, was ich für ihn fühle. Ich bin nicht wie ihr. Ich muss erst über die Dinge nachdenken.«

Ich folgte Jenna den Flur entlang, von Angst und Hoffnung erfüllt. *Bitte mach, dass alles gut wird.* Unsere Schritte hallten seltsam laut auf dem Teppich.

»Sie kommt schon drüber weg«, sagte Jenna. »Sie findet bald einen anderen, in den sie sich verlieben kann. Das ist doch immer so.«

Jenna klopfte an die Tür und stieß sie auf, ohne auf eine Antwort zu warten. Audrey lag zusammengerollt auf ihrem Bett. Das selbst gemachte Poster hatte sie zerfetzt, die künstlichen Blumen waren im ganzen Zimmer verstreut. Jenna kickte ein paar zerknüllte Taschentücher beiseite und setzte sich auf den Boden neben das Bett. Ich setzte mich vorsichtshalber an Audreys Schreibtisch, auf der gegenüberliegenden Seite des Raums, in der Nähe der Tür.

»Okay, Audrey, ich hätte dir das von Elliot erzählen müssen«, fing Jenna an. »Aber ich war mir nicht sicher, ob es überhaupt etwas zu erzählen gibt. Ich habe einfach nur gemerkt, wie sehr ich ihn mag, als ich nach Hause gekommen bin.«

Audrey setzte sich auf. »Du hättest mir wenigstens sagen können, dass ihr euch schreibt. So was Großes verschweigt man nicht!«

»Tut mir leid, okay?«, murmelte Jenna.

Audrey zerfetzte ein Papiertaschentuch.

»Und sei nicht sauer auf Keiko.«

Ich duckte mich auf meinem Platz, während Audrey weiter ihr gebrauchtes Taschentuch bearbeitete.

Jenna stieß die Luft aus. Ich hielt den Atem an.

»Seid ihr zusammen, du und Elliot?«, fragte Audrey.

Jenna zuckte mit den Schultern.

»Was bedeutet das?«

»Er hat mich gefragt, ob ich mit ihm Mittag essen will«, sagte Jenna leise.

»Mach das nicht«, sagte Audrey.

»Was?«, riefen Jenna und ich gleichzeitig.

Audrey schleuderte die Überreste ihres Taschentuchs auf den Boden. »Ich habe gesagt, du sollst nicht mit ihm Mittag essen. Lass uns die Dates für den Herbstball einfach vergessen. Jungs überhaupt.« Audrey warf mir einen giftigen Blick zu. »Das war eine dumme Idee.«

»Und wenn schon. Das hat nichts damit zu tun, dass ich mit Elliot zusammen sein will. Ich verfolge keinen Zweck damit«, sagte Jenna. »Ich mag ihn einfach. Und er mich.«

»Ach ja? Dann ist dir also dieser Typ wichtiger als deine besten Freundinnen?«

»Nein.«

»Also dann geh nicht mit ihm aus.«

»Audrey«, fing ich an.

Sie schnellte vom Bett hoch, als hätte sie Sprungfedern. »Hör auf, Keiko! Du hältst dich da raus! Du hast schon genug Unheil angerichtet!«

»Ich will doch nur helfen«, sagte ich mit zitternder Stimme.

»Dann halte gefälligst zu mir!«

»Ich halte zu niemand«, sagte ich.

Audrey drehte sich wieder zu Jenna um. »Wenn dir unsere Freundschaft auch nur das Geringste bedeutet, gehst du nicht mit Elliot essen.«

Jenna stand auf. »Vergiss es, Audrey. Du kannst mich nicht zwingen, zwischen euch beiden zu wählen. Das ist keine Alternative.«

»Ach ja?«

Jenna ballte die Fäuste. »Ist ja nicht so, als würde Elliot mit dir ausgehen, wenn ich ihm einen Korb gebe.«

»Das kannst du doch nicht wissen«, sagte Audrey. »Du gibst mir ja keine Chance.«

»Audrey«, warf ich ein. »Elliot und Jenna kannten sich schon. Sie sind Freunde. Er will mit ihr zusammen sein. Warum kannst du dich nicht einfach für sie freuen?«

Audrey schnellte mit flammenden Augen zu mir herum. »Du bist genauso wie meine Eltern. Du hältst immer nur zu den anderen!«

»Das ist nicht wahr!«

»Verschwinde aus meinem Haus! Und du auch! Alle beide!«

»Audrey«, flehte ich.

Jenna sah mich an, formte ein »Tut mir leid« mit den Lippen und ging. Ich nicht. Ich musste das irgendwie in Ordnung bringen.

»Jenna war dir schon immer wichtiger«, sagte Audrey.

»Nein, das ist nicht wahr. Ich mag euch beide.«

»Lügnerin!«, schrie Audrey.

Verzweifelt stolperte ich aus dem Zimmer und in den Flur hinaus. Ich wusste nicht, was ich tun sollte, aber dableiben konnte ich auch nicht. Nicht, solange Audrey so wütend war.

Ich ging in Conners Zimmer, um meine Sachen zu holen. Mit zitternden Fingern rollte ich meinen Schlafsack zusammen und fragte mich, wie es nur so weit hatte kommen können. Und das Schlimmste war, dass ich keine Ahnung hatte, wie ich das alles wieder in Ordnung bringen sollte. Der Gedanke, dass Jenna, Audrey und ich vielleicht nie mehr miteinander reden würden, schnürte mir die Kehle zu.

Dann hörte ich die Haustür zuknallen, und aus dem Wohnzimmer drangen Stimmen an mein Ohr. Conner, Teddy und Doug – die wollte ich jetzt wirklich nicht sehen. Ich zog Conners Tür zu und drehte den Schlüssel um. Dann rollte ich mich auf dem Boden zusammen, in der Hoffnung, dass die drei im Wohnzimmer bleiben würden.

Ich schloss die Augen und versuchte mich zu beruhigen. *Vergiss die Jungs und überleg dir, wie du das mit Jenna und Audrey in Ordnung bringen kannst,* hämmerte ich mir ein. Ich musste einen klaren Kopf bewahren, wenn ich mir einen Plan zurechtlegen wollte.

11

»Hallo da drin?« Conners Stimme drang gedämpft an mein Ohr.

Ich öffnete mühsam die Augen und stellte fest, dass ich auf dem Boden in Conners Zimmer eingeschlafen war. Es klopfte zweimal, und ich schreckte hoch. Drei Klopftöne später stolperte ich zur Tür und schloss auf.

Lumpy drängte als Erster ins Zimmer, gefolgt von Conner, Teddy und Doug. Alle drei waren in schweißfleckigen T-Shirts und Shorts. Ich hatte noch meinen Pyjama an. Und keinen BH – nicht dass ich einen gebraucht hätte, aber ich fühlte mich extrem nackt. Ich verschränkte die Arme und hoffte, dass meine Haare nicht allzu schlimm aussahen.

»Tolle Frisur«, kicherte Doug prompt.

Ich wappnete mich gegen weitere Beleidigungen und schlang meine Arme noch fester um mich.

Aber Teddy grapschte nur einen alten Softball vom Boden und knallte ihn auf den Korb über der Tür. Doug sprang hoch und schnappte sich den Ball aus der Luft.

»Abgefangen von Nolan, und das Publikum tobt!« Doug brüllte und johlte wie ein ganzes Stadion voller Basketballfans.

»Aber jetzt greift Lassiter ein und rettet das Spiel«, sagte Conner und stürzte sich auf Doug.

Teddy krachte in alle beide und riss sie auf den Boden. »Nur leider hat das Maskottchen die ganze Nacht durchgesoffen und stolpert jetzt auf den Platz.«

»Du Idiot«, prustete Doug, der ganz unten in dem Haufen lag und sich kaputtlachte.

Ich musste grinsen. Die Jungs waren wirklich albern.

Dann rappelten sich alle drei vom Boden auf, und Conner sah mich an. War das Besorgtheit in seinem Blick? Nein. Wahrscheinlich musste er nur furzen. Ich schnitt eine Grimasse.

Teddy nickte mir zu. »Dir steigt wohl der Gestank in Lassiters Zimmer in den Kopf?«

Conner boxte ihn gegen den Arm.

»Das ist *dein* Gestank, Chen«, sagte Doug zu Teddy. »Ich bin schon am Ersticken.«

Es war seltsam, in Conners Zimmer zu sitzen und zuzuhören, wie die Jungs übereinander herzogen statt über mich.

»Wir waren im Park«, sagte Conner zu mir. »Hey, willst du nicht zu unserem Spiel am Dienstag kommen?«

»Als unsere persönliche Eine-Frau-Cheerleader-Truppe«, fügte Doug hinzu. »Ja, ich finde, das hätten wir echt verdient.«

»Was für ein Spiel?«, fragte ich.

»Wir spielen jeden Dienstag 3 x 3-Basketball mit ein

paar anderen Jungs«, erklärte Conner und stieß Teddy ohne ersichtlichen Grund gegen Doug.

Ich nahm die Einladung nicht wirklich ernst und wusste jetzt schon, dass ich nicht hingehen würde, aber ich zuckte mit den Schultern und sagte: »Mal sehen.«

»Wie schön für dich, dass du so schnell neue Freunde gefunden hast, mit denen du rumhängen kannst!« Audrey stand mit knallrotem Gesicht in der Tür. »Wenigstens weiß ich jetzt, dass du nie wirklich meine Freundin warst.«

Sie stampfte in ihr Zimmer zurück und knallte die Tür hinter sich zu. Es war ein Wunder, dass das Haus noch stand, bei all dem Türenknallen, das hier die ganze Zeit vor sich ging.

Teddy und Doug murmelten etwas von »in die Küche gehen und nach was Essbarem suchen«, dann verschwanden sie.

»Ich sollte zu Audrey gehen und mit ihr reden«, sagte ich.

Conner zuckte mit den Schultern. »Wenn du Lust auf deine eigene Beerdigung hast …«

Ich holte tief Luft. »Ich kann doch mit euch beiden befreundet sein.«

»Das bezweifle ich, aber trotzdem viel Glück.«

»Doch, kann ich«, beharrte ich.

Lumpy folgte mir in den Flur hinaus, aber als er sah, wo ich hinwollte, schoss er schnell in Conners Zimmer zurück. Kluger Hund.

Audrey saß auf dem Boden, mitten unter den zerknüllten Überresten ihres zerfetzten Posters. Ich setzte mich neben sie.

»Gott!« Audrey zerriss die Stücke in noch kleinere Fetzen.

Mein Magen flatterte.

»Du und Conner?«, sagte sie und schleuderte das Papierknäuel nach mir – oder vielleicht nicht *direkt* nach mir, aber jedenfalls in meine Richtung. »Das ist so was von abartig.«

»Ich und Conner? Wovon redest du? Wir haben uns nur unterhalten.«

Sie warf mir einen Blick zu. »In seinem *Zimmer*!«

»Mit Teddy und Doug zusammen!« Ich schlang meine Arme um meinen Bauch. »Wir haben geredet, Audrey. Das ist alles. Sei nicht so krass.«

»Es *wäre* aber krass!«

»Ja, genau. Wenigstens darin sind wir uns einig.«

Audrey sammelte das zerknüllte Papier auf.

»Tut mir leid, dass ich dir nichts von Jenna und Elliot erzählt habe, aber es war doch nicht mein Job, dich in ihr Geheimnis einzuweihen. Und Jenna hatte einfach Angst.«

»Wieso? Hätte sie nicht haben müssen!«

Ich presste die Lippen zusammen, aus Angst, dass mir etwas Unüberlegtes herausrutschte, das alles noch schlimmer machen würde.

Audrey warf Papierfetzen nach ihrem Abfalleimer und

verfehlte ihn jedes Mal. »Sie hätte es uns sagen müssen, sobald sie mit ihm gechattet hat.«

»Jenna fällt es nicht leicht, über solche Dinge zu reden, besonders seit der Scheidung ihrer Eltern. Das weißt du doch, Audrey.«

»Nein. *Du* kennst Jenna, nicht ich. Ihr wart euch immer viel näher als wir beide. Und ihr habt mich jedes Mal ausgeschlossen, wenn ihr über bestimmte Dinge reden wolltet.«

»Wann soll das gewesen sein?« Ich biss die Zähne zusammen. »Wann haben wir dich je ausgeschlossen?«

»In dem Jahr, als die Scheidung von Jennas Eltern lief. Da war sie die ganze Zeit bei dir zu Hause, und mich hast du nie eingeladen.«

Wir hatten das schon x-mal durchgekaut. »Meine Mom hat Jenna eingeladen, was nicht heißt, dass ich sie nicht gern dahatte. Und sobald du mir gesagt hast, dass du dich ausgeschlossen fühlst, habe ich dich auch eingeladen.«

»Ja, okay, aber es war so grässlich mit euch – eine Stimmung wie in der Leichenhalle.«

»Jenna war auch nicht nach Feiern zumute«, fauchte ich Audrey an. Dann holte ich Luft. »Audrey, das war doch nur vorübergehend, weil Jenna Probleme hatte. Wir schließen dich nicht aus.«

»Und außerdem, wer braucht schon Jenna?« Audrey schniefte. »Elliot ist ihr wichtiger als wir!«

»Nein, das stimmt nicht. Du wolltest sie zu einer Entscheidung zwingen, und das ist nicht fair. Jenna hat ein Recht darauf, mit uns allen befreundet zu sein.«

»Aber es ist doch normal, dass man sich entscheidet. Das machen alle – nimm zum Beispiel meine Eltern«, sagte Audrey.

»Wieso? Wie meinst du das?«

»Conner darf immer alles, was ihm gerade in den Kopf kommt. T-Ball spielen, mit seinen blöden Freunden campen gehen, diesen Hund nach Hause bringen. Das vor allem! Ich wollte ihn nicht, aber das war ihnen egal.« Audrey lief im Zimmer hin und her. »Und überhaupt – wenn ich mal was will? Vergiss es.«

»Was zum Beispiel?«

»Einen eigenen Laptop! Und dieser Idiot von Conner sagt ihnen auch noch, es macht ihm nichts aus, den Desktop mit mir zu teilen. Will er Geld für sie sparen, oder was? Und natürlich haben sich Mom und Dad auf seine Seite gestellt. Kein Laptop für mich.«

Ich hielt den Mund. Ich war ja nicht dumm.

Audrey blieb abrupt stehen und drehte sich zu mir um. »Also, jedenfalls wissen wir jetzt, wer unsere wahren Freunde sind, und Jenna gehört nicht dazu! Wir gehen trotzdem zum Herbstball, du und ich«, sagte sie. »Du mit Gregor, und ich such mir jemand anderen.«

»Audrey, lass uns das alles vergessen.« Ich brauchte keinen Jungen, um glücklich zu sein. Ich brauchte nur meine beiden besten Freundinnen.

»Warum? Wir können doch trotzdem zum Ball gehen.«

»Wozu?«

»Magst du Gregor?«

Mein Gesicht brannte, und ich nickte.

Audrey lächelte zum ersten Mal seit gestern. »Ihr wärt auch ein süßes Paar.«

»Meinst du?«

»Gib nicht auf. Lass nicht zu, dass Jenna uns alles vermasselt.«

Ich hütete mich, Jenna zu verteidigen. Stattdessen half ich Audrey, die restlichen Papierfetzen vom Boden aufzuklauben. Wäre es doch nur so einfach gewesen, das Chaos, das wir in unserer Freundschaft mit Jenna angerichtet hatten, wieder in Ordnung zu bringen!

12

Am nächsten Montag in der Mittagspause wartete ich am Eingang der Cafeteria auf Jenna. Endlose Schülermassen drängten an mir vorbei. Wenn sie sich nicht beeilte, blieb uns nicht mehr genug Zeit zum Essen. Ich schaute auf die Wanduhr. Jenna kam sonst nie zu spät. Wollte sie uns wirklich den Laufpass geben? Oder mir? In Geschichte war sie völlig normal gewesen, aber wir hatten auch nicht über das Fiasko am Wochenende geredet.

Ich seufzte und fand mich widerwillig damit ab, dass Jenna heute nicht mehr auftauchen würde.

»Da bist du ja!« Gregor kam auf mich zu. »Was für ein Gedränge. Ich hab dich einfach nicht gefunden.«

Meine Wut auf Jenna verwandelte sich im Handumdrehen in ungetrübte Freude. Gregor war noch süßer, als ich ihn in Erinnerung hatte.

»Ich bin am Verhungern«, sagte er. »Was kann man hier essen?«

Ich riss meine Augen von seinem Mund los. *Musste. Was. Sagen. Jetzt!* Ich konnte es nicht fassen, dass er wirklich da war. Er hatte zwar gesagt, dass er sich mit mir treffen wolle, aber das hatte ich für reine Höflichkeit gehalten.

Ich räusperte mich. »Es gibt vier Haupt-Essensschlangen«, fing ich an und hob meine Stimme, um den nicht abreißenden Geräuschpegel im Raum und das Stimmengewirr um uns herum zu übertönen. »Amerikanisches Essen links. Burger, Corn Dogs, Pommes.«

»Bingo!«

»Salatbar in der Mitte. Multikulti-Küche rechts. Ändert sich jeden Tag. Heute ist Asiatisch dran. Wahrscheinlich matschige Frühlingsrollen und fragwürdiges Sushi.«

»Okay, verstanden. Asiatisches Essen besser meiden.« Er nickte mir zu. »Ich nehme an, du kannst in dieser Hinsicht als Expertin durchgehen.«

Ich warf ihm einen Blick zu, aber sein Lächeln blendete mich.

»Was ist da drüben?« Gregor zeigte zum hinteren Bereich der Cafeteria, wo sich die längste Schlange staute.

»Sandwiches. Wahrscheinlich das Beste hier. Ist aber so beliebt, dass man fast die ganze Mittagspause in der Schlange verbringt.«

»Und was nehmen wir jetzt?«

Mir gefiel es, dass er »wir« sagte. »Junkfood«, ließ ich ihn wissen und ging voraus.

Wir kauften Burger und Pommes, und als wir über den Campus zu Audrey gingen, starrten ein paar der Mädchen, an denen wir vorbeikamen, Gregor an. Ich hob den Kopf, platzte fast vor Glück. Er ging neben mir! Wollte mit mir zu Mittag essen!

Audrey winkte uns, als wir näher kamen. Gregor setzte sich neben mich, und ich konnte nicht aufhören zu strahlen. Ich schaute zu, wie er ein Ketchup-Tütchen aufriss. Seine Hände sahen stark aus. Wie es sich wohl anfühlte, wenn er meine Hand nahm? Ich ließ meinen Blick zu meinem Tablett zurückwandern, bevor er mich noch dabei ertappte, wie ich ihn anstarrte.

Wir aßen schweigend. Ich suchte krampfhaft nach einem Gesprächsthema. Aber ich war so von ihm geblendet, von seiner süßen Art, dass ich nicht mehr klar denken konnte.

»Also«, sagte Gregor. »Ist der Herbstball hier eine große Sache?«

Audrey unterdrückte schnell ihr Kichern, als ich sie anstieß.

»Was ist?«, fragte Gregor. »Hab ich was Dummes gesagt?«

»Nein«, sagte ich.

»Wir sind einfach so gespannt auf den Ball«, sagte Audrey. »Er ist nur für die Siebt- und Achtklässler.«

»Gut«, sagte Gregor. »Und gehen die Leute als Pärchen hin? Oder in Gruppen?«

»Beides«, sagte Audrey. »Aber Pärchen ist immer gut.«

Ich hätte sie am liebsten getreten. Wie konnte sie nur so plump sein?

»Na ja, ihr beide habt bestimmt keine Probleme, ein Date zu finden.«

Audrey und ich tauschten ein Lächeln aus.

»Ihr müsst sie wahrscheinlich sogar mit einem Stock verscheuchen«, zog Gregor uns auf.

»Ja, genau.« Audrey schnappte sich eine Fritte von meinem Tablett und warf sie nach ihm.

Er duckte sich lachend. »Hey, kein Essen verschwenden«, sagte er, nahm die Fritte und warf sie zu Audrey zurück.

Audrey wich rechtzeitig aus, und wir lachten alle.

Dann sagte Audrey lächelnd zu Gregor: »Hast du eine Freundin?«

Ich ließ meinen Burger auf das Tablett fallen. Zurückhaltung war nicht gerade Audreys Stärke. Meine allerdings auch nicht, weil ich mich sofort erwartungsvoll zu Gregor umdrehte, in der Hoffnung, dass er keine hatte, obwohl das höchst unwahrscheinlich war.

Er lächelte. »Im Moment nicht.«

JAAAA! Ich lächelte zurück.

»Da kommen sie«, sagte Audrey.

Conner, Teddy und Doug gingen an uns vorbei. Conner nickte mir zu, aber sie hielten den Mund.

Gregor zog sein Telefon heraus, tippte etwas ein und steckte es wieder in seine Tasche. »Ich muss los, aber wir sehen uns in der Klasse, Keiko.«

Diesmal sprach er meinen Namen richtig aus. Ich nickte und schaute ihm nach, als er davonschlenderte.

Sobald er außer Sicht war, packte Audrey mich am

Arm. »Oh mein Gott, Keiko. Er ist zum Reinbeißen. Du bist so ein Glückspilz!«

Ich strahlte – ein Lächeln, das von den Haarwurzeln bis zu den Zehenspitzen reichte.

»Frag ihn, ob er mit dir zum Ball geht!«

Das Lächeln fiel abrupt von mir ab. »Heute? Auf keinen Fall«, sagte ich.

»Warum nicht?«

»Dazu ist es zu früh. Der Kartenverkauf hat ja noch gar nicht angefangen. Und wir wissen doch nicht, ob er mich als Date will. Außerdem wäre es romantischer, wenn *er* mich fragt.«

»Oh.« Audrey stieß mich an. »Ich wette, der denkt sich was Supersüßes aus, um dich einzuladen.«

»Ja«, sagte ich. »Vielleicht taucht er mit Blumen und einer Schachtel Pralinen bei mir zu Hause auf.«

»Pah!« Audrey winkte mit einer Hand ab. »Viel zu langweilig. Ihm fällt bestimmt was Größeres und Besseres ein.«

Dann läutete es, und während wir unseren Abfall einsammelten, sagte Audrey: »Du musst mit ihm flirten, Keiko. Du bist zu still. Wie soll er denn merken, dass du ihn magst?«

»Ich kann nicht flirten.« Bei dem bloßen Gedanken daran krümmte ich mich innerlich.

»An deiner Stelle würde ich mich beeilen«, sagte Audrey. »Er ist heiß. Und neu. Der bleibt nicht lange allein.«

Ihre Worte hallten mir in den Ohren wider, als ich in die Mathestunde ging. Nicole und Kimmie standen neben Gregors Tisch. Sie lachten und berührten ihn am Arm. Er schien mich gar nicht wahrzunehmen, als ich an meinen Tisch ging – als hätte es das Mittagessen nie gegeben.

Nicole und Kimmie waren hübsch. Sie sahen wie sechzehn aus und ich wie zehn. Alles Flirten der Welt würde nicht dazu führen, dass Gregor mich attraktiver fand als die beiden. Schade, dass das Leben kein John-Hughes-Film war. Dann hätte Gregor bald gemerkt, wie oberflächlich Nicole und Kimmie waren. Er hätte versucht, mich für sich zu gewinnen, und mir dieses gewisse Lächeln zugeworfen, und am Ende wären wir das perfekte Paar geworden.

Aber im wahren Leben ist nichts wie im Kino.

* * *

Jenna tauchte auch am Nachmittag nicht in der Bibliothek auf. Audrey und ich verloren kein Wort darüber, als wir unsere Hausaufgaben machten. Ich hoffte, dass Audrey sich bald beruhigen würde. Mir fehlte unsere Dreisamkeit. Ich hatte nicht einmal die Chance gehabt, Jenna nach ihrem Date mit Elliot zu fragen. Obwohl das vor Audrey sowieso nicht möglich gewesen wäre.

Ich hätte gern mit Mom über all diese Dinge gesprochen und auch über Macy, die plötzlich so verschlossen war. Aber Mom kam nicht zum Abendessen nach Hause. Wieder mal. Macy war ganz still beim Essen, und Dad checkte dauernd sein Telefon. Ich vermisste Mom, vermisste ihre Art, uns mit Fragen zu überschütten. Okay, manchmal fand ich es auch nervig, aber heute wäre es mir zehnmal lieber gewesen als diese gespenstische Stille am Esstisch.

Hinterher ging ich in mein Zimmer hinauf, um Hausaufgaben zu machen, konnte mich aber nicht konzentrieren. Meine Gedanken irrten immer wieder ab, und ich träumte von Gregor. In meiner Vorstellung wurde ich immer hübscher und kurvenreicher, bis Nicole und Kimmie komplett gegen meine Schönheit verblassten. Ich seufzte. Da konnte ich lange warten.

Schließlich öffnete ich meinen Webbrowser und tippte »gefütterte BHs« in die Suchmaschine ein. Wow! Eine Riesenauswahl. Ich klickte auf einen Link, und meine Augen weiteten sich. Die DD-Cups waren riesig – größer als mein Kopf! Ich scrollte mich durch und hielt bei »Hacks für flachbusige Mädchen« an. Ich öffnete den Link und las, dass Dr. Bustys Brustcreme jeden Busen um eine volle Körbchengröße anwachsen ließ. *Ja, genau.* Ein anderer Link führte mich zu einem Bild von einer Vorrichtung, die aus Federn bestand und aussah wie ein Folterinstrument.

Ich stellte mich vor den Spiegel, um mich zu betrachten, drehte mich auf die Seite und funkelte mein Spiegelbild an. Vielleicht sollte ich mir einen BH kaufen, der noch stärker gepolstert war als mein bisheriger? Ich streckte meine Brust heraus und stellte mir vor, wie ich mit richtigen Boobs aussah.

Dann platzte Macy, ohne anzuklopfen, in mein Zimmer. Ich stolperte schnell zu meinem Schreibtisch, knallte den Laptop zu und plumpste so abrupt auf den Stuhl, dass er gegen mein Bett rollte. Macy warf mir einen seltsamen Blick zu.

»Was ist mit Mom?«, fragte sie, während sie sich auf mein Bett setzte und ihren Pony aus der Stirn blies.

»Wieso? Was soll mit ihr sein?«

»Sie kommt überhaupt nicht mehr nach Hause.«

Ich hatte genau dasselbe gedacht, aber als ich das bekümmerte Gesicht meiner kleinen Schwester sah, brachte ich es nicht übers Herz, ihr zu sagen, dass mir das auch nicht gefiel.

»Es ist nur ihr neuer Job. Sie arbeitet jetzt Vollzeit und muss dieses große Bewilligungsdings über die Bühne bringen.«

»Aber sie ist nicht immer im Büro.«

»Wie meinst du das?«

»Ich habe Mom gestern Nacht mit Dad reden gehört. Sie war in dieser Woche fast jeden Abend mit Mrs Kitamura beim Essen.«

»Wirklich?«

Macy nickte.

»Warum sollte Mom mit ihrer Freundin ausgehen, statt nach Hause zu kommen? Wir haben sie ja kaum gesehen!«

Macy zog ihr Haar in den Mund und kaute darauf herum.

»Nächste Woche kommt sie abends bestimmt wieder nach Hause«, sagte ich schnell. »Sie war einfach im Stress. Alles ist gut.« Ich *wollte* es ja glauben, wirklich. »Mach dir keine Sorgen, okay? Und du kannst immer mit mir reden, wenn du willst. Hast du irgendwas?« Ich hätte sie gern gefragt, warum sie mir neulich nicht verraten hatte, wo sie nach der Schule gewesen war, aber ich wusste, dass sie dann sofort wieder dichtmachen würde.

»Ich will nur, dass Mom nach Hause kommt, so wie früher«, sagte Macy.

»Keine Sorge«, wiederholte ich, als meine kleine Schwester aufstand und zur Tür ging. »Alles ist gut.«

Nachdem Macy weg war, ließ ich mir noch mal alles durch den Kopf gehen, was sie mir erzählt hatte. Mom ging mit Mrs Kitamura essen, statt nach Hause zu kommen? Wollte sie uns aus dem Weg gehen? Und wenn ja, warum? Ich hatte Macy gesagt, dass sie sich keine Sorgen zu machen brauchte, aber jetzt machte *ich* mir welche. Was mir gerade noch gefehlt hatte. Es reichte mir, dass ich Audrey und Jenna irgendwie versöhnen und Gregor dazu bringen musste, mich zum Herbstball einzuladen. Damit war ich voll ausgelastet. Aber Familie war genauso wichtig wie Freunde. Ich musste dafür sorgen, dass Macy nicht unter die Räder kam, und das bedeutete, dass ich herausfinden musste, was mit Mom los war. Leider hatte ich keine Ahnung, wie ich das machen sollte – genauso wie bei allem anderen.

13

Am Dienstag schrieb ich Audrey, dass ich es nicht schaffen würde, sie vor der Schule zu treffen. Sie antwortete mit einem Daumen-hoch-Emoji. Ich ging direkt in Geschichte, weil ich wusste, dass Jenna so früh am Morgen die Einzige in der Klasse war.

Ich setzte mich hinter Jenna, die ihr Haar an diesem Tag zu einem violetten Pferdeschwanz hochgebunden hatte. Sie drehte sich auf ihrem Platz um und lächelte mich an. »Du bist aber früh dran.«

»Ich vermisse dich.«

Sie seufzte. »Ich dich auch.«

»Wie war dein Mittagessen mit Elliot?«

Sie drückte ihr Kinn herunter und lächelte. »Schön. Wir haben zwei Stunden im Café gesessen und geredet.«

»Zwei Stunden? Wow!« Ich konnte mir nicht vorstellen, so lange mit Gregor zu reden. »Und worüber?«

»Hauptsächlich Zeitungskram.«

»Toll.« Jenna wirkte viel glücklicher, als ich sie je im letzten Jahr gesehen hatte.

»Ich kann an den meisten Tagen nicht nach der Schule mit dir lernen«, sagte sie. »Da sind immer unsere Redaktionskonferenzen.«

»Oh.« Das war schrecklich. »Und in der Mittagspause?«

Jenna wand sich.

»Bitte iss doch mit uns«, sagte ich. Irgendetwas musste doch beim Alten bleiben. Eine einzige Sache.

»Audrey ist immer noch sauer auf mich.«

»Ja, aber das bleibt nicht ewig so. Du musst dich wenigstens mal zeigen.«

»Wozu? Sie wird weiter darauf bestehen, dass ich Elliot aufgebe.«

»Lass ihr Zeit«, sagte ich. »Sie schaut sich bereits nach einer neuen Liebe um. Und bis zum Wochenende hat sie Elliot komplett vergessen, du wirst schon sehen.«

»Vielleicht.« Jenna zwirbelte ihren Stift in der Hand.

»Hey«, sagte ich und rutschte auf meinem Stuhl herum. »Weißt du, was komisch ist? Meine Mom ist kaum noch zu Hause, seit sie den neuen Job hat. Wie ist das eigentlich? Hast du dich daran gewöhnt, dass dein Dad nicht mehr da ist?« Ich räusperte mich. »Warte, nein. So hab ich das nicht gemeint.«

Jenna schüttelte den Kopf. »Ist schon okay, Keiko.«

»Ich wollte dir nicht wehtun.«

»Tust du doch nicht. Und natürlich ist es hart, dass Dad so weit weg ist. Aber ja, ich gewöhne mich irgendwie daran. So wie du dich dran gewöhnen wirst, dass deine Mom mehr arbeitet als früher.«

Daran wollte ich mich aber nicht gewöhnen. Ich wollte meine Mom zu Hause haben, damit ich mit ihr reden konnte, aber es wäre egoistisch gewesen, das vor Jenna zuzugeben, nachdem ihr Dad überhaupt nie zurückkommen würde. Mom arbeitete nur vorübergehend so viel. Oder jedenfalls hoffte ich das.

»Ich habe gestern Audrey geschrieben«, sagte Jenna, die schnell das Thema wechselte, um die gedrückte Stimmung zu vertreiben, die in der Luft hing.

»Das ist super«, sagte ich. »Und was hat sie gesagt?«

»Sie hat nicht geantwortet.«

»Vielleicht hat sie's nicht gesehen.« Aber wir wussten beide, dass Audrey niemals eine Nachricht übersehen würde.

»Ich hab mich entschuldigt«, sagte Jenna. »Jetzt ist Audrey dran.«

Immer mehr Schüler strömten ins Klassenzimmer.

»Könnt ihr euch nicht irgendwie in der Mitte treffen?«, flüsterte ich, als Mr Jay hereinkam.

»Das solltest du mal Audrey fragen.«

Aber ich hatte keine Gelegenheit, mit Audrey in der zweiten Stunde darüber zu sprechen. Und sosehr ich mir wünschte, dass meine beiden Freundinnen sich aussöhnten – ich würde das Thema auf keinen Fall in der Mittagspause anschneiden, wenn Gregor dabei war.

Das Letzte, was ich wollte, war, dass er persönliche Dinge von uns wusste, die uns in ein schlechtes Licht rückten. Hoffentlich würde er nicht mit uns essen wollen.

Als ich in die Cafeteria kam, war die Sandwich-Schlange

ungewöhnlich kurz. In null Komma nichts war ich an der Reihe und nahm mir ein Puten-Vollkorn-Sandwich. An der Kasse wartete Gregor auf mich. Mein Herz machte einen Satz, und ich ließ beinahe mein Tablett fallen.

»Hey«, sagte er, den Blick auf meinem Tablett. »Du hast ein Sandwich. Das sieht gut aus!«

»Ich kann dir was abgeben.« Fast hätte ich losgekreischt vor Glück, aber ich beherrschte mich. Ich wollte ja schließlich cool rüberkommen – so als würde ich jeden Tag mein Pausenbrot mit einem süßen Jungen teilen. Vielleicht würde ich bei Gregor doch noch zum Zug kommen – nimm das, Nicole, Kimmie!

Als wir uns zu Audrey setzten, legte ich die Hälfte meines Sandwiches auf Gregors Tablett und lächelte ihn an.

»Und? Wie findest du die PV Middle bis jetzt?«, fragte Audrey.

Gregor nahm eine Handvoll von seinen Pommes und legte sie auf mein Tablett. Zum Glück behielt er seine Augen auf Audrey, während sie mit ihm redete, sonst hätte er gesehen, wie mein Gesicht vor Freude knallrot anlief. Ich nahm eines seiner Pommes und führte es an meine Lippen. Wie bei einem Kuss. Noch nie hatte mir ein einfaches Kartoffelstäbchen so gut geschmeckt! Ich aß es langsam auf, genoss jeden Bissen.

»Auf jeden Fall ist die PV Middle viel größer als meine alte Schule«, sagte Gregor. »Und Kalifornien ist ganz anders als Michigan, aber ich finde es cool hier. Die Leute sind super.«

Das brachte mich noch mehr zum Strahlen. Er fand uns super! Dann hielt ich abrupt im Kauen inne. Meinte er mich und Audrey, oder redete er von tausend anderen Leuten, zum Beispiel Nicole und Kimmie? Wie viele kannte er überhaupt?

Während ich mir Gedanken darüber machte, mit wem er sonst noch zusammen war, redete Audrey über Stundenpläne und Unterrichtsfächer mit ihm. Ich verspeiste mein halbes Sandwich, ohne mich ein einziges Mal an ihrem Gespräch zu beteiligen. Irgendwann spürte ich, wie die Feuchtigkeit des Rasens durch den Hosenboden meiner hellblauen Hose drang, die Audrey mit mir ausgesucht hatte. Ich trug meine grau-weißen Pünktchen-Vans dazu.

Gregor schaute auf sein Telefon. »Ich muss los.« Er stand auf, drehte sich aber noch einmal zu mir um. »Danke für das Sandwich, Keiko. Du bist süß.«

Ich strahlte zu ihm hoch. Und weil er nicht sehen sollte, wie rot ich wurde, stand ich auch auf und hantierte mit meinem Tablett herum. Audrey sog hörbar die Luft ein.

Gregor und ich schauten zu ihr hinunter. Ihre Augen waren weit aufgerissen, und ihr Blick schnellte zu meiner Hose.

»Was ist?«, fragte ich und reckte den Hals. »Hab ich

mich in was Ekliges gesetzt?« Das wäre wieder mal typisch gewesen. Neue Hose und alles.

Audrey sprang auf die Füße und flüsterte mir ins Ohr: »Du hast deine Tage bekommen!«

Mein Gesicht ging in Flammen auf. Leider nur metaphorisch, sonst hätte ich Gregors fragendem Blick entkommen können. Ich setzte mich schnell wieder hin.

»Was ist los?«, fragte Gregor.

»Nichts«, sagte ich. »Alles gut. Bis später dann!«

Audrey kramte in ihrem Rucksack, und ich schwor mir, dass ich sie umbringen würde, wenn sie vor Gregors Augen eine Slipeinlage oder einen Tampon hervorzog. »Ich hab meinen Pulli nicht dabei«, sagte sie. »Hab ihn in meinem Schließfach gelassen.«

Oh. Mein. Gott. Wie sollte ich das überleben? Und warum stand Gregor noch da?

»Ich kann dir meine Jacke geben«, sagte er und zog seinen Anorak auf.

»Nein!«, schrie ich. »Nicht nötig!« Eher würde ich sterben, als mir Gregor Whitmans Jacke um die Hüften zu schlingen. Ich meine, normalerweise hätte ich natürlich nichts lieber getan, aber nicht für das hier. Er sollte einfach nur verschwinden, damit ich mir überlegen konnte, was zu tun war.

Gregor streifte seine Jacke ab und warf sie mir zu. »Ich habe zwei ältere Schwestern«, sagte er mit einem mitfühlenden Lächeln und ging endlich.

Ich starrte ihm nach, noch lange nachdem er in der Menge verschwunden war, und ließ meine Finger über das seidig glatte Material der Jacke gleiten.

Audrey seufzte laut. »Das war so romantisch.«

Ihre Worte brachten mich auf den Boden zurück. Ich war irgendwie hin- und hergerissen, wusste nicht, ob ich Gregors Jacke umarmen oder vor Verlegenheit im Erdboden versinken sollte. Wie konnte ich ihm jemals wieder unter die Augen treten?

»Was willst du jetzt machen?«, fragte Audrey. »Es läutet gleich. Hast du irgendwas dabei?«

»Ja.« Genau für solche Fälle hatte ich immer ein Notfallset in meinem Rucksack. »Ich habe eine Jogginghose in meinem Sportschließfach. Wenn ich mich beeile, schaffe ich es vielleicht noch rechtzeitig in die Klasse.«

»Jogginghose?« Audrey rümpfte die Nase.

»Hör mal, das ist jetzt nicht der Moment, meinen Kleiderstil zu kommentieren.«

Ich schlang Gregors Jacke um meine Hüfte. »Sehen wir uns nach der Schule in der Bibliothek?«

Audrey schüttelte den Kopf. »Hab nachher ein Treffen mit dem Herbstball-Komitee. Frag doch Gregor, was er nach der Schule macht.«

Normalerweise nichts lieber als das. Aber nach dem Reinfall heute würde ich mich nicht so schnell wieder freiwillig in seine Nähe wagen. Es war schlimm genug, dass ich ihn in Mathe sehen würde.

Als ich in meiner Jogginghose vor der Klasse stand, musste ich tief Luft holen, bevor ich hineinging. Gregor hatte ältere Schwestern, okay. Und er hatte mir seine Jacke gegeben, was Audrey hochromantisch fand. Vielleicht war doch nicht alles zerstört, und ich hatte noch eine Chance bei ihm. Ich umarmte seine Jacke.

Aber Gregor nahm mich kaum zur Kenntnis, als ich hereinkam, genau wie gestern. Nicole und Kimmie waren mir wieder mal zuvorgekommen und belagerten ihn. Nicole saß sogar an meinem Platz. Ich stand daneben, in der Hoffnung, dass sie es merken und weggehen würde. Aber nein, kein Glück. Selbst Gregor konnte seinen Blick nicht lange genug von Nicole lösen, um mich aus meiner Verlegenheit zu erlösen.

»Dein T-Shirt ist so cool«, schleimte Nicole.

Gregor warf ihr ein Lächeln zu und gönnte ihr einen Blick auf seine perfekten Zähne. »Ist bloß GAP«, sagte er.

»Aber an dir sieht es gut aus«, hauchte Kimmie.

Wow. Ich wäre im Leben nicht auf die Idee gekommen, so etwas zu Gregor zu sagen. Ich krümmte mich schon vor Verlegenheit, wenn ich den beiden nur zuhörte.

Als es läutete, sprang Nicole so abrupt von meinem Stuhl auf, dass sie gegen mich stieß. »Entschuldigung«, sagte sie. »Hab dich gar nicht gesehen.«

Ich schlüpfte auf meinen Platz und reichte Gregor seine Jacke. »Danke«, murmelte ich leise. Neben Nicole und Kimmie fühlte ich mich unsichtbar und hässlich.

Gregor lächelte mich an, sah mir direkt in die Augen und sagte: »Gern.«

Als ich mich wieder nach vorne umdrehte, warfen mir Nicole und Kimmie giftige Blicke zu. Ein Lächeln breitete sich auf meinem Gesicht aus. Okay, es war mega-peinlich, dass meine Periode mitten in der Pause angefangen hatte, noch dazu in Gregors Gegenwart. Aber es gab auch positive Dinge, die ich dagegenhalten konnte: Gregor hatte in der Cafeteria auf mich gewartet und war mit mir zu unserem Rasenplatz gegangen. Ich hatte mein Sandwich mit ihm geteilt, und er hatte mir seine Jacke geliehen – was megaromantisch war, wie Audrey zu Recht bemerkt hatte. Und jetzt hatte er mich auch noch angelächelt – vor Nicole und Kimmie.

Mag sein, dass es der peinlichste Tag meines Lebens war, aber mit Sicherheit auch der aufregendste!

14

Als die Schule aus war, strahlte ich immer noch. Ich hatte sechs Punkte bei einem Basketball-Trainingsspiel geholt, und Coach Yang hatte gesagt, ich könne es vielleicht sogar in die Mannschaft schaffen, wenn ich so weitermachte. Was natürlich Quatsch war, aber immerhin. Es kam schließlich nicht so oft vor, dass ich positive Rückmeldungen in Sport zu verbuchen hatte.

Immer noch strahlend ging ich zu meinem Schließfach.

»Hey«, sagte Conner.

Was wollte *der* hier? Er wich zur Seite und ließ mich durch. Ich gab meine Zahlenkombination ein und öffnete das Fach.

»Wo warst du in der Mittagspause?«, fragte Conner. »Wir sind vorbeigekommen, um Hi zu sagen, wie üblich, aber du warst nicht da.«

Ich blinzelte ihn an. *Hi sagen*? So nannte er das, wenn er am Ende der Pause mit seinen zwei Blödmännern an uns vorbeifegte und Beleidigungen austeilte? Ich verkniff mir eine giftige Antwort, um keinen Streit vom Zaun zu brechen. So wie neuerdings wieder war mir unser Umgangston lieber.

»Ich hatte was zu erledigen«, sagte ich.

»Und? Alles klar?«

»Alles klar wofür?«

»Du kommst doch zu unserem Spiel im Park, oder?«

Ups, das hatte ich völlig vergessen. Es erschien mir wie eine Ewigkeit, seit wir zusammen in seinem Zimmer gesessen und geredet hatten.

»Du kannst gleich mitkommen, wenn du willst«, bot er an.

Audrey war auf ihrem Herbstball-Meeting und Jenna in der Zeitungsredaktion. Und da ich nichts weiter vorhatte, nickte ich.

Wir gingen zusammen in der warmen Herbstluft, während die Schulgeräusche hinter uns langsam verhallten. Keiner von uns sagte etwas, bis wir den nächsten Block erreichten. Ich warf einen Blick auf Conner. Er ging aufrecht, kein bisschen in sich zusammengesunken, wie ich erwartet hatte. Warum sah ich ihn immer mit hängenden Schultern? Falls ich überhaupt mal an ihn dachte, was nicht oft vorkam. Conner drehte sich zu mir um, versuchte meinen Blick aufzufangen, und ich wandte schnell den Kopf ab.

»Du bist so still«, sagte er.

»Du auch.«

»Stimmt.«

Wir kamen auf dem hinteren Weg zum Park und nahmen die Abkürzung zu den Basketballfeldern über den asphaltierten Parkplatz.

»Warum?«, fragte ich. Die Frage purzelte mir aus dem Mund, ehe ich mich bremsen konnte.

Conner blieb neben einem silbernen Cabrio stehen. »Warum was?«

»Warum sind wir so still? Warum beleidigst du mich nicht? Also nicht, dass ich Wert darauf legen würde.«

»Ich dachte, wir sind okay?« Conners Augen schimmerten beinahe golden im Sonnenlicht.

»Ja, schon«, sagte ich. »Du bist also nicht mehr sauer auf mich?«

»Du hast gesagt, du kannst mit Audrey *und* mit mir befreundet sein.«

»Kann ich auch.«

»Also dann.«

Wir standen auf dem Parkplatz, lauschten auf das Kinderlachen, das vom Spielplatz herüberschallte. Es war kein peinliches Schweigen. Nein, es fühlte sich – ich weiß nicht – vielleicht vertraut an.

»Und jetzt haben wir uns nichts mehr zu sagen?« Conner lachte.

»Schweigen ist besser als Beleidigungen.«

Wir kamen zu den Außenplätzen, und Teddy und Doug begrüßten uns mit dieser typischen Kinnbewegung, die alle Jungs draufhaben. Ich setzte mich auf eine der Metallbänke – und jetzt war ich froh, dass ich meine flauschige Jogginghose anhatte.

Statt mich zu langweilen, wie ich befürchtet hatte,

verfolgte ich gebannt das Spiel. Conner, Doug und Teddy liefen über den Platz und legten einen Korb nach dem anderen. Und plötzlich nahm ich Conner auf eine Weise wahr, die mir nie zuvor in den Sinn gekommen wäre. Seine muskulösen Beine blitzten an mir vorbei, als er einen perfekten Korb legte. Im nächsten Moment ging er in die Knie, um einen Freiwurf zu machen, und ließ seine Armmuskeln spielen. Der Ball zischte in den Korb. Conner lachte und klatschte Teddy ab, der ihm eine super Vorlage geliefert hatte.

Ich schüttelte den Kopf. Das war eine nette Ablenkung, und ich war froh, dass Conner und ich wieder normal miteinander reden konnten. Vielleicht würde ich bald mit Gregor auf dieser Bank, Händchen haltend, Conner beim Spielen zuschauen. *Ja, genau*. Ich verzog das Gesicht. Warum war ich nicht in der Schule geblieben, um herauszufinden, wo Gregor sich herumtrieb? Vielleicht konnte ich das morgen mit Audrey zusammen machen.

Ich verlor mich so sehr in meine Tagträume von einem Date mit Gregor, dass ich am Ende nicht sagen konnte, wer gewonnen hatte. Alle sechs Spieler redeten und lachten zusammen auf dem Platz. Ich stand auf. Ich hatte versprochen, dass ich kommen würde, und ich hatte mein Versprechen gehalten.

Jetzt wurde es Zeit, ins wahre Leben zurückzukehren.

* * *

»Mom?«, rief ich, als ich meinen Rucksack in der Küche abstreifte. »Mom? Bist du da?«

Ich musste dringend über alles mit ihr reden. Macy und ich erzählten ihr immer direkt nach der Schule, was wir tagsüber erlebt hatten. Es kam mir wie eine Ewigkeit vor, seit ich das letzte Mal ein richtiges Gespräch mit ihr geführt hatte. Mom hätte es wahrscheinlich nicht einmal gemerkt, wenn ich in der Zwischenzeit die beste Chocolatiere der Welt geworden wäre.

Ich ging die Treppe hinauf und schaute ins Schlafzimmer meiner Eltern. Das Bett war gemacht, aber zerknittert, was auf Dad schließen ließ. Mom musste vor ihm zur Arbeit gegangen sein.

Ich zog mein Handy hervor und schrieb ihr auf dem Weg in mein Zimmer:

Bist du beschäftigt?

Dann setzte ich mich an meinen Schreibtisch und starrte auf das Display. Keine Antwort. Ich rief die Festnetznummer des Museums an und fragte nach ihr.

»Keiko?« Mom hörte sich an, als wäre sie völlig außer Atem. »Was ist denn los? Doch hoffentlich kein Notfall?«

»Nein. Ich wollte nur mit dir reden«, sagte ich.

»Kann das nicht warten? Ich bin mitten in einem Meeting. Wir reden heute Abend.«

»Macy ist spät von der Schule nach Hause gekommen

und wollte mir nicht sagen, wo sie war«, sprudelte ich schnell hervor. Im nächsten Moment hätte ich mir am liebsten auf die Zunge gebissen, weil es nach Petzen klang, obwohl ich mir doch nur Sorgen um Macy machte. Aber egal, Mom hatte sowieso schon aufgelegt. Ich funkelte das Telefon an. Das war einfach nicht okay! Ich vermisste Mom, was aber nicht auf Gegenseitigkeit zu beruhen schien.

Und ich war nicht die Einzige, die das so sah. Beim Abendessen brachte Macy das Thema aufs Tapet.

»Wo ist Mom?«, fragte sie aus heiterem Himmel.

Meine Gabel mit dem gebratenen Hähnchenfleisch erstarrte auf halbem Weg zu meinem Mund.

»In einem Meeting«, sagte Dad.

»Schon wieder?«, hakte Macy nach. »So viele Meetings kann man doch gar nicht haben.«

»Sie hat sicher wahnsinnig viel Arbeit«, sagte ich mit vollem Mund.

Macy warf mir einen Blick zu.

Dad sagte: »Am übernächsten Wochenende hat sie frei. Das ist doch wenigstens etwas.«

»Wirklich?« Ich strahlte. »Vielleicht können wir dann alle zusammen was machen. Zum Beispiel einen Film ansehen?«

»Ich fürchte, daraus wird nichts«, sagte Dad, »sie braucht nach dem ganzen Stress ein bisschen Erholung – sie hat vor, einen Wellness-Tag mit Mrs Kitamura einzulegen.«

Macy stand auf.

»Wo willst du hin?«, fragte Dad.

»Hab keinen Hunger.« Macy nahm ihren Teller, knallte ihn in die Spüle und ging in ihr Zimmer hinauf.

So schnippisch und abweisend war Macy sonst nie, zumindest nicht zu unseren Eltern. Jetzt wusste ich, dass mit ihr etwas nicht stimmte. Macy erzählte immer alles Mom. Und wenn Mom nicht für sie da war, musste ich einspringen. Ich musste herausfinden, was mit ihr los war, dann konnte ich ihr vielleicht helfen, mit ihren Problemen fertigzuwerden. Vielleicht hatte sie Ärger in der Schule. Ich hatte immer meine beiden besten Freundinnen gehabt, die zu mir standen. Jedenfalls bis jetzt. Beklommen dachte ich daran, was in den letzten Wochen aus unserer Freundschaft geworden war. Vielleicht hatte Macy sich mit Claire gestritten?

Ich ließ Dad allein vor dem Fernseher zurück und machte einen Abstecher in mein Zimmer, um mir ein Stück erstklassige, extradunkle Fairtrade-Schokolade zur Stärkung zu gönnen. Dann klopfte ich bei Macy an – keine Reaktion. Ich versuchte die Tür zu öffnen, aber sie hatte sich eingeschlossen.

»Mace? Bist du da? Ich will mit dir reden«, rief ich und drückte mein Ohr an die Tür. Warum antwortete sie nicht?

Was jetzt? Ich ging in mein Zimmer zurück, verspeiste noch ein Eckchen Schokolade und wappnete mich mit einer Büroklammer. Früher, als wir noch jünger gewesen waren, hatte ich mich manchmal in Macys Schrank versteckt, um sie zu erschrecken. Dann bekam sie ein Schloss an ihre Tür, aber ich tüftelte aus, wie es sich öffnen ließ, und konnte mich trotzdem noch in ihr Zimmer schleichen. Mit der Zeit wurde ein Spiel daraus. Macy stellte mir alle möglichen Fallen – einmal stand ein kleiner Plastikeimer mit Gummidrops über der Schranktür und krachte auf mich herunter, als ich die Tür öffnete. Wir wälzten uns vor Lachen am Boden.

Keine Ahnung, warum wir damit aufgehört hatten. Ich wusste nur noch, wann – als Grandpa Carter nach Grandmas Tod bei uns einzog. Grandpa war immer ein bisschen knurrig gewesen, was noch viel schlimmer wurde, als er zu trinken anfing. Wahrscheinlich war uns da einfach der Spaß vergangen.

Ich knackte im Handumdrehen das Schloss und schob die Tür mit der Zehe auf, obwohl ich nicht wirklich eine Falle erwartete. Vorsichtig spähte ich ins Zimmer, aber Macy war nicht da. Auch nicht im Schrank, wie ich halb gehofft hatte. Aber nein, Macy schnellte nicht plötzlich heraus wie ein Springteufelchen und lachte sich schlapp über mein erschrockenes Gesicht.

Warum hatte sie die Tür abgeschlossen? Ich lief zum Fenster, es stand offen, mit ausgehängtem Fliegengitter. War sie etwa aus dem Fenster geklettert? Mein Herz raste. Warum? Ich musste unbedingt herausfinden, was meine kleine Schwester im Schilde führte, bevor sie sich noch in Schwierigkeiten brachte oder womöglich verletzt wurde. Ich rannte in mein Zimmer, holte mein Handy und rief Audrey an. Wir hatten uns immer gegenseitig den Rücken gestärkt.

»Warst du nach der Schule mit meinem Bruder zusammen?«, sagte Audrey ohne jede Begrüßung.

»Ja, schon.«

»Warum?«, zischte sie. »Was bist du für eine schreckliche Freundin!« Dann legte sie auf.

Ich starrte auf das Display. Audrey hatte mich noch nie einfach am Telefon abgehängt, und ich war fassungslos, wie weit es mit uns gekommen war. Aber egal, ich schaffte das auch allein. Kein Grund, Dad damit zu behelligen – ich wollte nicht, dass er sich Sorgen machte.

Es war mein Job, Macy zu retten, was immer sie auch angestellt haben mochte.

15

Ich läutete bei Claire, aber dort war Macy auch nicht, genauso wenig wie Claire. Mrs Margolis wirkte allerdings kein bisschen besorgt.

»Wissen Sie, wo ich die beiden finden kann?«, fragte ich.

»In der Schule natürlich«, sagte sie.

Okay, gut. Ich legte den vertrauten Weg zur Sandpiper Elementary zwei Blocks weiter zurück. Zum Glück brauchte ich nicht lange zu überlegen, wo ich mit der Suche anfangen sollte, weil in der Aula Licht brannte. Ziemlich weit vorn war eine kleine Gruppe von Schülern versammelt. Zwei andere standen auf der Bühne und probten eine Szene.

Als meine Schwester auf die Bühne kam, ließ ich mich auf einen Platz ganz hinten im Saal fallen. Es gab weder Kulissen noch Kostüme. Macy und die beiden anderen hielten Bücher in der Hand, und Macy rezitierte ihren Text mit einer Stimme, die ich fast nicht wiedererkannt hätte – unglaublich klar und kräftig. Mit jeder Zeile, die sie vortrug, ging meine Schwester noch mehr in ihrer Rolle auf, bis ein fremdes junges Mädchen an ihre Stelle trat, das eine Mission zu erfüllen hatte.

»Ausgezeichnet, Macy«, lobte die Lehrerin, als die Szene zu Ende war. »Schon viel besser. Wir machen morgen weiter. Ich erwarte von euch, dass ihr bis Ende nächster Woche euren Text ganz auswendig könnt.«

Wie vor den Kopf geschlagen saß ich da, während das Schülergrüppchen sich allmählich zerstreute. Als das Licht anging, stand ich auf und rief Macys Namen. Ihre Augen weiteten sich vor Überraschung, sie huschte von der Bühne herunter und kam zögernd durch den Mittelgang auf mich zu.

Ich ging ihr – immer noch fassungslos – entgegen. Als wir uns auf halbem Weg trafen, zog Macy ihre Haare in den Mund.

»Du warst toll«, sagte ich, bevor sie ihr Haar noch mehr mit Spucke verkleben konnte.

Macy ließ die Strähne fallen. »Wirklich?«

»Fantastisch! Ehrenwort.«

»Danke.« Ein erleichterter Ausdruck trat in ihr Gesicht. »Ich dachte, du brüllst mich an.«

»Na ja, sollte ich eigentlich, weil du einfach von zu Hause abgehauen bist – und noch dazu aus dem Fenster geklettert! Das ist gefährlich!«, sagte ich streng. Dann fragte ich etwas sanfter: »Warum schleichst du dich so klammheimlich davon?«

»Weil du es nicht richtig findest, dass ich in der Theatergruppe mitmache. Und ich wollte mich nicht davon abhalten lassen.«

»Was? Das hab ich doch nie gesagt!«

»Doch, hast du. Als ich es dir neulich erzählt habe.«

Ich schüttelte den Kopf. »Ja, aber nur, weil ich nicht wollte, dass du enttäuscht bist, wenn es vielleicht nicht klappt.«

»Siehst du, und genau deshalb hab ich dir nichts gesagt. Du machst dir immer nur Sorgen um mich und willst mich beschützen. Das ist doch gerade das Problem.«

»Stimmt ja gar nicht«, sagte ich.

»Du hast das schon früher immer gemacht, als Grandpa noch bei uns war. Wenn er getrunken hat, hast du mich sofort abgelenkt – entweder mit irgendwelchen Spielen in meinem Zimmer, oder wir sind in den Hof runtergegangen.«

»Was? Das hast du gemerkt?«

Macy kräuselte ihre Lippen. »Na klar.«

Ich schwieg. Anscheinend hatte ich es doch nicht so schlau eingefädelt, wie ich gedacht hatte. Wenn Grandpa Alkohol trank, wurde er noch grimmiger als sonst. Alles war grässlich, die Leute waren dumm und schlecht, das Leben ein Albtraum. Es war so deprimierend, dass ich meiner kleinen Schwester Grandpas Anblick ersparen wollte.

»Ist schon okay, Keiko – es hat mir nichts ausgemacht«, sagte Macy leise. »Ich hab doch gern mit dir gespielt. Aber ich will nicht, dass du mich beschützt. Du musst nicht mehr alles für mich in Ordnung bringen. Ich wollte das hier allein durchziehen, ohne dass du dir Sorgen um mich machst.«

»Die hab ich mir aber erst recht gemacht«, sagte ich. »Wissen wenigstens Mom und Dad davon?«

Macy zuckte mit den Schultern. »Dad weiß es. Er hat den Erlaubniszettel für mich unterschrieben.«

»Und vor mir hast du es geheim gehalten?« Ich konnte nicht verbergen, wie verletzt ich war.

»Aber nur, weil ich nicht wollte, dass du mich davon abbringst.«

Ich musste Macy zeigen, dass ich sie unterstützte und an sie glaubte. »Das Stück scheint ja ziemlich cool zu sein. Was ist es denn?«

»Mr Diggs hat es geschrieben. Es ist eine Erstaufführung. Wahnsinn, oder?«

»Total.«

Claire kam auf uns zu. »Meine Mom ist da. Hi, Keiko! Ist Macy nicht toll?«

Ich nickte. »Spielst du auch mit, Claire?«

Claire kicherte und schüttelte den Kopf. »Nein. Aber ich arbeite in der Bühnencrew, damit Macy und ich trotzdem zusammen sein können.«

»Das ist aber nett«, sagte ich.

Meine kleine Schwester hatte ihr Leben offenbar besser im Griff als ich.

Wenn wir drei nur auch etwas gefunden hätten, das

wir gemeinsam machen konnten. Dann würden Jenna, Audrey und ich jetzt vielleicht noch miteinander reden.

Ich sah, wie Macy und Claire die Köpfe zusammensteckten, während sie hinter Mrs Margolis zur Tür gingen. Der Anblick bestärkte mich noch in meinem Entschluss, den Streit zwischen Jenna, Audrey und mir aus der Welt zu schaffen, und ich schöpfte wieder neuen Mut. Morgen war auch noch ein Tag. Dann würde ich alles in Ordnung bringen.

16

Als ich am Mittwochmorgen zu meinem Schließfach kam, wartete Audrey nicht auf mich. Ich checkte mein Handy, aber es war keine Nachricht von ihr da. Ich schickte ihr schnell ein »Wo bist du?«, dann wechselte ich meine Bücher aus und schaute erneut auf mein Telefon. Nichts. Wo war sie nur?

»Hey! Du hast uns versetzt!«, rief Teddy, der mit Conner und Doug auf mich zukam.

»Wo warst du nach dem Spiel?«, fragte Conner.

»Ich bin heimgegangen. Ihr habt toll gespielt.« Hoffentlich stimmte das auch. »Ähm, ihr habt doch gewonnen?«

Die drei Jungs lachten. »Ja«, sagte Conner grinsend. »Wir haben gewonnen.«

Ich nahm meinen Rucksack über die Schulter und spähte den Gang entlang.

»Audrey ist mit diesem Neuen zusammen, falls du sie suchst«, sagte Conner.

»Was? Wie meinst du das?«

»Wir haben sie zusammen auf dem Rasenplatz gesehen, wo ihr immer zu Mittag esst.«

»Aber wir sind doch hier verabredet«, wandte ich ein.

Conner zuckte mit den Schultern.

Ich checkte wieder mein Handy, ob vielleicht eine WhatsApp-Nachricht gekommen war. Aber Audrey hüllte sich in Schweigen – sie wollte mir offenbar nicht sagen, wo sie heute Morgen hingegangen war.

»Wir müssen los«, sagte Doug plötzlich. »Geschichtstest, gleich in der ersten Stunde.«

»AAAAHH!« Ted knallte seine Faust auf sein Schließfach. »Das hab ich total vergessen!«

Conner und Doug zogen Teddy auf, während sie alle drei den Gang entlanggaloppierten und Teddy hektisch Notizblätter aus seinem Rucksack zerrte.

Plötzlich drehte Conner sich wieder um und blieb ein Stück hinter den anderen zurück. »Keks?«

»Was?« Ich checkte erneut mein Telefon.

»Wir sind in der Mittagspause bei der Sporthalle, in der obersten Sitzreihe.«

Bevor ich antworten konnte, rannte Conner bereits wieder hinter Doug und Teddy her.

* * *

Jenna war natürlich schon da, als ich auf meinen Stuhl plumpste. Sie strahlte wie die Sonne. Audrey hätte diese Redewendung gefallen. Der Gedanke an sie versetzte mir einen Stich ins Herz. Aber ich tröstete mich damit, dass sie mir sicher erklären würde, was mit ihr los war, wenn wir uns in der zweiten Stunde sahen.

Ich schaute wieder Jenna an. Ihr Gesicht leuchtete, als wäre sie unfreiwillig aus einem Flugzeug abgesprungen und hätte plötzlich die Schwerelosigkeit entdeckt.

»Ähm, was ist los mit dir?«, sagte ich.

Jenna lachte und wurde flammend rot.

»Okay, jetzt will ich es erst recht wissen!«

»Er hat meine Hand gehalten!«, flüsterte sie.

»Oh, Jenna! Heute Morgen?«

»Ja, als er mich in meine Klasse begleitet hat.«

»Das ist so süß!« Elliot verabredete sich mit ihr, zeigte ihr, dass er sie mochte. Jenna hatte einen Freund. Ich war glücklich für sie, klar, aber gleichzeitig fühlte ich mich im Stich gelassen.

»Wir essen heute Mittag im Zeitungsraum«, sagte sie. »Du kannst mitkommen, wenn du willst.«

Ich hätte ihre Einladung nur zu gern angenommen, wollte aber Audrey nicht vor den Kopf stoßen. »Nö. Wer will schon das fünfte Rad am Wagen sein?«

Wir lächelten einander traurig an, weil es längst nicht so viel Spaß machte, mit solchen Allgemeinplätzen um sich zu werfen, wenn Audrey nicht dabei war.

»Sie beruhigt sich schon wieder«, sagte ich und dachte an meinen Entschluss, die Dinge wieder in Ordnung zu bringen. Aber vielleicht war es einfacher, Jenna umzustimmen. »Könnt ihr nicht mit uns zusammen essen?«, fragte ich, obwohl mir im selben Moment klar wurde, dass das keine gute Idee war.

»Ein anderes Mal«, sagte Jenna. Aber wir wussten beide, dass das lange dauern konnte – so lange, bis Audrey über die Sache mit Jenna und Elliot hinweggekommen war.

Ich musste also bei Audrey anfangen, ob es mir passte oder nicht. Ich nahm mir vor, direkt vor dem Unterricht mit ihr zu sprechen.

Aber von wegen. In Englisch hob Audrey noch nicht mal den Kopf, als ich mich neben sie setzte. Und ihre Ausstrahlung war so feindselig, dass ich sie nicht anstieß, wie ich es normalerweise gemacht hätte, um mich bemerkbar zu machen. Ich rutschte also auf meinem Sitz herum, bis es quietschte, in der Hoffnung, dass sie aufschauen würde. Was nicht passierte. Ich nahm einen Kugelschreiber und mein Notizbuch heraus und ließ beides auf meinen Tisch fallen. Keine Reaktion.

Schließlich schlug ich mein Notizbuch auf, klatschte es mit voller Wucht auf die Tischplatte, aber diesmal aus Wut und nicht, um sie auf mich aufmerksam zu machen. *Wenn* hier jemand Grund hatte, sauer zu sein, dann ich, nachdem sie gestern einfach aufgelegt hatte. Und jetzt bestrafte *sie* mich mit Nichtachtung? Ich hatte ihr doch nichts getan!

Als ich mich zu ihr umdrehte, lag ihr Notizbuch offen da, und sie zeichnete ein Herz um Gregors Namen in pinkfarbenen Bubble-Buchstaben. Ich blinzelte. Nein. Keine Fata Morgana. Das war tatsächlich Gregors Name in rosa Tinte. Was ging denn hier ab?

Ich konnte mich auf nichts konzentrieren, was Ms McQueen im Unterricht sagte. Als es läutete, schluckte ich meinen Stolz und meine Wut hinunter und drehte mich zu Audrey um. Aber sie war bereits aufgesprungen und segelte in Richtung Tür davon, ohne ein Wort zu mir zu sagen.

Eine kalte Angst stieg in mir auf, machte mich ganz kribbelig. Da zerbrach ich mir den Kopf, wie ich Jenna und Audrey wieder zusammenbringen konnte, und jetzt war meine eigene Freundschaft mit Audrey in Gefahr. Ich musste sie irgendwie zum Reden bringen, herausfinden, was mit ihr los war. Wenn sie wegen Conner böse auf mich war, gut. Aber das erklärte nicht Gregors Namen in ihrem Notizbuch. Gregors Name in einem großen Herz. Wollte sie mich damit bestrafen? Ich verstand es nicht. War sie in Gregor verknallt? Oder wollte sie mir als gute Freundin auf diese Weise andeuten, dass es an mir war, den nächsten Zug zu machen? Ich war so verwirrt!

Auf jeden Fall konnte es nicht so weitergehen. Ich musste etwas tun. Ich brauchte meine beste Freundin. Ich ließ also meinen Gang zur Cafeteria ausfallen und verspeiste einen halben Riegel Schokolade, während ich zu unserem Stammplatz auf dem Rasen ging. Dort setzte ich mich hin und wartete. Wo war Gregor? Vielleicht suchte er mich in der Cafeteria? Ich hatte seine Nummer nicht, sonst hätte ich ihm eine Nachricht geschickt.

Die Zeit verging. Ich spielte mit dem Gedanken, ein

Buch in die Hand zu nehmen, um so zu tun, als würde ich lesen. Aber ich wollte nicht noch länger allein herumsitzen. Ich war ja nicht blöd: Audrey und Gregor hatten mich versetzt. Punkt.

Ich klopfte meine Jeans ab und ging zügig los, als wäre ich verabredet. Ich überlegte, ob ich zu Jenna in die Zeitungsredaktion gehen sollte, aber dann hätte ich zugeben müssen, dass Audrey mich schnitt, und da Jenna sowieso schon wütend auf sie war, wollte ich nicht noch Öl ins Feuer gießen.

»Hey, Keks!«

Conner, Doug und Teddy saßen auf der Tribüne oben, wie Conner es mir angekündigt hatte. Ich wollte mir einreden, dass ich rein zufällig hier gelandet war, aber ich wusste natürlich, dass das nicht stimmte. Immer noch besser, mit Conner und seinen Vielleicht-doch-nicht-ganz-so-bescheuerten-Kumpeln herumzuhängen, als die letzten zehn Minuten der Mittagspause allein dazusitzen.

Conner rückte beiseite, um mir Platz zu machen.

»Habt ihr euch mal gefragt, was ein Baby denkt, wenn es zum ersten Mal in einen Spiegel schaut?«, sagte Doug plötzlich. »Da muss es doch durchdrehen, oder?«

»Keine Ahnung«, meinte Teddy. »Wahrscheinlich weiß es ja nicht, wie es aussieht.«

»Hey, aber der größte Schock ist bestimmt, wenn es zum ersten Mal seine Mom im Spiegel sieht.« Conner grinste triumphierend.

Doug lachte. »Ja, genau. Das Baby denkt sich, da ist Mom. Oder nein, halt. Da sind plötzlich zwei Moms. Wahn-sinn!«

»Babys lachen aber, wenn sie in einen Spiegel schauen«, behauptete ich.

Alle drehten sich zu mir um.

»Hey, so geht das nicht«, protestierte Conner, immer noch grinsend.

»Ach ja? Wie dann?«

»Na ja, es gibt keine richtigen Regeln«, erklärte Teddy. »Außer dass du nichts mit wissenschaftlichen Fakten untermauern darfst.«

»Ja, genau. Lassiter wollte zum Beispiel heute Morgen wissen, wer als erster Mensch auf der Welt in eine Artischocke gebissen hat – so nach der Devise, also gut, schlucken wir das komische Stacheldings doch einfach mal runter«, sagte Doug.

»Oder noch schlimmer«, konterte Teddy. »Warum essen die Leute Hummer oder Krebse und nicht Stinkkäfer und Ohrwürmer?«

»Weil Krebse größer sind und mehr Fleisch haben«, platzte ich heraus.

Alle drei starrten mich schweigend an.

»Oh!« Ich lachte. »Okay, hab's kapiert. Also vielleicht so: Wer war so blöd, Hustensirup mit Kaugummi-Geschmack herzustellen? – Eins krasser als das andere.«

Sie lachten.

»Jetzt hast du's«, sagte Conner.

Die nächsten zehn Minuten vergingen wie im Flug. Wir lachten immer noch, als es läutete. Conner und seine Freunde schienen es völlig normal zu finden, dass ich mit ihnen zusammensaß. Waren sie immer so locker? Aber egal. Im Augenblick zählte nur, dass ich nicht allein war.

17

Als ich in die Mathestunde kam, saß Gregor ohne seine üblichen Groupies Nicole und Kimmie da. Das war eine Premiere.

»Hey«, sagte er, nachdem ich mich gesetzt hatte. »Wo warst du in der Pause?«

»Nein, wo warst du?«

»Audrey sagte, ihr wärt im Picknick-Bereich verabredet, aber du bist nicht aufgetaucht.«

Moment mal. Wie bitte? Audrey hatte nichts zu mir gesagt. Absichtlich. Was hatte sie vor? Und warum?

»*Ich* war an unserem üblichen Platz«, stieß ich zähneknirschend hervor.

Gregor sah mich an, bis ich mich unter seinem Blick förmlich wand. Er brauchte nichts von meinen persönlichen Angelegenheiten zu wissen. Was zwischen Audrey und mir nicht rundlief, ging nur uns beide etwas an.

»Na ja, vielleicht hab ich's vergessen«, sagte ich. Mit Audrey würde ich später abrechnen.

Gregor grinste. »Was hast du bei der letzten Mathe-Aufgabe rausgekriegt?«

Ich nahm mein zusammengefaltetes Arbeitsblatt aus meinem Rucksack, und als ich es ihm gab, berührten sich unsere Finger. Ich hob den Kopf, und er sah mich direkt an, schaute mir tief in die Augen. Ich wandte mich schnell ab, was ich sofort bereute. Ich hätte seinen Blick auffangen und ihm ein verführerisches Lächeln schenken müssen. Aber wie machte man das? Wie ging Flirten überhaupt? Reichte ein normales Lächeln? Oder musste es irgendwie anders sein? Vielleicht sollte ich vor dem Spiegel üben?

»Danke«, sagte er und riss mich damit aus meinen Gedanken. Als er mir mein Blatt zurückgab, sagte er: »Ich bin froh, dass ich es richtig habe. Du bist gut in Mathe?«

»Nicht wirklich.« Meine Noten waren ganz anständig, aber Mathe war nicht mein bestes Fach, sondern Nawi.

Er nickte. »Ist wahrscheinlich in deiner DNA.«

»Was?« Wollte er damit andeuten, dass Asiaten gut in Mathe waren?

Nicole und Kimmie kamen in die Klasse und stolzierten direkt zu Gregor.

»Wo warst du?«, sagte Nicole zu ihm.

»Sorry, bin aufgehalten worden.« Gregor lächelte den beiden zu. Er schien zu wissen, dass er mit seinem Lächeln immer alles erreichte, was er wollte.

»Oh, okay.« Nicole kicherte.

»Du bist das Highlight unserer Mittagspause«, säuselte Kimmie. »Das kann nichts so leicht toppen – außer, wenn du uns ins Klassenzimmer zurückbegleitest.«

Ich wusste jetzt also, was Gregor in den letzten zehn

Minuten der Mittagspause machte. Nur dass er heute nicht mit ihnen zusammen gewesen war, sondern mit Audrey. Was natürlich besser war als ein Date mit mir oder sogar mit Nicole und Kimmie. Ich sank auf meinem Platz zusammen.

* * *

Nach dem Unterricht ging ich in die Bibliothek, um Audrey zu stellen. Ich war wütend auf sie, okay, aber hauptsächlich wollte ich sie zum Reden bringen. Was immer auch schiefgelaufen war, es ließ sich reparieren. Musste es. Ich holte Luft, um meine Nerven zu beruhigen.

Natürlich war Audrey nicht da. Ich schickte ihr eine Nachricht und rief sie an. Keine Antwort. Ich konnte mir nicht erklären, warum sie mich schnitt. Und vor allem verstand ich nicht, was sie mit Gregor vorhatte.

Als ich nach Hause kam, schaute ich als Erstes in Macys Zimmer, aber sie war nicht da. Ich schrieb ihr, und sie antwortete sofort. Sie hatte eine Probe. Ich schickte ihr ein Daumen-hoch-Emoji. Wenigstens wusste ich jetzt, dass bei ihr alles in Ordnung war.

Ich schenkte mir ein Glas Milch ein und ging in mein Zimmer hinauf. Einer von Dads Kollegen hatte ihm eine Tafel Schokolade von einer Geschäftsreise mitgebracht, und ich konnte es kaum erwarten, ein Stück davon zu probieren.

Ich setzte mich an meinen Schreibtisch, die Schokoladentafel in der Hand. Wow. Lake Champlain Maple Caramel. Mir lief das Wasser im Mund zusammen. Ich riss das Papier auf und schälte die Goldfolie ein Stück weit ab, bis die dunkle Schokolade zum Vorschein kam. Als ich ein Stück abbrach, quoll mir ein Klecks Karamell auf die Finger. Ich steckte die Schokolade in den Mund und ließ sie auf der Zunge zergehen. Jam. Unglaublich glatt und ohne jede Bitterkeit, das Karamell mit einem Hauch von Ahornsirup. Vielleicht ein bisschen süß, aber süß war manchmal genau das, was ich brauchte.

Ich verputzte die ganze Tafel auf einmal. Etwas, das ich normalerweise nie machte. Ich schwebte auf Wolke sieben, mein Gehirn summte förmlich vom Zuckerschub. Aber der Rausch verebbte leider viel zu schnell, kaum eine Minute, nachdem ich das letzte köstliche Stück auf der Zunge hatte schmelzen lassen.

Hoffentlich konnte Dad noch mehr von dieser Schokolade besorgen. Ich tippte den Namen der Firma in meinen Browser. Das Unternehmen hatte seinen Sitz in Vermont, was mich sofort an Schnee denken ließ. Und an Grandpa. Der Gedanke schnürte mir die Kehle zu. Zu dumm, dass ich keine Schokolade mehr hatte …

Dann klingelte es an der Tür, und ich sprang auf, war froh über jede Ablenkung. Vielleicht Audrey, die endlich ihren Groll gegen mich aufgegeben hatte? Ich würde ihr natürlich sofort verzeihen. Ich wollte meine beste Freundin wiederhaben. Also stürzte ich die Treppe hinunter, und mir wurde ganz leicht ums Herz vor Freude.

Als ich die Tür aufriss, blieb mir die Luft weg. Conner stand draußen. Er schaute lächelnd zu, wie Lumpy an mir hochsprang und wild mit dem Schwanz wedelte – sein ganzes Hinterteil wackelte vor Begeisterung. Leider der falsche Lassiter, aber Lumpys freudige Begrüßung machte alles wett. Ich umarmte ihn und lachte, als er mir das Gesicht abschleckte.

Conner befahl Lumpy zu sitzen. »Hast du Lust, mit Lumpy und mir eine Runde zu drehen?«

»Warum?«

»Ähm … weil Lumpy gern Gassi geht?«

»Nein, ich meine, warum fragst du mich?«

Conner runzelte die Stirn. »Musst ja nicht mitkommen. War nur ein Vorschlag.«

Okay, ich hatte sowieso nichts Besseres vor. »Kann ich die Leine halten?«, fragte ich, während ich in meine Vans schlüpfte.

Conner gab mir die Leine, und Lumpy zerrte mich die Verandatreppe hinunter.

»Sag ihm, bei Fuß«, wies Conner mich an und machte die Haustür zu.

»Fuß!« Wunderbarerweise hörte das Zerren sofort auf, und Lumpy fiel links von mir in Schritttempo. »Wahnsinn«, sagte ich, als Conner uns einholte. »Hast du ihm das beigebracht?«

»Ja.« Conner setzte ein selbstzufriedenes Lächeln auf.

Wir gingen in den Park. Lumpy trottete neben mir her, mit offenem Maul, als lachte er. Mein Herz schwoll an vor Glück.

»Ich hätte auch gern einen Hund«, sagte ich.

»Kannst du haben. Ich bin samstags als freiwilliger Helfer im Bluff-Lane-Tierheim. Da gibt's immer gute Hunde, die ein neues Zuhause brauchen.«

»Freiwilliger Helfer?«

»Wenn deine Eltern einverstanden sind, kann ich einen mit dir aussuchen.«

»Das wäre toll.« Mom müsste natürlich erst mal zu Hause sein, damit ich sie fragen konnte.

Lumpy wurde schneller, sobald er das Parktor sah. Dieser Teil des Parks war meistens leer, außer ein paar Kindern auf dem Spielplatz. Conner ging voraus und steuerte auf einen Grashang zu, wo er Lumpys Leine löste.

Als Lumpy durch das Gras galoppierte, sagte Conner: »Das hier ist der Pacific-Vista-Hundepark. Lumpy darf ohne Leine laufen, solange wir auf dieser Seite des Hügels bleiben.«

Lumpy wartete ein paar Meter von uns entfernt und starrte uns schwanzwedelnd an.

»Jetzt pass auf.« Conner zog ein farbenfrohes Schaumstoff-Frisbee aus seiner Jeanstasche und schleuderte es weit von sich. Lumpy raste los und schnappte es mitten aus der Luft.

»Kann ich auch mal?«, fragte ich.

Lumpy kam mit dem Frisbee zurückgelaufen und ließ es vor Conners Füße fallen. Conner bückte sich, um das Frisbee aufzuheben, und hielt es mir hin, die vollgesabberte Seite in seiner Hand. Ich warf es mit aller Kraft, und als es durch die Luft eierte, nahm Lumpy wieder die Verfolgung auf und schnappte es.

Ich johlte und strahlte.

Wir warfen Lumpy immer wieder das Frisbee zu und überschütteten ihn mit Lob, wenn er es zurückbrachte. Es war schon ganz vollgeschlabbert. Als ich es wieder einmal in die Luft warf, schoss ein Schwall von Hundesabber davon auf und sprühte uns beide voll. Wir duckten uns lachend.

Lumpy kam wieder zurückgelaufen, aber diesmal spitzte er die Ohren und raste an uns vorbei.

»Hey!« Ich drehte mich um und wollte ihm nachjagen, hielt aber sofort inne, als ich ihn um Doug und Teddy herumspringen sah.

»Hi«, rief Doug. »Wir haben uns schon gedacht, dass wir dich hier finden.«

Teddy zwirbelte einen Basketball in seinen Händen. »Spielen?«, fragte er.

Conner drehte sich zu mir um. »Hast du Lust?«

Ob ich Lust hatte, einen Basketball mit ihnen herumzuknallen? War das ein abgekartetes Spiel, oder was? »Warum? Was habt ihr vor?«

»Na, Basketball spielen.« Teddy warf mir einen seltsamen Blick zu.

Conner klickte die Leine wieder in Lumpys Halsband ein und ging mit Doug und Teddy los. »Komm schon, Keks.«

Ich folgte ihnen durch den Park zu den Außenplätzen, wo ich sie gestern spielen gesehen hatte. Heute waren die Plätze leer.

Conner sagte »Sitz und bleib« zu Lumpy, dann ging er ohne ihn auf den Platz. Ich setzte mich neben den Hund auf die Bank.

Conner winkte mir. »Wir haben doch gar keine Mannschaften, wenn du nicht mitspielst.«

»Ich kann das nicht«, sagte ich.

»Wir gehen es langsam an, Keks.« Doug stieß ein gespielt böses Lachen aus und rieb sich die Hände.

Coach Yang hatte mich in Sport gelobt, und ich dachte an das Glücksgefühl, das mich durchströmt hatte. Vielleicht würde es mir guttun, und ich konnte meine aufgestauten Energien loswerden. Die Jungs standen da und warteten. Mit einem Schulterzucken ging ich zu ihnen hinüber.

»Half Court«, sagte Conner, vermutlich an mich gerichtet.

Ich stand außerhalb des Spielfelds und warf ihm den Ball zu, aber Doug stürmte dazwischen und schnappte ihn. Ich rannte los, um Teddy zu decken, aber bevor ich ihn erreichte, gelang Doug ein Korbleger. Teddy und Doug klatschten sich ab.

Ich wartete darauf, dass Conner mich anbrüllte, weil ich ihm das Spiel vermasselt hatte, aber er grinste nur.

»Mach dich bereit für die Niederlage«, drohte Doug und zwirbelte den Ball auf seinem Finger herum.

Das gab den Ausschlag. Ich wollte nicht verlieren. Ich deckte weiter Teddy, und Doug war gezwungen, einen Wurf zu machen, der danebenging. Conner fing den Rückprall. Ich rannte zur Mittellinie, die weit offen stand, und fing seinen Pass. Da ich mir kein Dribbeln zutraute, warf ich den Ball zu Conner zurück, als Teddy auf mich zustürmte. Conner schoss einen Dreier. Wusch!

»Na also, geht doch!«, brüllte Conner.

Ich grinste. Als wir aufhörten, strahlte ich immer noch. Doug und Teddy hatten das Spiel knapp gewonnen, und Conner hatte alle unsere Punkte gemacht, aber ich hatte mich gut gehalten, hatte Pässe geworfen und Rückpralle gefangen. Erschöpft ließen wir uns ins kühle Gras fallen. Conner schnippte mit den Fingern, das Zeichen für Lumpy, dass er sich wieder bewegen durfte. Lumpy kroch herüber und legte seinen Kopf auf Conners Beine.

»Nicht schlecht, Keks«, sagte Teddy.

»Stellt euch vor, Basketball wäre wie Fußball und man dürfte den Ball nicht mit den Händen berühren«, sagte Doug.

»Das *ist* doch Fußball, Blödmann!«, gab Conner zurück.

»Und wenn alle Sportarten kombiniert wären: Football, Baseball, Basketball, Fußball«, sinnierte Teddy.

»Jaaa! Du nimmst ’nen Fußball und triffst ihn mit dem Kopf«, johlte Conner.

»Oder blockst mit ’nem Schläger!«

»Hockey!«, brüllten Conner und Doug gleichzeitig.

Lumpy kam herüber und schnupperte mit seiner kalten Schnauze an meinem Hals. Ich streichelte seinen glatten Kopf, während ich mich zurücklehnte, um in den blauen Himmel zu schauen, immer noch lächelnd, und wieder zu Atem zu kommen.

Ich hatte mir eingeredet, dass ich diese Jungs hasste, und jetzt zeigte sich, dass Veränderungen nicht immer nur negativ sein mussten.

18

Audrey wartete auch am nächsten Morgen nicht an meinem Schließfach. Ich verputzte eine halbe Tafel Schokolade als Nervenstärkung und rannte praktisch in die zweite Stunde, nur um vor dem Läuten noch mit ihr sprechen zu können. Aber Audrey strafte mich wieder mit Nichtachtung, als ich mich neben sie setzte. Ich legte meine Hand über die Buchseite, die sie aufgeschlagen hatte, und zwang sie dazu, den Kopf zu heben.

»Okay, was ist los, Audrey?«, fragte ich. »Warum gehst du mir aus dem Weg?«

Audrey lächelte. »Oh mein Gott, Keks. Mach ich doch gar nicht. Ich will dir nur helfen.«

»Helfen?«

»Ja! Weil du nicht in der Lage bist, Gregor zu zeigen, dass du ihn magst, werde ich ihm die Augen öffnen, damit er dich endlich zum Ball einlädt.«

»Oh.« Ich war immer noch verwirrt. »Und warum sagst du mir das nicht einfach? Ich meine, ich wusste überhaupt nicht, wo du warst.«

»Ich weiß. Tut mir leid. Ich war einfach so darauf fixiert, ihn in die richtige Richtung zu schubsen. Ich dachte, du hättest das verstanden!« Audrey tätschelte mir die

Hand. »Gib mir noch ein paar Tage, dann lädt er dich zum Herbstball ein, bevor du auch nur Piep sagen kannst.«

Dann läutete es. Wir mussten wieder einen Kreis bilden, und Audrey lächelte mich an, als wir unsere Tische zusammenschoben. Wenigstens war sie nicht mehr sauer auf mich. Ich hatte keine Ahnung, ob ihr Plan aufgehen würde, aber ich musste darauf vertrauen, dass sie wusste, was sie tat.

Während Audrey ihren Plan verfolgte, fand ich zu einer neuen Alltagsroutine. Ich traf Jenna vor der Schule in Geschichte, verbrachte die Mittagspause mit Conner und seinen Freunden und ging mit Jenna von Sport zu ihrem Schließfach, bevor sie sich mit Elliot traf. Nach der Schule ging ich in den Park und spielte Basketball mit den Jungs. Abends machte ich mit Dad und Macy zusammen den Haushalt, wenn Macy keine Proben hatte. Mom war nur ein einziges Mal zum Abendessen heimgekommen, seit die Schule angefangen hatte.

Zwei Wochen später, am Freitag, ließ ich mich auf den Rasen vor dem Basketballplatz fallen und wischte mir den Schweiß von der Stirn. Conner setzte sich neben mich und reichte mir eine Wasserflasche.

»Okay«, keuchte Doug. »Bilde ich mir das nur ein, oder ist Keks tatsächlich besser geworden?«

»Definitiv«, bestätigte Teddy und ließ sich zu uns ins Gras fallen.

Ich grinste.

»Hier im Park gibt es eine gemischte Liga«, fing Conner an.

»Oh nein«, wehrte ich ab. »Vergiss es. Ich spiele ja nicht wirklich. Das ist nur zum Spaß.«

»Spaß für dich vielleicht«, brummte Doug.

»In der Liga spielen *ist* Spaß.« Conner schlug nach Doug.

»Nein.« Ich drehte die Verschlusskappe der Wasserflasche auf. »Ist doch alles nur Wettkampf und so. Das mag ich nicht.«

»Klar magst du das nicht.« Conner nahm einen Schluck Wasser.

»Was soll das heißen?«

»Dass du keine Konflikte aushältst. Du willst immer, dass überall die perfekte Harmonie herrscht.«

Ich leerte meine Flasche und wischte mir den Mund. »Na und? Was ist schlimm daran, wenn man will, dass alle glücklich sind?«

»Ich bin am Verhungern«, jammerte Doug und warf sich stöhnend im Gras herum. »Du kannst *mich* glücklich machen, indem du mir was zu essen bringst.«

Conner stieß mich an. »Wir gehen zu Nolan zum Abendessen, und hinterher schauen wir einen Film an. Kommst du mit?«

Ich sah Doug an.

»Kein Problem. Meine Mom hat gern Leute zum Essen da«, sagte er achselzuckend.

Macy war bei Claire. Sie war also gut aufgehoben. Mom und Dad hatten beide ein Geschäftsessen (getrennt natürlich). Und Abendessen mit Conner und seinen Freunden war immer noch besser, als alleine zu Hause zu sitzen.

Doug wohnte an der anderen Seite des Parks, also würden Conner und ich zuerst den Hund nach Hause bringen und dann zu Doug gehen. Ich war seit über zwei Wochen nicht mehr bei Audrey gewesen – so lange hatten wir es noch nie getrennt voneinander ausgehalten. Wenn ich ihr schrieb, schickte sie mir immer nur ein Daumen-hoch-Emoji. Das war alles so seltsam. Und falsch. Wie lange würde Audrey noch brauchen, um Gregor herumzukriegen? Und was, wenn er gar nicht mit mir zum Herbstball gehen wollte? Als wir auf das Haus zukamen, lief mir der Schweiß zwischen den Schulterblättern herunter und kühlte in der Abendluft ab. Ich fröstelte.

»Du kannst dir ein Sweatshirt von mir leihen«, sagte Conner, als er die Haustür aufschloss. »Ich muss noch schnell duschen.«

Aus irgendeinem dummen Grund wurde mein Gesicht plötzlich ganz heiß, und ich ließ ihn an mir vorbei. »Ich hole Wasser für Lumpy.«

Ich füllte Lumpys Wassernapf, und als er trank, schlenderte ich den Gang entlang zu Audreys Zimmer. Ich vermisste sie.

Ich ließ mir Zeit, strich mit den Fingern an der Strukturtapete entlang, den Blick auf Audreys offene Zimmertür gerichtet. Direkt davor blieb ich stehen, lauschte vorgebeugt auf ein Geräusch, das mir verraten würde, ob sie da war oder nicht. Aber nichts. Nur tiefes Schweigen von drinnen. Ich holte Luft, schob mich zögernd hinein und spannte die Muskeln an, als müsste ich mich für einen Kampf bereit machen.

Das Zimmer war leer. Ich stolperte vor Enttäuschung fast über meine eigenen Beine. Aber bevor ich mich umdrehen konnte, um in die Küche zurückzugehen, fiel mir etwas ins Auge. Ein gerahmtes Bild auf Audreys Schreibtisch. Ich riss es hoch. Gregor. Er hatte den Kopf zurückgeworfen und lachte. Das Foto war in Audreys Hinterhof aufgenommen. Ich ließ es beinahe fallen. Ungeschickt stellte ich es auf ihren Schreibtisch zurück.

Dann stolperte ich in den Flur hinaus und stürzte in die Küche zurück. Gregor war hier gewesen. In ihrem Haus. Er hatte sich von ihr fotografieren lassen. Und sie hatte sich die Zeit genommen, das Bild auszudrucken, zu rahmen und auf ihren Schreibtisch zu stellen, wo bisher nie ein Foto gestanden hatte. Ich stampfte zum Kühlschrank, riss die Tür auf und suchte nach irgendwas, obwohl ich keinen Durst hatte und wir gleich zu Doug zum Abendessen gehen würden. Hunger hatte ich auch nicht mehr. Ich starrte in den Kühlschrank, als könnte er mir eine Antwort geben – als könnte er wieder kitten, was zwischen Audrey und mir in die Brüche gegangen war.

»Was machst du hier?«

Audreys Stimme ließ mich zusammenzucken. Ich schloss die Kühlschranktür und drehte mich zu ihr um. Sie stand mit verschränkten Armen da, ohne ein Lächeln. Ihre Stimme war alles andere als freundlich, so als wollte sie mich nicht hierhaben. Ich schluckte die Kränkung hinunter, weil ich es nicht mehr ertragen konnte, wie unsere Freundschaft zerbröckelte.

»Audrey, was ist los?«

»Wieso? Wovon redest du?« Ihre Stimme war so kalt, dass mir das Herz gefror.

Meine Augen wanderten über ihre Schulter, zu ihrem Zimmer. Ich zwang mich, ruhig zu sprechen. »Ist es wegen Jenna und Elliot?«

»Ich will diese Namen nicht in meinem Haus hören.« Audrey knurrte richtig.

Der Schmerz traf mich mit voller Wucht. »Warum nicht? Und was ist mit dir und Gregor?«

»HA! Jetzt weißt du, wie das ist!«

Audreys triumphierender Tonfall erfüllte mich mit Bitterkeit. »Du machst dich an ihn heran, um mir eine Lektion zu erteilen?«

Audrey schüttelte den Kopf. »Nein. Ich wollte ihn wirklich in dich verliebt machen, aber es hat nicht geklappt. Du hast ja auch null Interesse an ihm gezeigt. Woher soll er dann wissen, dass du ihn magst?«

»Und jetzt?«

Audrey zuckte mit den Schultern.

»Jetzt hast du dich in Gregor verliebt, oder?«, sagte ich, wollte es aus ihrem Mund hören.

Audrey wich einen Schritt zurück, und genau in dem Moment schoss Lumpy um die Ecke. Sie stolperte über ihn, und als Lumpy aufjaulte, ging sie auf ihn los.

»Du dummer Hund!«, schrie sie ihn an.

Lumpy duckte sich. Mit zurückgelegten Ohren kauerte er in Unterwerfungshaltung am Boden und klemmte den Schwanz ein.

»Hau ab!« Audrey riss eine Platzmatte von der Küchentheke und schwenkte sie vor dem Hund herum, dann schlug sie ihn auf die Nase. Lumpy zitterte und warf sich wieder auf den Bauch.

Ich schnappte nach Luft, stürzte um die Theke herum zu Lumpy. »Stopp!«, schrie ich Audrey an. Lumpy schmiegte sich an mich, und ich schlang einen Arm um ihn. Ich berührte seine Pfote, die er wieder auf den Boden setzte. Er war okay. Nicht verletzt. Erleichterung durchströmte mich, aber gleichzeitig stieg Wut in mir auf.

Ich stand auf, funkelte Audrey an, die Hände in die Hüften gestemmt. »Was ist dein Problem? Lumpy war dir nicht absichtlich im Weg. Schlag ihn nie wieder! Er hat dir nichts getan.«

Audrey blieb der Mund offen stehen. Ich hatte sie noch nie angebrüllt.

»Hunde sind treu. Hunde fallen einem nicht aus unerfindlichen Gründen in den Rücken«, fügte ich hinzu, aber diesmal in normaler Lautstärke.

»Unerfindliche Gründe?«, sagte Audrey leise, nachdem sie sich wieder gefangen hatte. »Du hast nichts wegen deinem kleinen Schwarm unternommen. Du hast ja kaum mit Gregor geredet. Irgendwann wäre sowieso eine andere gekommen und hätte ihn dir weggeschnappt.«

»So wie du.« Ich atmete heftig.

Audrey zuckte mit den Schultern. »Wenn er auch nur das geringste Interesse an dir hätte, hätte er mich nicht zum Ball eingeladen.«

»Er hat dich zum Herbstball eingeladen?« Ich konnte es nicht glauben, obwohl ich es gerade laut wiederholt hatte.

Lumpys Krallen klickten über den Boden, und ich drehte mich zu ihm um. Conner stand in der Küche. Er hielt mir ein Lakers-Sweatshirt hin. »Und? Können wir?«

Audrey durchbohrte mich mit ihrem Blick. »Ach, so ist das also? Ich bin dir wohl gar nicht mehr wichtig!«

Sie stürzte in ihr Zimmer davon, und ich schlang die Arme um mich, als die Tür zuknallte. Conner reichte mir das Sweatshirt.

»Sag nichts«, murmelte ich, während ich es überstreifte. Es roch nach Kiefernnadeln, und ich atmete den Duft ein, was mich ein bisschen beruhigte.

Wir gingen schweigend, nur das welke Laub raschelte unter unseren Füßen. Ich schob meine Hände in die Taschen des Sweatshirts. Bilder stürmten auf mich ein. Gregors lachendes Gesicht. Gregor in Audreys Hinterhof. Gregor und Audrey. Audrey und Gregor. Wie sie beim Mittagessen saßen. Zusammen. Zum Herbstball gingen. Wie konnte sie mir das antun?

»Worüber habt ihr euch gestritten?«, fragte Conner.

»Ach, nur dummes Zeug.«

»Vielleicht, weil Audrey mit diesem Neuen herumhängt?«

Etwas in Conners Stimme ließ mich aufschauen. Er behielt die Augen nach vorn gerichtet, aber seine Nackenmuskeln waren angespannt.

»Nein«, sagte ich. »Nicht ganz.« Es war mir einfach zu peinlich, Conner zu erzählen, wie ich mich in Gregor verknallt und Audrey ihn mir mühelos ausgespannt hatte. Na ja, nicht direkt ausgespannt vielleicht. In einem musste ich ihr recht geben: Ich hatte nichts getan, um Gregor für mich zu gewinnen. Vielleicht wäre das alles nicht passiert, wenn ich mit ihm geflirtet oder ihm gezeigt hätte, dass er mir gefiel. Vielleicht war das mein Fehler.

»Was ist es dann?«, hakte Conner nach, und ich schreckte aus meinen Gedanken hoch.

»Es passt ihr nicht, dass wir beide befreundet sind.«

»Hab ich dir doch gesagt.«

Ja, hatte er. Warum konnte ich nicht mit beiden befreundet sein? Falls man überhaupt noch von Freundschaft zwischen Audrey und mir sprechen konnte.

Dougs Haus roch nach Spaghetti-Sauce, was mich wieder hungrig machte. Mrs Nolan begrüßte mich so warmherzig, als gehörte ich zur Familie. Ich spürte einen Stich in der Brust. Ich vermisste meine eigene Mom umso mehr, trauerte den Zeiten nach, als sie noch für mich da gewesen war.

Dougs Mom erlaubte uns, vor dem Fernseher im Wohnzimmer zu essen. Jeder von uns hatte ein riesiges Stück Lasagne vor sich, aus dem geschmolzener Käse und Tomaten-Sauce quoll. Ich säbelte einen dampfenden Bissen mit der Gabel ab, blies ein paarmal darauf und steckte ihn in den Mund. Köstlich!

Doug und Conner schlangen ihre Lasagne hinunter, als hätten sie seit Wochen nichts mehr zu essen bekommen. In Sekundenschnelle waren ihre Teller leer, und sie setzten sich auf den Boden vor den Fernseher mit der Spielkonsole.

»Krass, oder?«, sagte Teddy zu mir. Er hatte, so wie ich, noch kaum die Hälfte seiner Lasagne aufgegessen. »Aber daran gewöhnst du dich.«

»Beeil dich, Teddy, oder du kommst nicht mehr dran vor dem Film«, sagte Doug.

Die Kampfszene in dem Spiel fand in einer eisbedeckten Tundra statt. Ich starrte auf die computeranimierte Schneelandschaft, und eine Erinnerung zerrte an mir. Ich ließ meine Finger über das Tablett gleiten, kostete die Kühle aus.

»Habt ihr schon mal richtigen Schnee gesehen?«, fragte ich.

»Ja«, sagten alle drei Jungs auf einmal.

»Oh.«

Conner drückte auf die Pausentaste, ohne sich um Dougs Proteste zu kümmern. »Du nicht?«

»Hallo«, sagte ich. »Ich lebe in Südkalifornien.« Das Einzige, was ich je in Richtung Schnee gesehen hatte, war der Hagelsturm vor ein paar Jahren gewesen, aber das zählte nicht. Das war kein richtiger Schnee.

»Und was ist mit Big Bear?«, sagte Conner. »Oder Snow Valley?«

»Da war ich nie. Wie ist es da?«

»Kalt«, sagte Doug.

»Haha, sehr witzig.«

Doug löste die Pausentaste und ballerte weiter. Conner zögerte einen Moment, ohne den Blick von mir zu nehmen, dann wandte er sich wieder dem Spiel zu und jagte irgendwelche Sachen in die Luft.

Als Teddy seine Lasagne aufgegessen hatte, setzte er sich zu den anderen auf den Boden. Ich verdrückte den letzten Rest Lasagne. So zu essen war gar nicht schlecht, ich hätte mich daran gewöhnen können. Wann hatten wir eigentlich das letzte Mal ein richtiges Familienessen zu Hause gehabt? Mom war immer auf dem Sprung, musste immer schnell, schnell irgendwohin, nur weg von uns.

Sie gehörte nach Hause, zu ihrer Familie. Was immer

mit ihr vorging, ich durfte nicht zulassen, dass mir alles durch die Finger glitt, so wie bei Audrey. Ich musste Mom zur Rede stellen.

19

Nachdem wir einen knallharten Agenten-Thriller angeschaut und Käsekuchen zum Nachtisch verspeist hatten, brachte Conner mich im Dunkeln nach Hause.

»Tut mir leid wegen der Filmauswahl«, sagte er.

»Ist schon okay. Autojagden und Explosionen kann ich verkraften. Hauptsache, ich muss mir keine Horrorfilme ansehen.«

»Nächstes Mal darfst du den Film auswählen.«

Die Aussicht auf ein nächstes Mal wärmte mir das Herz auf eine Weise, die mich selber überraschte.

»Weißt du noch, wie wir immer diese alten Filme angeschaut haben?«, fragte Conner.

»Ja.« Ich bohrte meine Hände in die Taschen des Sweatshirts.

»Du warst ganz wild auf *Casablanca*.«

»Du aber auch. Und wir sind nie dazu gekommen, *Ein Herz und eine Krone* anzusehen.« Das war einer von Moms Lieblingsfilmen.

»Wir können ihn ja am nächsten Freitag anschauen.«

»Ja, genau. Teddy und Doug würden vor Begeisterung ausflippen. Es ist eine Liebesgeschichte zwischen einem Reporter und einer Prinzessin.«

»Was? Und du glaubst, dass Jungs keine Liebesgeschichten mögen?«

Ich sah Conner an. Wir gingen im selben Rhythmus, Schritt für Schritt. »Ach ja? Dann guckt ihr also freitags Romantik-Komödien?«

Er schüttelte lachend den Kopf.

»Ich suche was aus, das uns allen gefällt«, versprach ich.

»Musst du nicht, Keks. Du kannst wählen, was du willst, wenn du an der Reihe bist. Du brauchst nicht immer für alle anderen zu sorgen.«

Ja, und was hatte ich damit erreicht? Jenna war mit Elliot auf und davon, und Audrey redete nicht mehr mit mir und Jenna.

»Warum bist du sauer auf Audrey?«, fragte Conner plötzlich.

Ich wollte nicht darüber sprechen. »Und du? Warum bist *du* sauer auf sie?«

Er antwortete nicht.

»Conner?«

»Ja.«

»Sag's mir.«

»Du zuerst«, verlangte er. »Ich habe euch in der Küche herumbrüllen gehört.«

Das war ein unverfänglicheres Thema. »Sie hat Lumpy angeschrien.«

»Und deshalb hast du sie angebrüllt? Weil sie Lumpy angeschrien hat?«, sagte Conner. »Du schreist sonst nie.«

Ich zuckte mit den Schultern, und wir gingen einen halben Block schweigend weiter.

»Du bist dran«, sagte ich. »Warum bist du sauer auf sie?«

Conner schnaubte.

»Nicht kneifen, Conner Lassiter.«

Er lachte leise. »Ich mag es, wie du meinen Namen sagst.«

Mir stockte der Atem.

»Okay, gut«, stieß er hastig hervor. »Ich sage es dir. Weißt du noch, wie ich Lumpy nach Hause gebracht habe?«

»Ja.« Ich war da gewesen, als Conner mit dem müffelnden kleinen Fellbündel zur Tür hereingekommen war.

»Und vielleicht weißt du auch noch, wie Audrey reagiert hat?«

»Sie ist ausgerastet«, sagte ich. »Drecksvieh, hat sie ihn genannt. Und sie war so sauer, als deine Eltern dir erlaubt haben, Lumpy zu behalten. Sie hat sich benachteiligt gefühlt, weil du angeblich immer alles bekommst, was du willst, und sie nicht.«

»Das war erst der Anfang. Es wurde jeden Tag schlimmer. Sie hat nach Lumpy getreten, sobald er in ihre Nähe kam, und sich dann bei Mom und Dad über ihn beschwert, weil sie hoffte, dass ich Lumpy dann weggeben müsste. Und einmal, als Lumpy krank wurde, hat sie ihm gewünscht, dass er stirbt.«

Das überraschte mich nicht.

»Sie hat alles getan, um mir das Leben zur Hölle zu machen«, fügte Conner hinzu. »Ich konnte es kaum noch aushalten.«

»Und dann waren wir plötzlich nicht mehr befreundet, und du hast uns nur noch beschimpft.«

Conner zog den Kopf ein. »Ja. Das war dumm. Tut mir leid.«

Ein leichter Wind kam auf, wirbelte welkes Laub in die Luft und ließ es vor uns über den Gehweg tanzen.

»Das hat wehgetan, verstehst du?«, sagte ich leise. »Es ist gemein, andere Leute wegen ihrem Äußeren herunterzumachen.«

»Tut mir leid, wirklich.« Conner berührte mich am Arm, dann ließ er seine Hand wieder fallen. »Es war auch gar nicht ernst gemeint. Ich meine, keine Ahnung, ich war einfach wütend. Du siehst toll aus. Oder nein, ähm … gut. Ich meine, an dir ist nichts falsch, Keks«, sprudelte Conner verlegen hervor, und seine Stimme wurde auf einmal ganz quiekig. »Also jedenfalls sorry.«

Zum Glück waren wir genau in diesem Moment bei mir zu Hause angekommen. Mein Gesicht brannte wie Feuer. Trotzdem war ich froh, dass ich dieses heikle Thema angeschnitten hatte. Das war ziemlich mutig von mir gewesen – das Einzige, was ich in letzter Zeit richtig gemacht hatte. Auf der Veranda brannte noch Licht, und die Wohnzimmerlampen schimmerten durch die Vorhänge.

»Hast du mit deinen Eltern darüber gesprochen, ob du einen Hund aus dem Tierheim adoptieren darfst?«, fragte Conner. Seine Stimme klang wieder normal.

»Nein, noch nicht.«

»Ich arbeite morgen dort. Wenn du vorbeikommst, kann ich dir die Hunde zeigen. Wir haben einen ganz süßen, der dir garantiert gefällt.«

»Wirklich?« Der Gedanke war verlockend. Ein eigener Hund, den ich lieben konnte und der mich zurückliebte. »Und wenn ich ihn dann gleich mit nach Hause nehmen will?«

»Dann bitte ich die Leute dort, dass sie ihn so lange dabehalten, bis du mit deinen Eltern geredet hast.«

Ein Hund. Für mich ganz allein. Ich strahlte. »Okay, ich komme!«

»Am besten so gegen halb zwölf. Meine Schicht endet mittags.« Conner ging rückwärts Richtung Gehsteig und wartete, bis ich die Haustür aufgeschlossen hatte. »Dann bis morgen, Keiko.«

Zum ersten Mal seit einer Ewigkeit hatte Conner mich mit meinem richtigen Namen angesprochen. Keiko. Ich ging ins Haus, ganz in einen warmen Glanz gehüllt.

Niemand da. Ich seufzte. Ich würde Mom am Wochenende zur Rede stellen. Im Augenblick wollte ich einfach nur glücklich und voller Zukunftspläne sein. Ich machte mich bettfertig, atmete Conners Geruch ein, als ich das Sweatshirt auszog. War das irgendwie abartig? Ja. Wahrscheinlich. Ich faltete das Sweatshirt zusammen und legte es auf meinen Schreibtisch, um es ihm später zurückzugeben.

Als ich das Licht löschte, summte mein Telefon. Ich packte es, in dem Wissen, dass es nicht Audrey sein konnte und für Jenna zu spät war. Mrs Sakai erlaubte ihr nicht, nach acht Uhr noch irgendwelche Bildschirme anzulassen.

Es war Conner. Nur zwei Worte: Gute Nacht. Aber mein Herz schlug einen Salto. Ich schickte ihm ein lächelndes Smiley zurück. Mit Conner reden war leicht. Nach dem hässlichen Streit mit Audrey konnte ich es kaum erwarten, ihn morgen wiederzusehen.

20

Es fing wie ein ganz normaler Samstagmorgen an – einer aus der Zeit, als Mom die Familie noch nicht sich selbst überlassen hatte. Sie stand am Herd, den Rücken zu mir, und hielt einen Pfannenheber über die gusseiserne Grillpfanne.

Es roch auch wie Samstag. Geschmolzene Butter, ein Hauch von Zimt und Vanille erfüllte die Luft.

Ich starrte Moms Rücken an. Sie trug einen violetten Baumwollrock und ein graues Top. Nicht ihre übliche Samstagmorgen-Yogahose und das fließende Oberteil dazu. Wann hatte sie zum letzten Mal normale Sachen angehabt – ihre Wohlfühl-Klamotten, die sie zu Hause oder zum Einkaufen trug? Auch wenn es nach einem normalen Samstag roch und aussah, ihre Kleider sagten etwas anderes.

Mom goss Teig in die Pfanne. Es zischte, als die Masse auf dem gusseisernen Boden auftraf.

Mein Mund verzerrte sich vor Bitterkeit, obwohl ich mich bereits in fluffige Buttermilchpfannkuchen beißen sah, leicht mit Puderzucker bestäubt und mit einem Klecks Ahornsirup beträufelt. Eine heiße Wut flammte an den Rändern meines Herzens auf. Merkte Mom denn gar nicht, wie sehr sie ihre Familie im letzten Monat vernachlässigt hatte? Oder war es ihr einfach egal?

»Wer sind Sie, und was machen Sie in unserer Küche?«, sagte ich, um einen scherzhaften Ton bemüht.

Mom drehte sich lächelnd um. »Nimm dich in Acht, Frechdachs«, sagte sie und schwenkte den Pfannenheber. »Hey, du siehst aber hübsch aus. Wo willst du hin?«

Ich setzte mich an die Theke, strich die weiße Tunika glatt, die ich aus meinem Schrank hervorgekramt hatte. Ich trug normalerweise nie Weiß, weil das ein wahrer Fleckenmagnet war. Aber heute wollte ich irgendwie netter aussehen als in der üblichen Jeans-und-T-Shirt-Kombi, die ich immer in der Schule anhatte.

Ich antwortete mit einer Gegenfrage: »Bist du heute zu Hause?«

»Ich habe ein Meeting«, sagte sie und drehte sich wieder zum Herd um. Sie ließ den Pfannkuchen herumschnellen, und er landete auf einem Teller, den sie zum Warmhalten in den Ofen schob. Dann goss sie frischen Teig in die Pfanne und wandte sich wieder mir zu. »Ist alles okay?«

»Nicht wirklich«, sagte ich.

Mom drehte die Hitze herunter, nahm ihren Kaffeebecher und kam zu mir herüber. »Was ist los?«

Ich nagte an meiner Unterlippe. Ich hätte sie gern mit Schweigen für ihre ständige Abwesenheit bestraft. Sie einfach ignoriert, so wie sie uns die ganze Zeit ignoriert hatte. Andererseits musste ich dringend mit ihr reden. Ich brauchte ihren Rat und ihre Unterstützung. Vielleicht war das hier die Rückkehr zu unserem normalen Leben. Vielleicht war Mom jetzt wieder da und alles wurde gut.

»Alles verändert sich«, sagte ich. »Jenna hat einen Freund und Audrey vielleicht auch. Außerdem redet Audrey nicht mehr mit mir und Jenna. Macy spielt in einem Schulstück mit. Du bist nie zu Hause.« Die Worte strömten mir wie Wasser aus dem Mund.

»Oh, Keiko. Das ist aber viel auf einmal.« Mom stellte ihren Becher ab. »Aber keine Angst, das gibt sich alles wieder. Lass dir einfach Zeit. Du bist gerade in einer großen Übergangsphase.«

War das die mütterliche Weisheit, die sie zu bieten hatte? Denselben nichtssagenden Rat hätte ich mir auch in einer Zeitschrift holen können. Mein Leben war ein einziges Chaos. Meine beste Freundin hatte mich verlassen und meine Mom jetzt auch.

Ich sah sie genauer an. Ihr Haar war kürzer und mit Strähnchen aufgefrischt. »Du siehst irgendwie anders aus«, sagte ich.

Mom fasste sich in ihre Haare. »Gefällt es dir? Ich war gestern beim Friseur.«

»Du warst beim Friseur, statt nach Hause zu kommen? Und nächstes Wochenende gehst du ins Spa?«

Mom verzog ihren Mund. »Ja, ich war beim Friseur. Und ja, ich gehe nächstes Wochenende ins Spa.«

»Aber du kommst überhaupt nicht mehr nach Hause«, stieß ich hervor und kämpfte vergeblich gegen den weinerlichen Unterton in meiner Stimme an.

»Ich arbeite, Keiko.« Mom klang allmählich gereizt. »Wenn ich mir die Haare machen lasse, ist das doch kein Urlaub oder was auch immer.«

»Ja, gut, und wo warst du gestern Abend?« *Und überhaupt an jedem Abend in letzter Zeit?*

»Im Purple Frog.«

»Das ist eine Bar!«

Mom lachte. »Ich bin alt genug, um mir nach einem langen Arbeitstag einen Drink zu gönnen.«

»Mom.« Ich runzelte die Stirn.

»Krieg ich jetzt Ärger?« Mom nippte lächelnd an ihrem Kaffee.

Ich kochte. Mom machte Witze, obwohl es mir bitterernst war. Sie war nie zu Hause, hatte null Ahnung – und offenbar auch keinerlei Interesse –, was in ihrer Familie vorging. Vermisste sie uns überhaupt?

Frustriert warf ich meine Hände hoch und stieß dabei gegen Moms Tasse. Der Kaffee schwappte über die Theke und spritzte auf meine Tunika. Na toll. Einfach super.

Im selben Moment schlenderte Dad herein, noch im Bademantel, und fasste die Szene ins Auge. »Was ist denn hier los?«

Ich starrte wütend auf den verschütteten Kaffee, der über die ganze Theke gelaufen war.

»Keiko ist wütend auf mich«, sagte Mom. »Weil ich nie zu Hause bin.«

Dad stieß die Luft aus.

Mom warf ihm einen Blick zu. »Oh, du also auch?« Enttäuschung schwang in ihrer Stimme mit.

»Du warst ziemlich oft weg«, sagte Dad.

Meine Eltern klangen seltsam distanziert. Eine kalte Angst kroch in mir hoch.

Ich musste schnell etwas tun, um die Wogen zu glätten. »Also ehrlich gesagt …«

»Ist das dein Ernst?«, sagte Mom, ohne mich zu beachten.

»Ich stelle nur Tatsachen fest«, erwiderte Dad. »Du bist nie zu Hause. Die Mädchen brauchen dich.«

Mom wirbelte zu mir herum. »Ach, und du findest, dass ich dich und Macy vernachlässige?« Sie schaute sich in der Küche um. »Wo ist Macy überhaupt?«

»Sie hat bei Claire übernachtet, wo sie in letzter Zeit ziemlich oft war«, sagte Dad. »Was du sehr wohl wissen könntest, wenn du öfter zu Hause wärst.«

Moms Gesicht wurde rot, ihre Augen funkelten.

Ich rubbelte an dem Kaffeefleck auf meiner weißen Tunika herum.

»Das ist doch lächerlich!« Mom stürmte aus der Küche und ließ den Teig in der Pfanne anbrennen.

Dad schüttelte ärgerlich den Kopf und stellte mit einer genervten Handbewegung die Herdplatte ab.

Alles ging nur noch schief! Ich schlich ins Wohnzimmer und prallte prompt mit Macy zusammen. Ihre Übernachtungstasche baumelte schlaff in ihrer Hand, und sie starrte mich verstört an.

»Hey, kommst du mit spazieren?«, fragte ich.

Macy gab keine Antwort, starrte nur an mir vorbei in die Küche.

»Ähm, wie lange stehst du schon da herum?«, fragte ich sie mit einem mulmigen Gefühl im Bauch.

»Was hast du gemacht?« Macy warf ihre Tasche auf den Boden und funkelte mich an.

»Wieso? Was meinst du?«

»Ich habe alles gehört! Du hast Mom wütend gemacht! Du bist schuld, dass sie sich mit Dad gestritten hat!«

Wie immer, wenn sie aufgeregt war, zog sie eine Haarsträhne in den Mund. »Du hast zu mir gesagt, ich brauche keine Angst zu haben! Dass alles gut wird!« Macys Augen füllten sich mit Tränen, und sie kaute verzweifelt an ihrem Haar herum.

Ich wusste nicht, was ich sagen sollte.

»Du wolltest es in Ordnung bringen, Keiko«, sagte Macy mit bebender Stimme. »Und jetzt hast du es nur noch schlimmer gemacht.«

Mir fiel nichts ein, womit ich sie trösten konnte. Schon deshalb, weil Macy recht hatte. Ich hatte sie im Stich gelassen, statt sie zu beschützen. Hilflos schüttelte ich den Kopf. Es war einfach schrecklich. Was ich auch anpackte, es ging immer schief. Meine Freundschaften zerbrachen, meine Familie zerbröckelte. Ich war unfähig, irgendetwas davon zu retten.

Ich konnte meine Eltern jetzt natürlich nicht fragen, ob sie mich ins Tierheim brachten, und dableiben wollte ich auch nicht. Die Vorwürfe meiner kleinen Schwester brachen mir fast das Herz. Ich hätte bei ihr bleiben müssen, das wusste ich, sie irgendwie aufmuntern. Aber ich hatte keine Ahnung, wie.

Ich nahm meine Schuhe und meine Jacke und lief aus dem Haus.

21

Gegen Mittag kam ich im Tierheim an, verschwitzt und windzerzaust. Ich hatte den Weg dorthin völlig unterschätzt. Ich war zügig losmarschiert, die Wut hatte mir Flügel verliehen, aber nach ein paar Blocks war mir bereits die Puste ausgegangen. Meine Füße waren wund und fühlten sich wie rohe Fleischbrocken an, die Jacke, die ich anfangs noch gebraucht hatte, war nutzlos um meine Hüfte geschlungen.

»Ich hab mich schon gewundert, wo du bleibst«, sagte Conner, der mich an der Tür erwartete. Seine Augen glitten über meine fleckige Tunika und meine zerzausten Haare. »Was ist denn mit dir passiert?«

Ich versuchte zu lachen, was aber eher als Schluchzen herauskam. Erschrocken schlug ich mir die Hand vor den Mund. So weit kam es noch, dass ich vor Conner in Tränen ausbrach.

»Bist du okay?«, fragte er, in einem Ton, als fürchtete er die Antwort.

»Kannst du mir die Hunde trotzdem noch zeigen?« Meine Stimme zitterte, ich kämpfte mit den Tränen. »Oder musst du jetzt gleich gehen?«

»Ich kann dich herumführen. Für heute bin ich fertig.«

Ich folgte Conner um die Rückseite des Gebäudes herum zu den Hundezwingern. Sobald die Hunde uns kommen sahen, brachen sie in vielstimmiges Gebell aus und sprangen schwanzwedelnd am Maschendraht ihrer Zwinger hoch. Conner blieb stehen und redete mit jedem einzelnen Hund, während wir an dem Zaun entlanggingen.

»Das ist Scamper.« Conner kniete sich vor einen zotteligen grauen Hund.

»Hi, Scamper.« Ich beugte mich vor und streckte meine Finger durch den Maschendraht. Scamper leckte daran. Ich kraulte ihm den Kopf, so gut es durch den Zaun ging. Scamper zu streicheln war eine Wohltat, und ich spürte, wie mein Ärger verflog.

»Tja, Pech für dich, aber Glück für ihn – er wurde heute nämlich adoptiert. Morgen kommt er in sein neues Zuhause.«

»Wie schön für ihn! Ist das der Hund, von dem du dachtest, dass er mir gefallen würde?«

Er nickte. »Pass auf.« Conner richtete sich auf. »Sitz, Scamper.«

Scamper ließ seinen Hintern fallen und schaute Conner erwartungsvoll an.

»Platz!«

Scamper streckte seine Vorderpfoten aus und legte sich auf den Beton.

»Süß!«

Ich schlenderte von Conner weg, um mir die anderen Hunde anzusehen. Der Zwinger ganz am Ende der Reihe war leer. Oder nein, warte. Ein weißer Flauschball hatte sich ganz hinten in der Ecke zusammengerollt. Ich ging in die Hocke und gab sanfte Zwitscherlaute von mir. Der Flauschball regte sich. Ich rief ihn wieder, und er hob den Kopf. Der Hund sah aus wie ein Lämmchen. Ich zwitscherte weiter, bis er aufstand und langsam auf mich zukam. Als der Hund endlich den Zaun erreichte, blieb er zitternd stehen, den Kopf gesenkt und mit eingeklemmtem Schwanz.

»Wow«, sagte Conner leise hinter mir. »Sie geht sonst nie zu Fremden. Nie.«

»Warum nicht?« Es war also eine Hündin. Sie schnupperte durch den Maschendraht an meinen Fingern, und ihr flauschiger Schwanz wedelte zaghaft. Ihr Fell fühlte sich wie Seide an.

»Sie wurde ausgesetzt. Zum Glück hat sie jemand aufgelesen, als sie völlig verloren am Beach Boulevard entlangirrte.«

»Beach Boulevard! Das ist doch eine Hauptverkehrsader! Wie schrecklich!« Ich bekam Herzklopfen bei der Vorstellung, wie die Autos an ihr vorbeizischten.

»Ja. Manche Leute sind so dumm. Wenn du wüsstest, was die für bescheuerte Ausreden vorbringen, nur um ihre Haustiere loszuwerden.«

»Zum Beispiel?«

»Wir haben nicht gewusst, dass er so groß wird. Oder: Sie bellt die ganze Zeit. Er haart zu viel.« Conner kauerte sich neben mich und verdrehte die Augen. »Es gibt natürlich auch echte Gründe. Zum Beispiel, wenn der Besitzer gestorben ist und niemand in der Familie den Hund nehmen kann, oder eine Allergie oder was auch immer. Das ist dann einfach traurig.«

Ich zeigte auf den Flauschball vor mir. »Aber die hier? Was soll mit ihr nicht stimmen?«

Conner warf mir einen Blick zu. »Na ja, sie ist wahnsinnig ängstlich.«

Ich sprang auf. »Ich will sie!«

»Wirklich?« Conner richtete sich langsam auf und sah ziemlich verblüfft aus.

»Ist sie noch zu haben? Meinst du, ich darf sie mitnehmen?«

»Bist du sicher, Keks? Sie ist wirklich superscheu.«

»Warum sagst du das dauernd?«

»Weil du vielleicht lieber einen pflegeleichteren Hund hättest. Einen zutraulicheren. Sie ist schon eine ganze Weile hier. Scheue Hunde sind schwerer zu vermitteln.«

»Zu mir *ist* sie zutraulich«, sagte ich. »Du hast ja selbst gesagt, dass sie sonst nie zu Fremden geht. Aber zu mir ist sie gekommen. Sie hat mich gewählt!« Ich spürte eine Verbindung zu dem Hund, etwas Verwandtes. Sie war allein, und niemand wollte sie. Ich wusste, wie sich das anfühlte.

Als Conner mich anlächelte, wurde mir schwindlig. Ich hielt den Atem an, wartete darauf, dass er etwas sagte.

»Du musst ein Bewerbungsformular ausfüllen und mit deinen Eltern zu einem Gespräch herkommen, bevor du sie mitnehmen kannst.«

»Mit beiden Eltern? Auf einmal?«

»Ja, sie sprechen gern mit der ganzen Familie, weil sie wissen möchten, ob alle den Hund wollen und bereit sind, Verantwortung für ihn zu übernehmen. Sie möchten verhindern, dass er zurückgebracht wird. Das wäre schlimm für das Tier.«

»Oh.« Es war so gut wie unmöglich, dass Mom und Dad an diesem Wochenende zusammen herkamen. Ich wusste ja noch nicht mal, ob sie sich wieder versöhnt hatten. Und sie hatten keine Ahnung, dass ich einen Hund wollte. Ich schaute »meinen« Hund an (ich wollte ihn wirklich), und unsere Blicke begegneten sich. Ich würde sie nicht im Stich lassen.

»Ich komme wieder und hole dich«, sagte ich, und sie antwortete mit einem Schwanzwedeln.

Dann ging ich mit Conner zum Vordereingang zurück. Sein blaues Rad war als einziges im Fahrradständer abgestellt. »Bist du zu Fuß hergekommen?«, fragte er überrascht.

Ich nickte, plötzlich sehr verlegen, obwohl ich nicht wusste, warum.

»Und du gehst jetzt auch wieder zu Fuß zurück?«

Ich nickte wieder. Vor lauter Eile, aus dem Haus zu kommen, hatte ich mein Telefon im Zimmer vergessen. Und ich hatte auch keine Lust, meine Eltern anzurufen.

»Ich komme mit dir. Warte einen Moment.« Conner lief in das Gebäude hinein, bevor ich protestieren konnte. Als er zurückkam, reichte er mir das Formular. »Sie reservieren den Hund bis morgen für dich. Das Tierheim schließt um drei. Bring die Bewerbung mit, wenn du mit deinen Eltern herkommst.«

»Danke.«

Conner schloss sein Fahrrad auf, dann gingen wir los. Ich fühlte mich schmuddelig in meiner kaffeefleckigen Tunika, zog meine Jacke darüber und machte den Reißverschluss zu. Wir brachten einen ganzen Block hinter uns, ohne ein Wort zu sagen.

Ich hatte Angst vor dem Heimkommen. Was, wenn Mom und Dad immer noch stritten? Hatte es bei Jennas Eltern auch so angefangen? Kleine Kräche, die immer schlimmer wurden? Bei der Vorstellung, dass meine Eltern sich trennen könnten, wurde mir schlecht.

»Gehst du zum Herbstball?«, fragte Conner mitten in das Schweigen hinein.

»Nein. Du?«

»Ich überlege es mir. In zwei Wochen fängt der Kartenverkauf an.«

Conner hatte letztes Jahr eine Freundin gehabt. »Was ist eigentlich mit ›Und-wie-heißt-sie-noch-mal‹?«

Er grinste. »Und-wie-heißt-sie-noch-mal?«

»Na, du weißt schon.«

»Amber? Wir haben schon lange Schluss gemacht.«

»Oh.«

»Würdest du zum Ball gehen?«

»Wenn mich jemand fragt?« Ich lachte. »Und das passiert nicht.«

»Aber würdest du gern?«

Ich zuckte mit den Schultern. »Ich weine mir jedenfalls nicht die Augen aus, wenn ich nicht hinkomme.«

»Nein.« Conner räusperte sich. »Ich meine, willst du zum Ball? Mit mir?«

Ich blieb stehen. »Was?«

Conner hielt auch inne, und als er sich zu mir umdrehte, war sein Gesicht ganz rot. »Zwing mich nicht, es noch mal zu sagen. Du hast mich gehört.«

»Soll das ein Witz sein? Oder eine Wette, die du mit Doug und Teddy abgeschlossen hast?«

»Nein!« Conners Gesicht glühte geradezu.

»Warum fragst du mich dann?«

»Ach, vergiss es.« Conner packte seinen Fahrradlenker und ging weiter.

Ich stand einen Augenblick da. Conner hatte mich zum Ball eingeladen. Einfach so, als Freund, oder war es mehr? Ich rannte, um ihn einzuholen.

Keine Reaktion.

Ich schaute ihm ins Gesicht. Er runzelte die Stirn.

»Conner?« Meine Stimme klang seltsam belegt.

»Was?«, fauchte er zähneknirschend, ohne mich anzusehen.

»Ich gehe mit dir. Zum Ball.« Mein ganzer Körper glühte vor Hitze, und ich fragte mich, ob mein Gesicht genauso rot war wie seines.

»Du brauchst mir keinen Gefallen zu tun.«

Ich seufzte laut. »Tu ich doch gar nicht.«

»Das ist doch blöd.«

Oh, super. Jetzt machte er einen Rückzieher.

Plötzlich blieb er wieder stehen und sah mich an. »Lass uns noch mal von vorne anfangen, okay?«

Ich nickte.

Er strich sich eine Haarlocke aus den Augen. »Willst du mit mir zum Ball gehen, Keiko? Das ist kein Witz und keine Wette. Und ich frage dich auch nicht aus Mitleid, sondern weil ich gern mit dir zusammen bin, okay?« Das Letzte kam ziemlich kratzbürstig heraus, als hätte er Angst, zu viel preisgegeben zu haben.

»Ja.« Mein Gesicht brannte immer noch. »Ich komme mit. Weil ich es will.«

»Gut.« Conner schnaubte und ging weiter.

»Gut!« Ich lief neben ihm her und strahlte den ganzen Heimweg über wie ein Honigkuchenpferd.

22

»Conner Lassiter hat dich zum Ball eingeladen, und du hast Ja gesagt?«

Jenna klang überrascht, aber nicht sauer.

Als Conner und ich uns an der Magnolia Street getrennt hatten, hatte ich noch schnell einen Abstecher zu Jenna gemacht.

»Wow«, sagte sie und setzte sich neben mich auf ihr ungemachtes Bett. Jennas Mom war ziemlich streng, was Schule und Lernen betraf. Bettenmachen schien ihr nicht so wichtig zu sein.

»Das war so ein Schock«, sagte ich.

»Hmm – so groß kann der Schock nicht gewesen sein.«

»Wieso? Wie meinst du das?«

Jenna lehnte sich an die Wand zurück und überkreuzte ihre schlanken Beine. »Conner mochte dich schon immer.«

»Was?« Ich schüttelte den Kopf. »Nein, Blödsinn. Er war total gemein zu mir.«

»Nicht immer«, sagte Jenna. »Ihr wart Freunde, bevor er in die Mittelstufe gekommen ist. Audrey fand das nicht so toll.«

»Ja, aber nur weil …« Ich hielt inne, weil ich merkte,

dass ich keinen guten Grund anführen konnte. Außer dass Audrey eifersüchtig war. »Sie fühlt sich immer so leicht ausgeschlossen.«

»Quatsch. Sie steht gern im Mittelpunkt. Egal was.«

»Oh, ich weiß nicht«, sagte ich.

Jenna nahm ihren Teddy auf den Schoß. »Ich habe Audrey mit diesem Neuen gesehen. Gregor, oder? Der Typ, der dir so gut gefallen hat?«

»Wann? Wo?«

»Beim Mittagessen im Picknick-Bereich. Sie saß praktisch auf seinem Schoß.«

»Oh«, sagte ich.

»Was denkt sie sich dabei? Du hast ihr gesagt, dass du ihn magst, und sie wirft sich ihm an den Hals?«

Ich glitt von Jennas Bett auf den Boden hinunter. »Also eigentlich wollte sie ihn überreden, dass er mit mir zum Ball geht. Aber anscheinend mag er sie jetzt lieber. Das ist nicht wirklich ihre Schuld.«

Jenna starrte mich an, blinzelte ein paarmal.

»Was ist?« Ich wollte nicht weiter darüber reden und wechselte schnell das Thema. »Du glaubst also, dass Conner mich mag? Ich meine, gehen wir als gute Freunde zum Ball, oder was?«

»Hast du ihn gefragt?«

»Nein!«

Jenna lachte. »Willst du, dass es ein Date ist? Oder willst du, dass ihr als Freunde geht?«

»Als Freunde, glaube ich.« Ich zuckte mit den Schultern. Ich mochte Gregor immer noch. Oder? Das war doch der Grund, warum ich mich so über Audrey aufgeregt hatte?

Jenna rutschte zu mir herunter.

»Und du gehst mit Elliot zum Herbstball?«, sagte ich. »Wär doch super, wenn wir zu viert gehen könnten.«

»Ja, wir gehen hin.« Jenna strahlte.

»Bingo! Oh, das wird super. Wir können uns zusammen aufstylen.«

»Und Kleider kaufen gehen.«

Wir verstummten beide. Weder Jenna noch ich war besonders stilsicher, was Mode betraf. Es wäre schön gewesen, Audrey dabeizuhaben.

»Meinst du, es besteht die Chance, dass ihr euch bald mal versöhnt?«, fragte ich.

»Dasselbe könnte ich dich fragen«, konterte Jenna.

»Ja, okay, ich bin momentan auch nicht so begeistert von ihr«, sagte ich. »Aber ich hoffe, dass wir bald wieder zusammenkommen.«

Jenna umarmte ihren Teddy, den Mr Sakai vor der Scheidung auf dem Jahrmarkt für sie gewonnen hatte. Ich dachte wieder an meine eigenen Eltern. Hoffentlich würden sie sich nicht trennen.

Ich musste mit ihnen reden, besonders wenn ich meinen Hund bekommen wollte. Ich sagte Tschüs und ging zu mir nach Hause. Ich hatte Angst, Mom und Dad gegenüberzutreten, besonders Mom, aber gleichzeitig fühlte ich mich ganz leicht und beschwingt, wenn ich an Conner und den Herbstball dachte.

Als ich zur Tür hereinkam, war alles still im Haus. Die Küche war aufgeräumt, keine Pfanne oder Pfannkuchen in Sicht. Das beruhigte mich. Meine Eltern waren nicht mitten im Frühstück davongestürmt. Sie hatten sich zumindest die Zeit genommen, alles aufzuräumen, und vielleicht sogar zusammen gegessen.

Macy hatte sich vor dem Fernseher eingerollt, obwohl er nicht eingeschaltet war. Ich setzte mich neben sie auf die Couch. Ich hatte ein schlechtes Gewissen, weil ich sie vorhin allein gelassen hatte.

»Hey, tut mir leid, dass ich abgehauen bin«, sagte ich. »Wie geht's dir jetzt?«

Macy zuckte mit den Schultern und griff nach oben, um sich eine Haarsträhne in den Mund zu ziehen. Ich hielt ihre Hand fest, und sie lächelte. »Typisch Keiko – immer musst du dich um alles und jeden kümmern.«

»Wenn das stimmt, bin ich jedenfalls nicht sehr erfolgreich damit.« Ich runzelte die Stirn. »Was ist mit Mom und Dad?« »Die sind weg, nachdem du gegangen bist. Mom hat gesagt, sie muss zur Arbeit, und Dad ist einfach weggefahren. Keine Ahnung, wo er hinwollte.« Macy zog an ihrem Haar.

»Hey, Moment mal, wenn sie direkt nach mir weggegangen sind, wer hat dann die Küche aufgeräumt?«

Macy lächelte scheu.

»Du?« Ich grinste. »Du hast aufgeräumt?«

»Tu nicht so, als ob das eine Sensation wäre.« Macy schlug mir aufs Bein. Ihr Gesicht verfinsterte sich wieder. »Also, ähm … meinst du, Mom und Dad sind jetzt für immer sauer aufeinander?«

»Ich habe keine Ahnung«, gab ich zu. »Tut mir leid, dass ich Mom angeschrien habe, weil sie nie da ist, und das auch noch vor Dad.«

»Na, wenigstens bin ich nicht die Einzige, der das was ausmacht.«

»Natürlich nicht.« Macy hatte wahrscheinlich genauso viel Redebedarf wie ich. »Tut mir leid, dass ich nicht für dich da war.«

Macy zuckte wieder mit den Schultern. »Ist auch nicht dein Job.«

»Ist es wohl. Ich bin deine große Schwester.« Ich lehnte meinen Kopf an die Couch und schaute Macy an. Wenn ich nur gewusst hätte, wie ich sie aufmuntern konnte.

Macy spielte mit der Fernbedienung. Dann schaltete sie den Fernseher ein und zappte sich durch die Kanäle, ohne wirklich hinzusehen.

Ich hatte es so satt, mich immer nur schlecht zu fühlen. Wegen Audrey, wegen Gregor. Wegen meinen Eltern. Ich wollte endlich mal das Gute in meinem Leben genießen.

»Weißt du was?«, sagte ich zu Macy.

»Was denn?«

»Ich will einen Hund aus dem Tierheim adoptieren. Mal sehen, ob es klappt.«

»Wirklich?« Macy strahlte über das ganze Gesicht. »Einen Welpen?«

Ich lächelte zurück. »Ich hab sie heute Morgen schon gesehen, als ich bei Conner im Tierheim war. Er hat mir ein Bewerbungsformular mitgegeben, aber ich brauche die Erlaubnis von Mom und Dad, und wir müssen zu dritt zu einem Gespräch ins Tierheim.«

»Conner Lassiter?«

Ich nickte. »Er volontiert dort.«

Macy sah mich mit schief gelegtem Kopf an.

»Was ist?«

»Ich glaube, du bist in Conner verknallt.«

»Bin ich nicht. Wir sind nur Freunde.«

»Aber du wirst rot!«, quiekte Macy.

»Er hat mich zum Herbstball eingeladen«, sagte ich, sobald mein Gesicht sich wieder abgekühlt hatte. »Als Freunde.« Mit Conner würde der Herbstball natürlich nicht so romantisch, wie er mit Gregor gewesen wäre, aber wir würden jede Menge Spaß haben, das wusste ich. Und bei Conner musste ich auch nicht befürchten, dass uns der Gesprächsstoff ausging.

»Cool. Und was ziehst du an?«

»Ein Kleid.«

»Ach nee!« Macy schlug mich auf den Arm. »Freust du dich aufs Shoppen? Macht sicher Spaß.«

»Das bezweifle ich«, sagte ich.

»Warum? An dir sieht doch alles gut aus.«

»Von wegen! Die Kleider, die mir passen, sind für Zehnjährige gemacht.«

»Das ist nicht wahr!«

Dann ging die Haustür auf, und Dad kam herein. Seine Haare waren völlig zerwühlt, als hätte er sich heute Morgen nicht gekämmt.

»Hi, Dad!«, riefen Macy und ich gleichzeitig.

Er blieb stehen und rang sich ein trauriges Lächeln ab. Es brach mir das Herz. Er sah so unglücklich aus.

Macy merkte entweder nichts, oder sie überspielte es perfekt. »Keiko will einen Hund aus dem Tierheim adoptieren, Dad. Sie war heute dort. Dürfen wir ihn bitte, bitte zu uns holen? Bitte sag Ja, Daddy, bitte, bitte!«

Oh ja, gute Schauspielerin, meine kleine Schwester. So babyhaft hatte ich sie seit Jahren nicht mehr erlebt. Dad wurde sofort weich.

»Einen Hund?« Diesmal lächelte er richtig. »Das klingt großartig!«

»Wirklich?«, fragte ich. So einfach konnte es doch nicht sein? »Aber ihr müsst morgen alle beide mit mir zu einem Gespräch ins Tierheim kommen, du und Mom.«

»Mom brauchen wir nicht«, sagte Dad barsch.

»Aber es müssen beide Eltern dabei sein«, sagte ich leise.

Dad gab keine Antwort. Stattdessen kniff er den Mund

zu einem dünnen Strich zusammen und schnappte sich einen Stapel Zeitschriften, die Mom mit Sicherheit noch nicht alle gelesen hatte. Als er sie in die Papiertonne hinausbrachte, sank mir der Mut. Ich würde vielleicht den Hund bekommen, den ich gern wollte, aber der Streit zwischen meinen Eltern wäre damit noch längst nicht aus der Welt geschafft.

23

Den restlichen Tag über versteckte ich mich in meinem Zimmer, füllte das Formular für das Tierheim aus und googelte »Bichon Frisés« und wie man mit verängstigten Hunden umging. Mom kam erst lange nach dem Abendessen zurück, und ich machte mir nicht die Mühe, zu ihr zu gehen und mit ihr zu reden.

Als ich am Sonntagmorgen zum Frühstück herunterkam, war Mom natürlich schon zur Arbeit gegangen. Macy hatte eine Theaterprobe. Dad kam in die Küche, Zeitung zusammengefaltet unter dem Arm, und schenkte sich eine Tasse Kaffee ein. Früher hatten Mom und Dad die Sonntagszeitung immer zusammen gelesen.

»Wir gehen ins Tierheim, wenn Mom nach dem Mittagessen nach Hause kommt«, sagte Dad.

»Wirklich?« Ich umarmte ihn. »Danke!«

Er tätschelte mir den Rücken, dann schlurfte er davon, um seine Zeitung zu lesen. Wenn sie über meinen Hundewunsch gesprochen hatten und mit mir ins Tierheim gehen wollten, mussten sie sich doch versöhnt haben? Ich war immer noch böse auf Mom, wollte aber meinen Hund. Und zumindest kümmerte sie sich wieder darum, was zu Hause passierte.

Ich verbrachte den Vormittag mit meinen vernachlässigten Hausaufgaben, weil ich genau wusste, dass ich nichts mehr zustande bringen würde, wenn ich erst meinen Hund nach Hause geholt hatte. Ich saß auf der Couch und ging meine Matheaufgabe durch, als das Schloss an der Haustür klickte und Mom hereinspazierte.

»Hey«, sagte ich.

Mom schnappte nach Luft und griff sich an den Hals. »Keiko! Hast du mich erschreckt! Was machst du da?«

»Ich lebe hier.« Die Worte purzelten aus mir heraus, ehe ich mich bremsen konnte.

Mom schleuderte ihre Schuhe von sich und nahm den Schal von ihren Schultern. »Mag sein, dass ich in den letzten Wochen nicht sehr oft da war, aber ich bin immer noch deine Mutter. Und ich verbitte mir diesen Ton.«

Moms Stimme klang wütend. Etwas, das ich nicht an ihr kannte. Ich hielt den Mund, folgte ihr aber in die Küche.

Sie stand an der Theke und ordnete ihre Papier- und Aktenstapel.

»Also, hast du jetzt Zeit, mit ins Tierheim zu fahren?«

Mom schaute von ihren Papieren auf. »Wovon redest du?«

»Dad hat gesagt, ich bekomme einen Hund?«

»Mir hat er nichts davon gesagt.«

»Wir fahren aber gleich hin.« Meine Stimme wurde hart. Von wegen, dass sie sich wieder mehr um die Familie kümmerte. Wäre sie öfter zu Hause gewesen, hätte sie gewusst, wovon ich redete.

»Mich hat niemand gefragt«, sagte Mom.

Ich holte Luft. »Wie du neulich schon gesagt hast, bin ich gerade in einer Übergangsphase. Ein Hund wäre wirklich gut für mich, Mom. Er könnte mich trösten und unterhalten und mir Gesellschaft leisten. Ich versorge ihn auch ganz allein. Du musst mir nicht helfen. Und Macy findet es auch gut, dass wir einen Hund bekommen.«

Mom runzelte die Stirn. »Es geht nicht darum, dass ich dir nicht helfen will, Keiko. Ich halte es nur für keine sehr gute Idee, im Moment auch noch ein Tier in die Familie aufzunehmen.«

»Was würde das schon für einen Unterschied machen? Du würdest es gar nicht merken, so selten wie du da bist.« Wieder schossen mir die Worte aus dem Mund, ohne dass ich es verhindern konnte.

Moms Gesicht spiegelte den Schock wider, der mich selber lähmte. Wie konnte mir nur so eine abfällige Bemerkung herausrutschen? Sie schüttelte einmal den Kopf, dann stürmte sie die Treppe hinauf.

Ich ließ mich wieder auf die Couch fallen. Ein Hund wäre für mich da. Im Gegensatz zu meinen Eltern und meinen besten Freundinnen. Mit Jenna war ich immer noch befreundet, okay, aber ich fühlte mich ausgeschlossen und im Stich gelassen. Und an Audrey konnte ich nicht einmal denken, ohne dass mir übel wurde. Jahre voll glücklicher Erinnerungen überfluteten mich – wie wir zusammen Radfahren gelernt, unsere Lieblings-Graphic-Novels ausgetauscht, Kekse bei mir zu Hause gebacken, stundenlang geredet und geplant und alles miteinander geteilt hatten. Jetzt war es, als hätte das alles nie stattgefunden. Wirklich, ich brauchte diesen Hund – so dringend wie sonst nichts auf der Welt.

Ich stand auf, als Dad die Treppe herunterkam.

»Komm. Wir fahren jetzt zum Tierheim«, sagte er.

»Wo ist Mom?«, fragte ich.

»Kommt gleich.«

Ich war erleichtert, aber auch wütend, als Mom stumm auf den Beifahrersitz schlüpfte. Kein Wort wurde während der Fahrt gewechselt. Das Schweigen dröhnte mir in den Ohren. In diesem Moment wäre ich froh gewesen, wenn Dad das Radio eingeschaltet und seine Retro-Musik gehört hätte.

Dad parkte den Wagen ein, und ich stieß die Tür auf und ging vor meinen Eltern her ins Büro des Tierheims. Drinnen nannte ich der Empfangssekretärin meinen Namen, dann führte sie uns in einen kleinen Raum mit einem Schreibtisch darin. Mom und Dad setzten sich rechts und links von mir. Ich musste jetzt irgendwie ein Gespräch in Gang bringen. Wenn wir nicht wie eine glückliche Familie wirkten, konnte ich den Hund vergessen.

»Danke, dass ich den Hund adoptieren darf. Das weiß ich wirklich zu schätzen«, fing ich an.

»Ich finde es gut, dass du Verantwortung übernimmst«, sagte Dad.

Ich öffnete den Mund, um ihm zu versichern, *wie* gut ich mich um den Hund kümmern würde, aber Mom kam mir zuvor. »Willst du damit andeuten, dass *ich* keine Verantwortung übernehme«, zischte sie.

Oh nein.

»Ich wollte nur sagen, dass ich stolz auf Keiko bin«, murmelte Dad mit angespannter Stimme. »Das ist alles.«

Nein, nein, nein! Wie sollte ich eine Zusage vom Tierheim bekommen, wenn meine Eltern weiter aufeinander herumhackten. Zum Glück verstummten sie, als die Tür aufging. Eine kräftige blonde Frau in Khaki-Shorts und grünem T-Shirt mit dem Logo des Tierheims vorne drauf kam herein.

»Hallo, ich bin Dinah.« Sie setzte sich hinter den kleinen Schreibtisch. »Keiko?«

Ich hob die Hand.

»Conner ist einer unserer besten Volontäre. Er schwärmt geradezu von dir.« Meine Wangen brannten. »Ich will mir erst deine Bewerbung kurz ansehen, dann stelle ich dir ein paar Fragen.«

Mit zitternder Hand reichte ich Dinah das Papier.

»Gut, gut«, sagte sie, während sie las, was ich geschrieben hatte. »Wird der Hund über längere Zeiträume allein sein?«

Ich sah Mom an.

»Ich habe jetzt wieder normale Bürostunden«, sagte sie. »Ich verlasse das Haus erst, wenn Keiko in die Schule gegangen ist, und kann in der Mittagspause nach ihm sehen.«

Ich war überrascht, dass Mom mich unterstützen wollte, und versuchte ihr zuzulächeln. Wirklich, ich wollte es. Aber irgendetwas hinderte mich daran.

»Ich komme gegen drei von der Schule zurück«, sagte ich zu Dinah. »Dann gehe ich meistens mit Conner in den Park, seinen Hund Gassi führen.«

»Gut, gut.« Dinah sah meine Eltern an. »Sind Sie bereit, die finanzielle und letztendliche Verantwortung für den Hund zu übernehmen?«

Ich hielt den Atem an.

Meine Eltern nickten beide. Dinah lächelte, drückte auf die Gegensprechanlage und sagte Bescheid, dass jemand meinen Hund hereinbringen sollte.

»Ich empfehle dir, sie in einer Hundebox zu halten, wenn sie allein im Haus ist, jedenfalls anfangs«, sagte Dinah. »Das hilft beim Sauberkeitstraining, obwohl sie bereits stubenrein ist, wenn man der Person, die sie gefunden hat, glauben darf.«

Dann kam ein Mädchen ins Zimmer und setzte mir meinen Hund auf den Schoß. MEINEN HUND. Ich wiegte das flauschige weiße Hundebaby in meinen Armen. Sie schnoberte an meinem Hals und wedelte mit dem Schwanz.

»Ich glaube, sie erinnert sich an mich«, sagte ich. Mein Herz machte einen Satz vor Glück.

Mom beugte sich vor, um sie zu tätscheln, aber sie zuckte zurück und zitterte.

»Was hat sie denn?«, fragte Mom.

»Sie muss etwas Traumatisches erlebt haben«, erklärte Dinah. »Sie ist extrem scheu.«

»Wirklich?« Mom richtete sich auf. »Ist das ein Problem?«

»Nein, nein«, sagte ich schnell.

»Möchtest du nicht lieber einen zutraulichen Hund?«, fragte Mom.

Ich funkelte sie an. »Sie *ist* zutraulich! Und sie liebt mich!« Ich drückte sie noch enger an mich.

Dinah wirkte etwas verunsichert.

Ich drehte mich zu ihr um. »Ich habe ein bisschen recherchiert. Ich habe mir vorgenommen, viel Zeit mit ihr zu verbringen, damit sie Vertrauen zu mir und den anderen fasst. Ich werde sie nicht stressen, und ich werde ihr zeigen, dass sie jetzt in Sicherheit ist. Und ich lasse sie in ihrer Hundebox, wenn ich weg bin, und behalte sie die ganze Zeit im Auge.«

Dinah nickte lächelnd. »Du hast deine Hausaufgaben gemacht, Keiko, und ich bezweifle nicht, dass du dich gut um sie kümmern wirst. Aber ich muss sicher sein, dass deine Familie ebenfalls bereit ist, sie als neues Familienmitglied zu akzeptieren.«

»Das tun wir«, sagte Dad.

Ich sackte fast auf den Boden vor Erleichterung. Mom und Dad beglichen die Adoptionsgebühr, und ich erklärte mich bereit, mein Taschengeld für meinen Hund zu verwenden und zusätzliche Haushaltsarbeiten zu machen, um die Hundesteuer und alle Extras zu zahlen.

Dann gingen wir zum Auto zurück, und ich nahm meine süße neue Freundin auf den Schoß. Trotz aller Spannung zwischen Mom und Dad breitete sich ein Lächeln auf meinem Gesicht aus.

»Yuki«, sagte Mom vom Vordersitz aus, während Dad aus dem Parkplatz fuhr. »Ich hatte einen weißen Hund namens Yuki, als ich klein war.«

Ich hörte zum ersten Mal, dass Mom einen Hund gehabt hatte. »Yuki«, wiederholte ich, um den Namen laut auszuprobieren. Er gefiel mir, was ich aber vor Mom nicht zugeben wollte. Nicht, solange ich so wütend auf sie war. »Was bedeutet das?«

»Das heißt Schnee auf Japanisch.«

Meine Hand erstarrte auf dem flauschigen Hundekopf. Schnee. Das war der perfekte Name. Ich flüsterte meinem Hund ins Ohr: »Hallo, Yuki.«

Als wir nach Hause kamen – nach einem kurzen Zwischenstopp in der Tierhandlung, wo wir die Grundausstattung für Yuki kauften – ging Dad schnurstracks in die Küche. Mom folgte ihm und fragte ihn, was er vorhatte.

»Abendessen kochen. Etwas, das du schon lange nicht

mehr gemacht hast, geschweige denn, dass du je daran teilnimmst.«

»Was soll das denn wieder heißen?«

Ich stand im Wohnzimmer und hielt Yuki fest.

»Na, was wohl? Du bist nie zu Hause. Ich muss alles machen in letzter Zeit. Fast so, als ob du nicht mehr zur Familie gehörst.« Dads Stimme wurde immer lauter und lauter.

Ich verkroch mich in mein Zimmer, um Yuki das Gebrüll zu ersparen. Ich setzte mich auf mein Bett und nahm sie auf den Schoß. Als mein Telefon läutete, riss ich es an mich, weil ich froh über jede Ablenkung von meinen streitenden Eltern in der Küche unten war.

»Wie ich höre, bist du jetzt stolze Besitzerin eines Bichon-Frisé-Mischlings«, sagte Conner.

Ich grinste. »Ja, bin ich!«

»Und hat sie schon einen Namen?«

»Yuki. Das bedeutet Schnee auf Japanisch.«

»Hmm. Du hast es irgendwie mit Schnee, oder?«, sagte Conner.

»Wie meinst du das?« Ich war überrascht, dass Conner das aufgefallen war.

»Na, weil du neulich schon bei Doug von Schnee geredet hast.«

»Ja, stimmt.«

»Was ist so Besonderes an Schnee?«

Ich rollte mich auf meinem Bett zusammen. Yuki

schmiegte sich an meine Brust. Ich spürte, wie ihr kleines Herz schlug. »Mein Grandpa hat ein Jahr lang bei uns gelebt, bevor er gestorben ist«, fing ich an.

Dann hielt ich inne. Ich hatte noch nie jemandem von Grandpa erzählt und wie schwierig es mit ihm wurde, als er bei uns wohnte. Nicht einmal Audrey.

»Er war die meiste Zeit schlecht gelaunt und hat nicht viel geredet«, sagte ich und streichelte Yukis Kopf. »Aber einmal hat er mir erzählt, wie sehr Grandma Schnee liebte.«

Die Erinnerung kam zu mir zurück, so lebendig, als wäre es gestern gewesen.

Ich war mit Grandpa den Radweg am Strand entlanggegangen. Grandpa verließ nicht oft das Haus, aber an diesem Nachmittag hatte er mich zu einem Spaziergang eingeladen. Es war in den ersten Wochen nach seinem Einzug, als er noch nicht so viel getrunken hatte.

»Grandma liebte Schnee«, erzählte Grandpa. »Einmal, an Weihnachten, überraschte ich sie mit einer Reise nach Vermont. Wir mieteten uns eine Ferienwohnung in Montpelier, einem hübschen kleinen Städtchen, wo Grandma in den Läden stöbern konnte. Sie war so glücklich, als sie dick eingepackt gegen die Kälte nach draußen ging. Ihre Wangen wurden ganz rosig, und ihre Augen strahlten.

In der Nacht davor hatte es geschneit, und die Landschaft vor unserem Fenster sah aus wie ein Gemälde. Noch bevor sie ihren Morgenkaffee getrunken hatte, mummelte

Grandma sich dick ein. Sie zog nicht einmal ihren Pyjama aus. Dann warf sie sich ihren dicken Wintermantel über, setzte eine Strickmütze auf, wickelte einen langen Schal um ihren Hals und schlüpfte in ihre Schneestiefel. So stapfte sie durch die Küche und riss die Hintertür auf. Die frische, kalte Luft wehte herein, bis es eiskalt in dem kleinen Haus wurde. Grandma trat auf die Veranda hinaus, hielt sich am Geländer fest, um nicht auszurutschen, aber der Boden war nicht glatt. Es war der perfekte Schnee.«

Grandpa drehte sich zu mir um. »Wusstest du, dass es viele verschiedene Arten von Schnee gibt? Manchmal ist er nass und schwer, was gut ist, wenn man Schneebälle machen oder Schneemänner bauen will. Manchmal ist er so kalt, dass er gefriert und mehr Eis als Schnee ist. Aber der Schnee an diesem Morgen …« Grandpa wandte sein Gesicht dem Ozean zu, und ein ferner Ausdruck trat wieder in seine Augen. »Dieser Schnee war perfekt. Leicht und flockig, mit einer hauchdünnen Eisschicht obendrauf, sodass es beim Gehen unter den Füßen knirschte. Ich war Grandma zur Tür hinausgefolgt und beobachtete sie. Sie stakste durch den frischen Pulverschnee. Kein Abdruck weit und breit. Sie war die Erste, die darauf ging. Es war ganz still ringsum. Keine Autos und keine Menschen so früh am Morgen. Keine Tierlaute. Kein Wind, der die kahlen Zweige zum Ächzen und Knarzen brachte.

Nur deine Grandma, dick vermummt, sodass sie aussah wie ein Bär. Knirsch, knirsch, knirsch, stapfte sie die Treppe hinunter. Mitten im Hof drehte sie sich zu mir um.« Grandpa schwieg lange. Ich blieb mucksmäuschenstill.

»Oh, Keiko, sie war so schön. Ihre Augen leuchteten, und sie strahlte über das ganze Gesicht.«

Ich hatte Angst, dass die Erinnerung Grandpa traurig stimmen würde, aber als ich zu ihm hinüberschaute, lächelte er.

»Plötzlich fiel Grandma nach hinten, die Arme weit ausgebreitet. Im ersten Moment dachte ich, sie sei ausgerutscht, aber dann bewegte sie ihre Arme und Beine hin und her, um einen Schneeengel zu machen.« Grandpa lachte. »Wie ein kleines Mädchen lag sie da, machte einen Schneeengel und lachte und lachte.«

Grandpa verstummte wieder. Nach einer Weile legte er mir seine Hand auf den Arm. »Versprich mir, Keiko, dass du an Grandma denkst, wenn es schneit. Ich weiß, dass du dich nicht an sie erinnerst, und es tut mir leid, dass du sie nie wirklich kennenlernen konntest. Sie war in jeder Hinsicht etwas Besonderes. Sie hat mich zu einem besseren Menschen gemacht. Grandma ist in jeder Schneeflocke, in jedem Eiskristall. Grandma *ist* der Schnee.«

»Ich verspreche es dir, Grandpa«, sagte ich, war mir aber nicht sicher, ob er mich gehört hatte.

Die Erinnerung verblasste langsam, blendete sich aus wie das Happyend eines Films.

»Wow«, hauchte Conner. »Das ist eine tolle Erinnerung an deine Großeltern.«

Wir blieben einen Augenblick still, aber es war ein gutes, vertrautes Schweigen. Ich hatte aufgehört, Yuki zu streicheln, und sie stupste meine Hand an, sodass ich lächeln musste und der Bann gebrochen war.

»Deshalb liebe ich Schnee«, sagte ich. »Oder würde ihn lieben, wenn ich jemals welchen zu sehen bekäme. Es ist eine schöne Erinnerung an meinen Grandpa, und obwohl ich mich nicht an Grandma erinnere, werde ich mich ihr nahe fühlen, wenn ich irgendwann Schnee sehe. Verstehst du?«

»Ja, das versteh ich.«

»Danke, dass du mir zugehört hast.« Ich konnte mich nicht erinnern, wann ich das letzte Mal so viel mit Conner geredet hatte.

»Ist doch klar«, sagte Conner. »Hey, nach unserem Spiel im Park morgen könnten wir die Hunde Gassi führen. Was meinst du?«

Ich lächelte. »Klingt gut.«

Ich legte auf, und zum ersten Mal seit langer Zeit hatte ich das Gefühl, dass vielleicht doch noch alles gut werden könnte.

24

Dad hupte ungeduldig, was er normalerweise nie macht, weil er das so früh am Morgen rücksichtslos gegenüber den Nachbarn findet.

»Wenn du mitfahren willst«, sagte Mom, »solltest du dich beeilen.«

Ich knuddelte Yuki ein letztes Mal. Sie hatte die ganze Nacht geschlafen, und ich wollte sie nicht allein lassen.

»Keiko, ich kann mit Hunden umgehen. Ich verspreche dir, dass ich alles mache, was du aufgeschrieben hast.« Mom schwenkte die beiden Seiten mit meinen Notizen herum. »Ich geh mit ihr raus, direkt bevor ich um halb neun das Haus verlasse. Und ich komme mittags zurück und lasse sie noch mal raus.«

»Bist du sicher?«, fragte ich. »Ich meine, du hast doch so viel zu tun?«

Mom streichelte Yuki, die es zuließ. Sie gewöhnte sich bereits an unsere Familie. »Der Bewilligungsantrag ist fertig, falls du das meinst. Von jetzt an habe ich wieder normale Arbeitszeiten.«

Wir wechselten einen langen Blick miteinander. Gut. Vielleicht konnte ich ihr Yuki anvertrauen, aber das bedeutete nicht, dass ich ihr verziehen hatte.

Dad hupte wieder.

»Geh«, sagte Mom.

Ich küsste Yuki kurz zum Abschied und gab sie Mom, ohne noch etwas zu ihr zu sagen.

* * *

In der Schule zeigte ich Jenna ein Foto von Yuki auf meinem Smartphone. »Sie ist süß! Du bist so ein Glückspilz!«, stieß Jenna begeistert hervor.

Im selben Moment kam Mr Jay ins Zimmer, seinen üblichen großen Kaffeebecher auf einem Bücherstapel balancierend.

»Wollen wir uns nach der Schule treffen?«, flüsterte Jenna mir zu. »Wir haben heute keine Redaktionskonferenz.«

Ich nickte begeistert. Endlich mal wieder mit Jenna zusammen sein!

In Englisch war Audrey nicht da. Ihr Platz blieb die ganze Stunde über leer. Es machte mich ganz kribbelig, dass ich nicht wusste, wo sie war. Ich aß zwei Schokoladenstückchen zwischen den Stunden, aber zum ersten Mal seit einer Ewigkeit fühlte ich mich dadurch nicht besser.

Beim Mittagessen waren die Jungs geduldig mit mir und schauten jedes einzelne meiner achtundfünfzig Yuki-Fotos an.

»Jenna kommt nach der Schule zu mir, um Yuki kennenzulernen«, sagte ich zu Conner.

»Cool.« Er lächelte. »Bleibt es trotzdem bei unserem Spaziergang später, oder sollen wir das ein anderes Mal machen?«

»Nein, Yuki braucht Bewegung. Vielleicht könntest du um vier rüberkommen?«

»Ja, gut.«

»He, warte mal«, sagte Doug. »Kein Basketball?«

»Tut mir leid.« Ich zuckte mit den Schultern. »Ihr müsst einfach ohne mich spielen.«

»Aber am Mittwoch?«, fragte Teddy. »Du spielst doch am Mittwoch mit? Das Zweierspiel war echt gut.«

»Am Mittwoch bin ich da«, versprach ich.

Der Tag lief super, bis ich in die Mathestunde kam.

»Du siehst so glücklich aus«, sagte Gregor, als ich mich vor ihn hinsetzte.

»Bin ich auch.«

»Wir haben dich beim Mittagessen vermisst.«

Ich drehte mich zu ihm um und zog die Augenbrauen hoch. »*Wir*? Wirklich?«

»Na ja, okay, vielleicht eher *ich*.«

Mein Herz machte idiotischerweise einen Freudensprung. Ich drehte mich wieder nach vorn, um meine Mathenotizen aus meinem Rucksack zu holen. Meine Finger flogen über meine Schokoladentüte, aber sie war leer. Ich hatte über dem Basketballspiel mit den Jungs und der

Aufregung um Yukis Adoption ganz vergessen, meinen Vorrat wieder aufzustocken.

Gregor tippte mich auf den Arm. »Können wir morgen zusammen Mittag essen?«

»Was?«

»Mittag essen? Du und ich?«

»Und was ist mit Audrey?«

»Ich dachte, ihr habt Streit?«, sagte er.

Warum klang er so spöttisch? Meine ganze dumme Euphorie fiel von mir ab. »Soll das heißen, du willst jetzt mit mir essen statt mit Audrey?«

»Ja.« Gregor lachte. »Hast du ein Problem mit der englischen Sprache?«

Ich sah ihn mit zusammengekniffenen Augen an. »Willst du damit andeuten, dass ich kein Englisch verstehe, weil ich asiatische Wurzeln habe?«

»Ach, vergiss es«, sagte er. »Und reg dich wieder ab. Ich wollte nur nett sein, das ist alles.«

Zum ersten Mal, seit Gregor an unsere Schule gekommen war, atmete ich auf, als Nicole und Kimmie ins Klassenzimmer huschten und ihn in Beschlag nahmen. Er vergaß mich sofort, worüber ich froh war. Warum machte es mich nicht glücklicher, dass er mit mir essen gehen wollte?

Der Gedanke lag mir den ganzen restlichen Tag im Magen wie ein Stück schlechte Schokolade.

* * *

Ich erzählte Jenna von Gregors Einladung, als wir zu mir nach Hause gingen. »Was meinst du, was das bedeutet?«, fragte ich.

»Vielleicht ist es aus mit Gregor und Audrey?«

»Und dann fragt er mich, ob ich mit ihm essen will? Das ist doch abartig.«

Jenna zuckte mit den Schultern. »Vielleicht waren sie gar nicht zusammen?«

»Aber er hat sie zum Ball eingeladen.«

»Das bedeutet nicht unbedingt, dass sie ein Paar sind.«

Richtig. So wie Conner und ich.

»Vielleicht mag dich Gregor?«, sagte Jenna und lachte, als ich eine Grimasse schnitt. »Okay, das heißt wohl, dass du ihn nicht mehr magst.«

»Ich weiß nicht. Glaub nicht.«

Yuki bellte, sobald wir an die Haustür kamen. Ich stürzte in die Küche, wo sie eingesperrt war. Sie winselte und wedelte mit dem Schwanz.

Ich öffnete die Hundebox, und Yuki schoss heraus und sprang an meinen Beinen hoch. Ich nahm sie auf und lachte, als sie mir das Gesicht abschleckte.

»Sie ist süß«, sagte Jenna.

Yuki drehte sich zu Jenna um, legte die Ohren zurück und drückte sich an mich. Sie zitterte. Ich hatte Jenna vorgewarnt, wie scheu Yuki gegenüber Fremden war. Jenna setzte sich hin, und ich setzte mich mit Yuki neben sie und gab beruhigende Laute von mir.

Jenna ignorierte Yuki und sagte zu mir: »Wann holt dich Conner ab?«

»Wenn sie mit ihrem Spiel fertig sind, also in ungefähr einer Stunde.«

»Ich finde es gut, dass du mit Conner rumhängst«, sagte Jenna. »Aber du kannst auch mal mit Elliot und mir was machen.«

»Danke.« Es war so seltsam, dass wir drei jetzt getrennte Wege gingen.

Wir verstummten beide. Yuki zappelte auf meinen Armen und streckte ihren Hals vor, um Jenna zu beschnuppern, die ganz still hielt.

»Gutes Mädchen, Yuki«, sagte ich, um ihr Mut zu machen.

Yuki blieb auf meinem Schoß, legte aber eine Pfote auf Jennas Knie. Jenna streckte ihre Hand aus, und Yuki schnupperte daran. Sie wedelte mit dem Schwanz, als Jenna sie langsam unter dem Kinn kraulte und dabei gut aufpasste, dass sie ihr nicht über den Kopf fasste. Jenna und ich grinsten einander an.

»Hey«, sagte ich. »Vielleicht sollten wir mal nach Audrey sehen? Sie war nicht in der Schule, und Gregor hat mit Nicole und Kimmie rumgeflirtet. Nicht, dass das was Neues wäre, aber wenn Gregor und Audrey zusammen sind, dürfte er sich doch nicht so viel mit anderen Mädchen einlassen. Was ist? Warum guckst du mich so an?«

»Ehrlich, Keiko, warum machst du dir Sorgen um Audrey, nach allem, was sie dir angetan hat? Ich fasse es nicht!« Jenna zwirbelte ihre Finger um Yukis Fell. »Wenn ich denke, wie sie mich neulich angeschrien hat, dass man Jungs niemals seinen besten Freundinnen vorziehen darf! Und jetzt macht sie das selber.«

»Ich glaube, in ihren Augen hab ich das zuerst getan.«

»Wie meinst du das?«

»Sie war stocksauer, als sie mitbekommen hat, dass ich nach der Schule mit Conner unterwegs war. Damit hat alles angefangen.«

»Hast du sie versetzt, um mit ihm zusammen zu sein?«

»Nein. Sie war im Herbstball-Komitee. Conner hat mich gefragt, ob ich mir sein Basketballspiel ansehen will.«

»Und inwiefern hast du ihr dann einen Jungen vorgezogen?«

»Na ja, ich weiß doch, wie sehr sie Conner hasst.«

Jenna schüttelte den Kopf. »Das ist Unsinn. Hör dich mal reden, Keiko. Glaubst du das wirklich selber? Oder willst du nur wieder mal einem Konflikt aus dem Weg gehen?«

Ich zuckte mit den Schultern.

»Ich glaube, du verschließt die Augen vor der Wahrheit«, sagte Jenna. »Aber wenigstens tust du es in guter Absicht. Trotzdem, es war unmöglich von Audrey, sich Gregor zu schnappen.«

»Das ist mir alles nicht mehr wichtig«, sagte ich. »Ich will nur, dass wir wieder Freundinnen sind. Du nicht?«

»Ich weiß nicht.«

»Jenna!«

»Im Ernst. Sie ist so eine Dramaqueen. Und sie hat mir ja gerade bewiesen, was für eine tolle Freundin sie ist. Ich vermisse sie nicht.«

Das brach mir fast das Herz. »Ich schon. Sie braucht uns. Audrey war immer für uns da.«

Jenna sagte nichts darauf.

»Zum Beispiel während der Scheidung deiner Eltern, da war sie doch für dich da? Sie hatte immer Butter-Brickle-Eis für dich in ihrer Kühltruhe, und sie hat dich nicht gedrängt, über irgendwas zu reden.«

Jenna nickte.

»Sie war glücklich, dass wir zu so einem tollen Team zusammengewachsen sind.«

»Nein, das warst du«, widersprach Jenna. »Sie wollte mich nicht dabeihaben, das war offensichtlich.«

»Sie hat eine Weile gebraucht, um dir gegenüber aufzutauen, aber dann war es okay.«

Jenna nickte wieder.

»Und sie meint es gut mit mir. In der vierten Klasse hat sie zum Beispiel dafür gesorgt, dass ich mit Conner an einem Wissenschaftsprojekt arbeiten konnte, weil sie wusste, dass mich das Thema interessierte.«

»Ach, und da musst du bis in die Grundschulzeit zurückgehen, um einen Beweis für ihren guten Willen auszugraben?«

»Nein. Ich sage nur, dass sie mich immer ermutigt und unterstützt hat.«

»Gut. Aber es geht doch immer nur um sie. Solange alles nach ihrem Kopf läuft, unterstützt sie dich. Wenn nicht – wenn du dich zum Beispiel mit Conner triffst –, rastet sie aus.«

»Jenna, sie ist nicht nur schlecht.«

»Nein, das stimmt. Sie ist klug und witzig, und es macht Spaß, mit ihr zusammen zu sein. Aber sie ist keine gute Freundin. Jedenfalls nicht im Moment.« Jenna stand auf. »Warum musst du dich immer opfern? Warum kannst du nicht einfach mal tun, was du selber willst?«

Ich runzelte die Stirn. »Das mach ich doch gerade. Ich will mich mit Audrey versöhnen.«

»Ich halte dich nicht davon ab, Keiko. Mach, was du für richtig hältst. Aber ich glaube nicht, dass ich noch mit ihr befreundet sein kann.«

Das tat weh. »Und wenn sie sich entschuldigt?«, fragte ich und versuchte nicht allzu flehentlich zu klingen.

Jenna schnaubte. »Als ob das je passieren würde.«

»Aber wenn?«

»Okay, wenn sie es ernst meint. Vielleicht.«

Das reichte mir fürs Erste. Ich wusste, dass Jenna nur das Beste für mich wollte. Und sie hatte nicht ganz unrecht, was Audrey betraf. Aber ich war einfach noch nicht bereit, meine Freundschaft mit ihr aufzugeben.

Und würde es auch nie sein.

25

Am Abend klopfte Macy an meine Tür und streckte ihren Kopf in mein Zimmer. »Mom will, dass wir runterkommen. Jetzt gleich.« Macy sah nicht sonderlich begeistert aus.

Ich folgte ihr in die Küche. Ich hatte kein gutes Gefühl, was immer da kommen würde.

Mom und Dad saßen bereits am Tisch. Dads Gesicht war neutral, seine Körpersprache verriet nichts. Macy ließ sich auf ihren Stuhl fallen und verschränkte die Arme.

Ich setzte mich. Was sollte das werden? Eine Scheidungsrede oder was? Wut kochte in mir hoch. Ich funkelte Mom an – wehe, sie sagte jetzt etwas Dummes!

»Also«, fing Mom an und legte ihre Arme auf den Tisch. »Es ist viel zu lange her, seit wir als Familie zusammengesessen haben.«

Das war der Tropfen, der das Fass zum Überlaufen brachte. »Was ganz sicher nicht unsere Schuld war«, fauchte ich.

»Dann seid ihr also alle böse auf mich?«, fragte Mom und ließ die Schultern hängen. »Weil ich gearbeitet habe?«

»Nein«, sagte ich. »Wir sind nicht böse, weil du gearbeitet hast. Wir sind böse, weil du nie zu Hause warst.«

»Das ist doch dasselbe«, sagte Mom. »Ich habe gearbeitet. Wir hatten das besprochen, als ich den Job angenommen habe. Dass ich künftig Vollzeit arbeite. Dieser Bewilligungsantrag, der zusätzliche Arbeitsstunden bedeutete, war ja nur vorübergehend. Aber ihr wusstet das alles.«

»Du warst jeden Abend zum Essen weg. Du warst in der Bar, um nach der Arbeit einen Drink zu nehmen. Du gehst ins Spa! Du arbeitest, aber wenn du mal freihast, verbringst du deine Zeit nicht mit uns!« Meine Stimme wurde mit jedem Wort schriller. Es fühlte sich an, als würde mir ein Messer ins Herz gebohrt.

Dad griff herüber und tätschelte meine Hand. Ich war mir nicht sicher, ob er mich beruhigen oder mir zeigen wollte, dass er auf meiner Seite war.

»Ich verstehe«, sagte Mom. »Ich wollte euch nicht das Gefühl geben, dass ich nicht zu Hause sein will. Ich hatte noch nie einen Bewilligungsantrag geschrieben. Ich musste in kurzer Zeit sehr viel lernen. Zum Glück kennt sich Mrs Kitamura damit aus und hat mir in ihrer Freizeit geholfen. Wir haben uns meistens zum Abendessen getroffen, weil wir dann beide freihatten. Wir sind neulich abends in die Bar gegangen, um zu feiern. Und ich gehe mit ihr ins Spa als Dankeschön für ihre großzügige Hilfe.«

»Du hättest doch was sagen können«, wandte Dad leise ein. »Du hättest uns sagen können, was du machst.«

Mom nickte. »Ja, das hätte ich. Ich war einfach überfordert und konnte nicht mehr klar denken. Es tut mir leid.«

»Wir haben dich vermisst«, sagte Dad.

»Ich euch auch. Es tut mir leid, wenn ich euch das Gefühl gegeben habe, dass ihr mir egal seid. Ich hatte Angst, dass ich meinem neuen Job nicht gewachsen bin. Das hat wohl meine ganze Energie aufgesaugt.« Moms Blick wanderte über den Tisch. »Ich liebe euch. Ich liebe meinen Job. Das bedeutet, dass ich manchmal nicht so oft zu Hause sein kann, wie ich es gern würde. Aber es bedeutet nicht, dass ihr mir nicht wichtig seid.«

Dad griff nach Moms Hand. »Und wir lieben dich.«

Mom streckte ihre Hände in die Mitte des Tischs. Dad nahm eine davon und drückte sie. Ich ließ meine Hände langsam in die Mitte gleiten, und Mom nahm sie in ihre andere Hand. Dann schauten wir alle zu Macy hinüber. Ich stieß sie mit dem Fuß an, bis sie langsam eine Hand ausstreckte und über unsere Hände legte.

* * *

Später machten wir alle zusammen das Abendessen. Mom und Dad redeten und lachten. Yuki huschte zwischen unseren Füßen herum, in der Hoffnung, ein paar heruntergefallene Karottenstücke vom Salat zu ergattern. Macy lächelte zum ersten Mal seit einer Ewigkeit.

Als wir mit unseren Vorbereitungen fertig waren, ließ

Macy Yuki hinaus, während Dad einen Anruf im Wohnzimmer entgegennahm. Mom kam zu mir an den Tisch, wo ich gerade eine Handvoll Gabeln und Messer an unsere Plätze verteilte. Als wir fertig waren, zog Mom einen Stuhl heraus und nickte mir zu. Ich setzte mich, und sie setzte sich neben mich. »Es tut mir leid, Keiko«, fing sie an.

»Ja, ich weiß. Das hast du schon gesagt.« Keine Ahnung, warum meine Stimme so mürrisch klang. Ich war doch froh, dass sich alles zum Guten gewendet hatte.

»Nein, das war eine Entschuldigung an die Familie. Und das hier ist meine Entschuldigung an dich.«

»Warum an mich?«

»Du warst immer so tüchtig und selbstständig, so zuverlässig, dass ich manchmal vergesse, dass du noch ein Kind bist.« Als sie mein Gesicht sah, lächelte sie. »Oder nein, kein Kind mehr, aber auch nicht erwachsen. Ich fürchte, Dad und ich verlassen uns viel zu sehr darauf, dass du dich um alles kümmerst. Und denken manchmal nicht daran, dass du uns brauchst.«

»Ich habe mal gehört, wie ihr euch darüber unterhalten habt, dass ihr euch um mich keine Sorgen machen müsst und dass ich mich so gut um Macy kümmere.«

»Das hast du gehört? Und wann?«

»In dem Jahr, als Grandpa bei uns gewohnt hat.«

Mom nickte. »Das war eine schwere Zeit. Und ich habe gesehen, wie lieb du zu Grandpa und zu Macy warst.

Aber trotzdem, wir hätten dich besser beschützen müssen. Du warst nicht alt genug, um so viel Verantwortung zu übernehmen, besonders als Grandpa mit dem Trinken angefangen hat.«

»Er war ja nicht gefährlich«, sagte ich.

»Nein. Nur sehr traurig und sehr verbittert wegen Grandmas Tod.« Mom drückte meine Hand. »Es war falsch von mir, dass ich dachte, du brauchst keine Unterstützung, Keiko. Ich bin für dich da, und ich bin für die Familie da. Und Dad auch. Du dagegen sollst Spaß haben und ein Kind sein dürfen.« Ich zog meine Augenbrauen hoch. »Oh, entschuldige, ich meine natürlich, ein Teenager.«

»Was willst du damit sagen?«

»Dass du aufhören sollst, dir Sorgen zu machen und dich um alles zu kümmern. Das ist *mein* Job. Du sollst wissen, dass du auf mich zählen kannst. Es tut mir leid, dass ich in letzter Zeit nicht für dich und deine Schwester da war. Du bist nicht für uns verantwortlich. Nur für dich selbst.« Mom legte den Kopf zur Seite. »Ich weiß, dass du gerade eine schwere Zeit mit deinen Freundinnen durchmachst. Ich bin da, wenn du darüber sprechen willst, ja?«

»Okay.«

Macy stürmte wieder herein und lachte, als Yuki sie abschleckte. Dad ging in die Küche zurück und steckte sein Telefon in die Tasche.

»Und ihr beide, du und Dad?«, fragte ich. »Alles okay bei euch?«

»Ja, ganz bestimmt. Wir lieben einander. Manchmal sind wir unterschiedlicher Meinung oder streiten uns, aber dann entschuldigen wir uns, sprechen uns aus und versöhnen uns wieder. Kannst du mir jetzt verzeihen?«

»Ja, ich verzeihe dir.« Ich beugte mich vor, und wir umarmten uns.

Als wir alle vier beim Abendessen saßen, Yuki brav an meiner Seite, dachte ich darüber nach, was Mom gesagt hatte. Sie hatten sich gestritten. Sie hatten sich entschuldigt. Und jetzt war alles wieder in Ordnung.

Hoffnung keimte in mir auf. Plötzlich wusste ich, wie ich den Streit zwischen Audrey und mir aus der Welt schaffen konnte.

26

Am nächsten Tag ging ich zu Englisch, so schnell ich nur konnte. Audreys Platz war leer. Alles, was Mom gestern Abend gesagt hatte, schwirrte mir im Kopf herum. Menschen, die einander lieben, können uneins sein und sich streiten, aber dann verzeihen sie einander und versöhnen sich. Nachdem ich jetzt wusste, dass Verzeihen möglich war, wollte ich die Sache so schnell wie möglich hinter mich bringen. Ich wollte den Streit beenden, damit wir wieder beste Freundinnen sein konnten. Das alles war doch nur ein großes Missverständnis. Wir hatten uns gegenseitig verletzt und um uns geschlagen. Jetzt konnten wir zugeben, dass wir unrecht gehabt hatten, und wieder Freunde sein. Ich hätte Audrey sowieso immer verziehen, aber ich glaube, ich hatte Angst, dass sie mir meine Freundschaft mit Conner nicht verzeihen konnte. Obwohl das lächerlich war, oder? Wichtig war doch nur, dass wir wieder miteinander redeten.

Als die Klasse sich allmählich füllte, behielt ich die Tür im Auge und wartete auf meine beste Freundin.

Aber sie kam nicht. Ihr Platz blieb die ganze Stunde über leer. Nach dem Unterricht fragte ich Ms McQueen, wo Audrey war.

»Sie hat die Englischklasse gewechselt – letzte Stunde«, sagte Ms McQueen.

Ich hatte immer gedacht, nur eine romantische Liebe könne einem das Herz brechen. So wie im Film. Niemand hatte mir je gesagt, dass einem auch die beste Freundin das Herz brechen konnte.

* * *

In der Mittagspause saß ich die ganze Zeit lustlos da und blies Trübsal.

»Was ist los mit dir?«, fragte Conner, als ich an meinem Sandwich herumpickte.

»Audrey hat die einzige Stunde gewechselt, die wir zusammen hatten.«

Conner griff in meine Kartoffelchipstüte und nahm sich eine Handvoll. Seit gestern teilten wir unser Essen miteinander, was ich toll fand. Ich kaufte mir nichts mehr in der Cafeteria. Ohne Jennas und Audreys Gesellschaft war das pure Zeitverschwendung. Jetzt nahm ich mir selber was mit.

»Ich finde es schrecklich, dass wir verkracht sind«, sagte ich.

»Ist es, weil sie mit diesem Whitman geht?«

Ich gab keine Antwort, und Conner runzelte die Stirn.

»Spielen wir heute Basketball?«, fragte ich.

»Wir haben einen Dreier«, sagte Conner.

»Ach ja, hab ich ganz vergessen.«

»Kommst du?«, fragte Teddy.

»Ja, klar. Ich bringe Yuki mit. Soll ich Lumpy auch abholen?«

Conners Augen leuchteten auf. »Das wäre super! Ich habe nie Zeit, ihn zu dem Spiel zu holen. Aber komm nicht zu spät, okay?«

»Ja, du willst doch unsere tollen Moves nicht verpassen«, sagte Doug.

Ich lachte, obwohl ich in finsterster Stimmung war. Besonders als ich in die Matheklasse kam und Gregor mir zulächelte.

»Hey. Cooles Shirt«, sagte er.

Ich schaute an meinem weiten lila T-Shirt herunter. Okay. War das sarkastisch gemeint? »Ähm, danke.«

Er lachte. »Du bist so empfindlich, Carter. Lach doch mal.«

Nicole und Kimmie stolzierten herein. Gregor winkte ihnen, behielt aber seine Augen auf mir. Nicole funkelte mich an, als sie sich hinsetzte. Sie tuschelte mit Kimmie, und beide warfen mir giftige Blicke zu.

»Was machst du nach der Schule?«, fragte Gregor.

»Ich geh zu Conners Basketballmatch«, sagte ich.

»Conner? Audreys Blödmann von Bruder?«

»Er ist kein Blödmann.«

»Oh, Conner Lassiter?«, mischte Kimmie sich ein. »Der ist heiß!«

»Total«, sagte Nicole.

Ich schaute sie mit hochgezogenen Augenbrauen an. Meinten sie das ernst? Oder wollten sie sich nur bei Gregor wichtigmachen? Auf jeden Fall passte es mir nicht. Warum kümmerten sie sich nicht um ihren eigenen Kram?

Ich konnte es kaum erwarten, bis Mr Fordiani in die Klasse kam. Sonst war er immer vor uns da. Komisch, noch vor wenigen Wochen wäre ich vor Glück an die Decke gesprungen, wenn Gregor mit mir geredet hätte.

»Was willst du mit diesem Loser?«, sagte Gregor zu mir, ohne Nicole oder Kimmie zu beachten. »Du könntest was viel Besseres haben.«

Gregor hatte kein Recht, so über Conner zu reden. Er kannte ihn doch gar nicht! Während ich nach einer schlagfertigen Antwort suchte, schlenderte ein dunkelhaariger jüngerer Mann in den Raum und schrieb eine Aufgabe an die Tafel. Er stellte sich als Mr Mann vor, was ein paar Kicheranfälle auslöste, dann ließ er sich hinter das Lehrerpult fallen und steckte sich Kopfhörer ins Ohr. Wir lehnten uns zurück, aber nur für ein paar Sekunden, dann konzentrierten wir uns auf die Aufgabe, weil wir wussten, dass Mr Fordiani zurückkommen und dass es Konsequenzen haben würde, wenn wir nichts gemacht hatten.

Ein Zettel fiel auf meinen Tisch.

Lass Conner sausen
Geh mit mir – G

Was sollte das? Ich schob den Zettel in meinen Rucksack, ohne darauf zu antworten.

Wenn dieser Mr Mann doch nur seinen Job gemacht und uns unterrichtet oder wenigstens aufgepasst hätte! Mittlerweile hatte sich das Getuschel in der Klasse zu lautem Stimmengewirr gesteigert. Aber Mr Mann hatte uns ausgeblendet und war ganz in seine Kopfhörer vertieft, was immer er sich auch anhörte.

Gregor tippte mir auf die Schulter, und ich drehte mich seufzend zu ihm um.

»Wir haben uns nie richtig kennengelernt«, sagte er.

Das stimmte. Wir kannten uns nicht. Was hatte ich überhaupt an ihm gefunden? Er hatte immer noch schöne Augen und ein süßes Lächeln, aber er war mir egal.

Gregor griff herüber und strich mir eine Haarsträhne aus dem Gesicht. Ich zuckte zurück, als hätte er mich verbrannt.

Er lachte. »Guck nicht so erschrocken. Mach ich dich etwa nervös?«

»Nein, tust du nicht.«

»Du bist süß, wenn du so ein Gesicht machst.«

Wie konnte Gregor mit mir flirten, wenn er doch mit Audrey zusammen war? Selbst Audrey hatte etwas Besseres verdient.

Ausnahmsweise läutete es genau im richtigen Moment, sodass mir weitere Gespräche mit Gregor erspart blieben. Ich schnappte mein Buch und stolperte aus dem Raum, bevor er noch etwas sagen konnte.

Dummerweise holte Nicole mich ein. »So ein Pech, mit deiner Freundin und Gregor«, sagte sie.

»Wovon redest du?«, fragte ich, während Kimmie sich an meine andere Seite klebte.

»Er hat Schluss mit ihr gemacht«, sagte Kimmie. Die beiden hielten an, in dem Wissen, dass sie jetzt meine volle Aufmerksamkeit hatten.

Ich stand mit ihnen am Trinkbrunnen. »Woher wisst ihr das?«

»Gregor hat mich zum Herbstball eingeladen«, sagte Nicole mit einem Lächeln. »Und ich habe natürlich Ja gesagt.«

»Genau, und er hatte ja eine Weile aufgehört, uns am Ende der Pause zu treffen«, fügte Kimmie hinzu. »Aber jetzt hängt er die ganze Zeit mit uns rum.«

Nicole und Kimmie lächelten einander an und stolzierten davon.

Mir lief es kalt über den Rücken. Gregor hatte Audrey abserviert. Wo hatte sie die Mittagspause verbracht? Wahrscheinlich irgendwo ganz allein und am Boden zerstört.

Trotz allem – die Art, wie sie mich ausgebootet und sich an Gregor herangemacht hatte – war Audrey mir immer noch wichtig. Sie war fast mein ganzes Leben lang meine beste Freundin gewesen. Das zählte. Und wie Mom gesagt hatte: Menschen, die sich lieben, können sich streiten und wieder versöhnen. Ich würde nicht länger warten. Aber zuerst musste ich mir Gregor vorknöpfen.

27

Während ich in die Sportstunde stürzte, schrieb ich Audrey, dass ich von dem Reinfall mit Gregor gehört hatte und wie leid es mir tat. Und ich fragte sie, ob sie nach der Schule zu mir kommen und mit mir reden wollte. Ich wusste nicht, ob sie darauf eingehen würde, aber dass sie unglücklich war, stand für mich fest. Sie brauchte ihre beste Freundin, und ich wollte für sie da sein.

Nach Sport traf ich Jenna in der Umkleide und erzählte ihr, was passiert war.

»Oh, das ist schlimm«, sagte sie und machte ihr Schließfach zu.

»Ich gehe zu Gregor.«

»Wozu das denn?«

»Weil ich ihm die Meinung sagen will. So darf er Audrey nicht behandeln.«

»Ich komm mit«, sagte Jenna.

»Wirklich?«

»Na klar.«

»Warum machst du das?«, fragte ich, als wir zum Hauptgebäude zurückgingen. »Ich dachte, du hasst Audrey.«

»Hass ist ein großes Wort«, sagte Jenna. »Ich finde Audreys Benehmen unmöglich, aber deshalb hat sie es noch lange nicht verdient, so schlecht behandelt zu werden. Außerdem will ich dir Rückendeckung geben.«

»Danke«, sagte ich.

»Und du?«, fragte Jenna. »Warum machst *du* das?«

»Ich weiß, du wirst wieder sagen, dass ich zu versöhnlich bin und nie das mache, was ich wirklich will. Aber das hier will ich. Ich will mit dir und Audrey befreundet sein. Und ich sage Gregor die Meinung, weil er sie verletzt hat.«

»Das ist schon mal ein Anfang«, sagte Jenna. »Du machst dich, Keiko.«

Ich verdrehte die Augen, und Jenna lachte.

»Guck mal, da drüben«, sagte sie.

Eine kleine Menge hatte sich am Seiteneingang versammelt, alles Mädchen, außer einem vertrauten Gesicht in der Mitte. Ich marschierte direkt auf die Gruppe zu, ohne mich umzusehen, ob Jenna noch hinter mir war, und quetschte mich einfach zu Gregor durch. Er grinste mich an.

»Hier ist Platz für alle, Keiko, du musst nicht so drängeln.« Seine Stimme, bei der ich bisher weiche Knie bekommen hatte, stieß mir jetzt so sauer auf wie geronnene Milch. »Ist das deine andere Freundin?«

Jenna war hinter mir geblieben und schob sich mit undurchdringlicher Miene neben mich.

»Du bist herzlos, Gregor Whitman«, sagte ich und drängte ihn gegen den Zaun.

Der ganze Mädchenschwarm um ihn herum wich zurück, aber sie gingen nicht weg. Mein Gesicht war nur Zentimeter von seinem entfernt. Er lächelte. Warum lächelte er? Dann spürte ich seine Hände auf meinen Hüften. Er kam mir so nahe, dass unsere Körper sich beinahe berührten. Ich schnappte nach Luft und wollte mich losreißen, aber er behielt seine Hände da.

»Lass mich los!«, zischte ich.

»Wieso? *Du* bist mir doch auf die Pelle gerückt.« Er ließ mich los, und ich trat zurück. Ich drehte mich nach Jenna um. Sie war noch da. Conner, Doug und Teddy gingen an uns vorüber. Ich spielte mit dem Gedanken, sie um Hilfe zu rufen, aber Gregor kam mir zuvor.

»Was willst du, Keiko?«, fragte er.

»Du bist ein egoistischer Blödmann!«

Gregor lachte. »Okay.«

»Warum lachst du? Du hast Audrey wie Dreck behandelt, obwohl sie nur nett zu dir war.« Jedenfalls nahm ich das an. Ich war ja nicht dabei gewesen.

»Ah, Keiko, die Retterin. Süß.«

»Das ist nicht komisch.«

»Oh, bitte. Ihr seid beide gleich, du und Audrey. Zwei kleine Mädchen, die noch nicht reif für eine richtige Beziehung sind. Werdet erst mal erwachsen.«

»Was soll das denn heißen?«

»Das heißt, dass ich Audrey nie irgendwas versprochen habe. Keine Ahnung, warum sie plötzlich so besitzergreifend wurde. Sie hat total geklammert.«

»Und deshalb hast du sie fallen lassen?«

»Küssen verpflichtet zu nichts. Tut mir leid, wenn sie das anders sieht. Außerdem …« Er schwenkte seine Hand über die Mädchengruppe hinter mir. »Das Leben ist kurz. Warum sollte ich mich festlegen?«

Mein Herz hämmerte. Er hatte Audrey geküsst.

»Bist du sicher, dass es in Wahrheit nicht um was anderes geht?«, fragte Gregor.

»Zum Beispiel?«

»Um dich und mich?« Er machte einen Schritt auf mich zu, und ich wich zurück, bis ich beinahe über Jenna stolperte. »Ich weiß, dass du mich magst, Keiko.«

Ich stotterte, brachte keinen zusammenhängenden Satz hervor.

»Hinreißend«, sagte er. »Aber so süß ich dich auch finde, du bist mir zu unreif.«

Ich blinzelte ihn an.

»Schade, wirklich.« Gregor beugte sich zu mir vor. »Ich habe noch nie ein asiatisches Mädchen geküsst.«

»Was?« Die Hitze, die mir ins Gesicht stieg, hatte diesmal nichts mit Verlegenheit zu tun.

Er zuckte mit den Schultern. »Ich war bisher nur mit weißen Mädchen zusammen, aber ich probiere gern mal was Exotisches. Asiatinnen sollen heiß sein.«

Ich traute meinen Ohren nicht. Hatte er das gerade wirklich gesagt?

»In meiner alten Schule waren zwei asiatische Mädchen, die nicht mal Englisch konnten. Ich meine, ihr seid in unserem Land, also lernt gefälligst die Sprache! Du hast wenigstens nicht so 'nen komischen Akzent. Aber du bist ja auch nur Halb-Asiatin. Zählt das überhaupt? Egal. Für mich zählt es.« Gregor lachte.

Oh. Mein. Gott. Mir dröhnte der Kopf, als würde er jeden Moment platzen. Ich war so wütend, dass ich nicht mehr klar denken konnte. »Du bist ein widerlicher Rassist!«, fauchte ich ihn an.

»Ich habe gerade gesagt, dass ich ein Date mit dir möchte, wie kann ich da ein Rassist sein? Also, ich meine, ich würde ja mit dir gehen, wenn du nicht so ein Baby wärst. Es ist doch definitiv das Gegenteil von rassistisch, wenn ich ein Date mit einer Asiatin will, oder?«

»Du bist unsensibel und brutal, du arroganter Idiot! Du willst ein Date mit mir, nur weil ich asiatische Wurzeln habe. Wenn das nicht rassistisch ist, weiß ich auch nicht. Werd *du* erst mal erwachsen«, brüllte ich.

»Ein Glück, dass ich mich nicht mit dir eingelassen habe«, sagte Gregor. »Solche Dramaqueens brauche ich nicht.«

»Also in diesem Punkt kann ich dir nur zustimmen«, zischte ich. »Ein Glück, dass wir uns nicht aufeinander eingelassen haben.«

Gregor lächelte weiter, aber es war kein warmes Lächeln.

Ich packte Jenna am Arm. »Komm«, sagte ich. »Audrey kann froh sein, dass sie ihn los ist.«

»*Ich* hab mit *ihr* Schluss gemacht!«, rief Gregor hinter uns her.

Ich ging so schnell, dass Jenna rennen musste, um mich einzuholen.

»Das. War. Super!«, keuchte sie.

Ich ging langsamer und schaute sie an. Sie grinste von einem Ohr zum anderen. »Was soll daran super gewesen sein?«

»Na du!«, sagte Jenna lachend. »Du warst super!«

»Nein, war ich nicht. Ich habe die Beherrschung verloren und herumgebrüllt.«

»Genau. Du hast die Beherrschung verloren. Herzlichen Glückwunsch. Anscheinend bist du doch keine Heilige.«

»Ich kann es nicht fassen, was er für dummes Zeug von sich gegeben hat. ›Halb-Asiatin – zählt das?‹ So ein Blödmann!«

»Du bist die Größte, Keiko.« Jenna stieß ihre Schulter gegen meine.

»Danke«, sagte ich, nicht sehr überzeugt.

»Im Ernst«, beharrte Jenna. »Ich bin stolz auf dich.«

Es war ein gutes Gefühl, dass ich ihm die Meinung gesagt hatte, auch wenn ich dabei übers Ziel hinausgeschossen war. Ich war ziemlich stolz, und das war neu für mich. Aber es gefiel mir! Es gab mir genug Selbstvertrauen, dass ich mich stark genug fühlte, den nächsten Schritt zu machen.

»Ich habe Audrey geschrieben, dass sie zu mir nach Hause kommen soll«, sagte ich. »Bist du auch dabei?«

Jennas Lächeln erlosch. »Und was willst du ihr sagen?«

»Ich will, dass wir uns versöhnen. Dass wir wieder beste Freundinnen sind, so wie früher.«

»Ich glaube nicht, dass es wieder so sein wird wie früher«, sagte Jenna. »Ich halte dich nicht davon ab, Keiko, aber ich bin nicht bereit, ihr zu verzeihen. Sie muss sich erst entschuldigen.«

»Das ist es doch gerade, Jenna. Wie soll sie sich entschuldigen, wenn du ihr keine Chance dazu gibst?«

Jenna schüttelte den Kopf. »Was heißt hier ›keine Chance geben‹? Sie weiß, wo sie uns findet.«

»Heißt das, du kommst nicht mit?« Ich konnte es nicht glauben.

»Also pass auf, Keiko. Wenn es Audrey wirklich leidtut, was sie dir angetan hat, und wenn sie sich bei dir entschuldigt, spreche ich vielleicht mit ihr.« Jenna zuckte mit den Schultern.

Als wir uns an der Ecke trennten, hielt ich einen Augenblick inne und schaute ihr nach. Ihr violettes Haar schimmerte im Sonnenlicht. Sie drehte sich um und winkte mir zu, und ich winkte zurück, obwohl mein Magen zu schlingern anfing. Das fühlte sich alles so falsch an.

Aber ich würde es in Ordnung bringen. Ich musste mich nur mit Audrey aussöhnen. Und Audrey dann mit Jenna.

Dann wäre alles wieder gut.

28

Als ich nach Hause kam, begrüßte mich Yuki an der Tür. Ich bückte mich, um sie hochzunehmen. Macy saß in der Küche und machte Hausaufgaben.

»Danke, dass du Yuki rausgelassen hast«, sagte ich.

»Kein Problem.« Macy lehnte sich zurück. »Ach ja, Conner war da.«

»Oh nein! Das hab ich ganz vergessen. Ich sollte die Hunde in den Park zu seinem Spiel bringen. War er sauer?«

»Ich glaub nicht.« Macy stand auf. »Ich gehe zu Claire. Sie hilft mir, meinen Text zu lernen. Zum Abendessen bin ich zurück.«

Ich stellte keine neugierigen Fragen. Mom hatte mir gesagt, dass ich loslassen sollte, dass ich nicht für alles und jeden verantwortlich sei. Es war schwer, aber ich versuchte es.

Sobald Macy verschwunden war, nahm ich mein Telefon und schickte Conner eine Entschuldigung, dass ich ihn versetzt hatte. Ich wartete ein paar Minuten, aber er antwortete nicht, wahrscheinlich weil er mit den anderen Jungs draußen war. Es war nur ein verpasster Nachmittag gewesen, aber ich vermisste ihn bereits.

Als es an die Tür klopfte, bekam ich Herzflattern. Ich

war hin- und hergerissen, wusste nicht, wen ich lieber gesehen hätte, Conner oder Audrey. Beide zusammen konnten es nicht sein. Würde Audrey tatsächlich kommen?

»Komm rein!«, rief ich und hielt den Atem an.

Audrey stand in der Tür, und ich strahlte. Sie hatte meinen Text gelesen! Sie war gekommen! Es wurde auch Zeit – sie war so lange nicht mehr da gewesen. Mit Yuki im Arm stand ich auf und wartete ab.

Audrey zögerte. »Du hast einen Hund bekommen?«, fragte sie, ohne eine Miene zu verziehen.

Ich nickte und fragte mich, ob sie Yuki genauso schlecht behandeln würde wie Lumpy. Wenn ja, wusste ich jetzt schon, für wen ich mich entscheiden würde, falls sie mich vor die Wahl stellte: *Entweder ich oder dein Hund.*

Audrey kam langsam ins Zimmer und setzte sich auf die äußerste Kante von Dads Lehnsessel, als würde sie jeden Moment die Flucht ergreifen.

»Sie heißt Yuki. Und sie kann sehr scheu sein«, sagte ich. »Also mach keine abrupten Bewegungen. Sie muss dich erst beschnüffeln.«

Ich setzte Yuki ab, und sie ging langsam zu Audreys Füßen. Sie war schon viel zutraulicher gegenüber Fremden. Yuki beschnupperte Audrey und wedelte mit dem Schwanz.

Audrey streckte die Hand aus, um Yukis Kopf zu kraulen, aber Yuki wich zurück und bellte. Audrey zuckte zurück wie von der Tarantel gestochen. Flüchtig schoss mir der Gedanke durch den Kopf, dass Audrey ihren Spaß an dieser Floskel gehabt hätte, aber jetzt war nicht der Moment dafür. »Hast du Angst vor Hunden?«, fragte ich und nahm Yuki auf den Arm.

Sie funkelte mich an. »Dass du das auch schon merkst!«

Ich setzte mich und hielt Yuki auf dem Schoß. »Ich dachte, du hasst Lumpy wegen Conner.«

Audrey zupfte an ihrem T-Shirt.

»Warum hast du denn nichts gesagt?«

»Conner hätte es nur gegen mich verwendet. Wahrscheinlich hätte er Lumpy darauf dressiert, mich absichtlich zu erschrecken.«

»Das hätte er nicht gemacht.«

»Wie auch immer. Das ist lange her«, sagte Audrey. »Er behandelt mich wie Dreck.«

»Vielleicht könnt ihr endlich das Kriegsbeil begraben«, sagte ich. »Ich meine, wenn du dich entschuldigst und ihm erklärst, warum du so gemein zu Lumpy warst.«

»Ja, genau. Und dann entschuldigt er sich bei mir, dass er so bescheuert war. Und am Ende geben wir uns die Hand, und alles löst sich in Wohlgefallen auf.«

Yuki reagierte sehr empfindlich auf negative Schwingungen und zitterte in meinen Armen. Als ich sie herunterließ, stürzte sie wie ein geölter Blitz die Treppe hinauf zu meinem Zimmer.

Ich holte tief Luft, wie Audrey es mir gezeigt hatte, wenn ich mich zu sehr aufregte. So hatte ich mir unser

Wiedersehen nicht vorgestellt. »Gregor ist ein Idiot«, sagte ich.

Audreys wütendes Funkeln erlosch, stattdessen traten ihr die Tränen in die Augen. »Willst du mir das jetzt auch noch unter die Nase reiben?«, sagte sie mit zitternder Stimme.

»Nein, natürlich nicht.« Ich setzte mich ihr gegenüber auf die Couch. »Ich habe ihm nach der Schule die Meinung gesagt.«

»Wirklich?«

»Ja«, sagte ich lächelnd. »Jenna ist auch mitgekommen. Wir lassen nicht zu, dass er unsere beste Freundin verletzt!«

»Meinst du das ernst?« Audrey wischte sich die Tränen aus den Augen.

»Ohne ihn bist du besser dran«, sagte ich und reichte ihr die Box mit den Papiertüchern vom Couchtisch. Sie nahm eine Handvoll und wischte sich das Gesicht ab.

»Ich weiß, aber es tut trotzdem weh.« Audrey schniefte und spielte mit ihren tränenfeuchten Papiertüchern. Ich musste an die missglückte Übernachtungsparty in ihrem Haus denken. Damals hatte sie auch geweint. Audrey hatte eine Menge durchgemacht, seit die Schule wieder angefangen hatte.

»Vielleicht können wir noch mal neu anfangen«, sagte ich. »Du, ich und Jenna.«

»Vielleicht.«

Das gab mir Hoffnung. »Wir sind schon so lange befreundet, Audrey. Und Jenna ist nicht mit Elliot zusammen, um dir wehzutun, genauso wenig, wie du dich mit Gregor eingelassen hast, um mich zu kränken. Wir dürfen uns nicht von Jungs auseinanderbringen lassen.«

»Ist das dein Ernst?« Audrey sah mich an.

»Ja, natürlich. Unsere Freundschaft ist das Wichtigste von allem.«

»Dann vergiss Conner«, sagte Audrey. »Lass uns das zwischen uns wieder in Ordnung bringen. Und das geht nicht, solange du mit meinem widerlichen Bruder herumhängst.«

»Audrey«, sagte ich.

»Du hast doch gerade gesagt, dass wir uns nicht von Jungs auseinanderbringen lassen dürfen«, antwortete Audrey. »Ich habe dich vermisst, Keiko. Wir brauchen einander. Jungs kommen und gehen, aber beste Freundinnen, das ist für immer.«

In meinem Kopf herrschte Chaos. Ich hatte Conner gesagt, dass ich mit ihnen beiden befreundet sein konnte. Ich wollte ihn nicht wegen Audrey aufgeben, aber ich wollte Audrey zurückhaben.

Plötzlich brach sie zusammen. Sie legte ihren Kopf in die Hände, und ihre Schultern bebten.

»Audrey!« Ich sprang auf und stürzte zu ihr, quetschte mich neben sie in Dads Lehnstuhl und schlang einen Arm um sie.

Sie schluchzte und schniefte, riss noch mehr Papiertücher aus der Box.

»Gott, es tut so weh.« Audrey schaukelte vor und zurück, Tränen strömten ihr übers Gesicht. »Ich mochte Gregor wirklich, verstehst du?«

»Es tut mir leid, dass er dir wehgetan hat, aber ich bin froh, dass er weg ist. Du hast was Besseres verdient.«

Audrey tupfte sich die Augen ab. »Ich habe mir geschworen, dass ich nicht losheule.« Sie machte noch drei tiefe Yoga-Atemzüge. »Unsere Freundschaft ist das Wichtigste von allem. Schau nur, was Gregor uns angetan hat. Das sollte uns eine Lehre sein.«

Ich nickte vorsichtig, weil ich nicht wusste, worauf sie hinauswollte, und huschte auf die Couch zurück.

»Ich will wirklich, dass wir das zwischen uns wieder in Ordnung bringen. Ich meine, Jenna und Elliot gehen zum Ball. Sie sind ein Paar. Gut. Aber du und Conner, ihr seid doch nicht in einer richtigen Beziehung. Ich weiß, dass er dich nur gegen mich ausspielen will.«

»Nein, Audrey, das tut er nicht. Wir sind Freunde. Und wir gehen mit Jenna und Elliot zum Ball.«

Audrey starrte mich ungläubig an. »Du gehst zum Ball? Mit meinem Bruder?«

Ich merkte, wie meine Hände sich ineinander verkrampften, und zwang mich, meinen Griff zu lockern.

»Also ehrlich«, sagte Audrey und schleuderte ihre Haare über die Schulter. »Du kannst doch nicht deinen ersten Ball mit einem bloßen Freund verschwenden. Warte, bis du ein richtiges Date hast.«

Ein richtiges Date. Ich mochte Conner. Ich mochte ihn mehr, als ich es je für möglich gehalten hätte. Ich war gern mit ihm zusammen. Wir hatten Spaß miteinander. Aber waren wir mehr als Freunde? Wahrscheinlich nicht.

Audrey wischte sich ihr Gesicht mit einem Papiertuch ab. »Geh nicht, Keiko. Es würde mich umbringen, ganz allein zu Hause zu sitzen, während du und Jenna auf dem Ball seid.«

Ich lehnte mich auf der Couch zurück. Audrey hielt ihr nasses Papiertuch an ihr Gesicht und wartete auf eine Antwort. Ihre Augen waren rot und geschwollen, sie sah wirklich so aus, als würde ihr das Herz brechen.

Freundschaft bedeutete, Opfer zu bringen und Kompromisse zu schließen. Vielleicht wäre es ja okay für Conner, wenn wir nicht zum Ball gingen. Audrey hatte nicht verlangt, dass ich nicht mehr mit ihm sprechen oder mit ihm befreundet sein durfte. Sie wollte nur, dass wir nicht zum Herbstball gingen. Diesen Gefallen konnte ich ihr tun. »Ja, gut«, sagte ich schweren Herzens. »Wozu hat man Freunde?«

Audrey warf sich auf mich und umarmte mich stürmisch. Ich umarmte sie zurück. Aber komisch: Ich hätte doch glücklich sein müssen, dass ich meine beste Freundin wiederhatte, und stattdessen wäre ich am liebsten die Treppe hinaufgerannt, um bei Yuki zu sein.

29

Am nächsten Tag saß ich in der Mittagspause zum ersten Mal seit einer Ewigkeit wieder mit Audrey zusammen. Während sie mir das Outfit beschrieb, das sie am Wochenende in der Mall kaufen wollte, dachte ich an die Jungs. Was sie wohl gerade machten? Ich schrieb Conner, dass ich mich mit Audrey versöhnt hatte, aber er ignorierte mich weiter. Ich musste ihm beweisen, dass ich mit ihm *und* Audrey befreundet sein konnte.

Nach der Schule ging ich zu meinem Schließfach, aber Conner war nicht da. Ich wartete fünf lange Minuten, obwohl ich wusste, dass er nicht kommen würde. Er war sonst immer als Erster da und wartete auf mich. Ich schnappte meinen Rucksack, ohne auch nur meine Bücher reinzustopfen, und stürzte zu seinem Schließfach. Der Stapel, den ich im Arm hielt, drückte schwer gegen meine Brust.

Wich Conner mir absichtlich aus? Ich checkte mein Telefon, ob er geantwortet hatte, aber es waren nur alte Nachrichten da. Warum machte er das? Er wusste doch, dass ich wieder mit Audrey befreundet sein wollte. Und jetzt, wo wir endlich wieder zusammen waren, ignorierte er mich. Audrey! Ich hatte ihr versprochen, nicht mit

Conner zum Ball zu gehen. Ich wurde langsamer, hatte es plötzlich nicht mehr so eilig, ihn zu finden. Meine Schritte waren bleischwer, genau wie mein Herz. Warum musste immer alles so hart sein?

Als ich zu Conners Schließfach kam, standen die Jungs zu dritt zusammen und drehten sich nach mir um. Conners Gesicht war finster.

»Hey«, sagte ich im Näherkommen. »Tut mir leid, dass ich die Mittagspause verpasst habe.«

»Und unser Spiel«, sagte Conner.

»Richtig, und euer Spiel.«

»Willst du nicht wissen, wer gewonnen hat?«, fragte Conner.

Doug und Teddy wippten auf den Füßen, als wären sie am liebsten auf und davon gerannt. Mir ging es irgendwie ähnlich.

»Doch, klar. Also, wer hat gewonnen?« Ich stellte meinen Rucksack auf den Boden, immer noch die Bücher im Arm. Conner gab keine Antwort. »Conner«, sagte ich. »Sei doch nicht sauer wegen Audrey. Du weißt doch, dass ich mich mit ihr versöhnen wollte.«

Conner zog seine linke Augenbraue hoch. Etwas, das er nur machte, wenn er sich ärgerte.

Das Schweigen hallte mir in den Ohren. Ich überspielte die Situation, indem ich meine Bücher in den Rucksack stopfte. Alles war besser, als einfach nur dazustehen. Ich fummelte so ungeschickt an den Büchern herum, dass mir eins auf die Zehe fiel. Ich fluchte laut, was ich sonst nie machte.

Conner ging in die Hocke, hob das Buch auf und gab es mir.

»Danke.« Ich wollte es in meinen Rucksack schieben, aber es passte nicht rein. Ich fluchte wieder.

»Keiko«, sagte Conner. »Jetzt beruhige dich mal.«

Wie sollte ich mich beruhigen, wenn er so komisch war? Er griff herüber und nahm mir das Buch aus der Hand.

»Hier, nimm einfach alles wieder raus, dann kannst du es besser unterbringen«, sagte Conner so geduldig, als ob er mit einem extrem scheuen Streuner redete.

Ich drehte meinen Rucksack um und kippte alles auf den Boden. Ein Zettel flatterte heraus, verfing sich im Wind und segelte über den Weg. Teddy jagte ihm nach und wollte ihn mir zurückgeben, aber ich war damit beschäftigt, meine Bücher in den Rucksack zurückzustopfen. Conner nahm den Zettel an meiner Stelle.

»Okay, wir sind dann weg.« Abrupt stand er auf und drückte ihn mir in die Hand. »Verlier das nicht. Scheint wichtig zu sein.«

Ich schaute auf den Zettel. Es war Gregors dumme Nachricht aus der Mathestunde: *Lass Conner sausen und geh mit mir* – G. Warum hatte ich den Zettel nur behalten?

Ich packte meine Sachen und rannte hinter den Jungs her.

»Conner! Warte!«

Er ging weiter, aber Doug und Teddy blieben stehen. Ich schoss an ihnen vorbei. Gut so. Ich brauchte kein Publikum, wenn ich Conner gleich alles erklärte.

Direkt vor dem Schultor holte ich ihn ein. »Warte doch mal«, keuchte ich. »Ich will mit dir reden.«

Conner sah mich nicht an, aber zumindest ging er jetzt langsam genug, dass ich mit ihm Schritt halten konnte. Ich überlegte angestrengt, was ich ihm sagen sollte, während ich noch nach Atem rang.

»Gut«, sagte Conner. »Bringen wir es einfach hinter uns. Ich mach's dir leicht. Du willst Schluss machen, oder?«

Ich stolperte beinahe über meine Füße. Was? Schluss machen? Wir waren doch gar nicht zusammen? »Wovon redest du?«

Conner blieb stehen und schaute mich an, als hätte ich den Verstand verloren. »Na, von Gregors Zettel.«

»Das ist nicht so, wie du denkst.«

»Und woher weißt du, was ich denke?«

»Du bist sauer auf mich, du ignorierst mich. Ich dachte zuerst, es ist wegen Audrey – weil ich mich mit ihr versöhnt habe, aber …«

»Ja, das auch«, unterbrach mich Conner. »Kaum seid ihr wieder zusammen, lässt du mich schon fallen.«

»Ach, hör auf. Als ob ich zwischen euch wählen müsste!«

»Du hast recht, das geht gar nicht. Aber Audrey zwingt einen dazu«, sagte er. »Und wenn du wählen musst, entscheidest du dich immer für sie.«

»Was soll ich denn machen? Audrey und ich sind seit einer Ewigkeit befreundet. Aber ich will mit euch beiden befreundet sein. Warum soll ich Schluss mit dir machen? Ich meine, das hört sich ja so an, als wären wir zusammen. Aber ich kann nicht mit dir zum Herbstball gehen.«

Ich sprudelte die Worte in einem Atemzug hervor, um es möglichst schnell hinter mich zu bringen.

»Oh. Ich verstehe.« Conner ging wieder los, diesmal fast im Laufschritt. Ich musste rennen, um neben ihm zu bleiben. Ich packte ihn am Arm, aber er riss sich aus meinem Griff los.

»Conner! Warte doch! Sei nicht sauer auf mich!«, rief ich hinter ihm her, während er mich immer mehr abhängte.

Zwei Häuser weiter blieb er endlich stehen und drehte sich zu mir um.

»Du kannst nicht alles haben, Keks!« Er knallte mir meinen Spitznamen förmlich ins Gesicht. »Du kannst nicht mit mir zusammen sein, wenn du dich von Gregor zum Ball einladen lässt. Ich habe gesehen, wie ihr nach der Schule zusammengestanden habt.«

»Conner, nein!« Mein Magen schlingerte. Das lief überhaupt nicht so, wie ich wollte.

Er schüttelte den Kopf, eher traurig als wütend. »Wenn du das willst, warum hast du es mir nicht gesagt? Du kannst doch ehrlich zu mir sein.«

»Aber das stimmt nicht, Conner. Ich kann Gregor überhaupt nicht leiden.«

»Ach ja? Und warum willst du dann nicht mehr mit mir zum Herbstball gehen?«

Ich ging einen Schritt auf ihn zu, und er wich sofort zurück. Also blieb ich stehen. Aber Conner ging rückwärts weiter, als könne er gar nicht schnell genug von mir wegkommen.

»Wegen Audrey!«, schrie ich.

»Na toll!«, sagte Conner kalt. »Du hast gesagt, du kannst mit uns beiden befreundet sein, aber das war offensichtlich ein Irrtum. Und du entscheidest dich jedes Mal wieder für Audrey, obwohl sie dich wie Dreck behandelt. Wenn es das ist, was du wirklich willst, bitte! Ich möchte nur, dass du glücklich bist. Du nicht?«

Es brach mir fast das Herz, als er um die Ecke bog und verschwand, und ich schlang verzweifelt die Arme um mich. Wieder einmal hatte ich mir eingeredet, ich hätte bekommen, was ich wollte, obwohl ich etwas Entscheidendes dabei verloren hatte. Conners Frage verlangte nach einer Antwort. Wollte ich denn nicht glücklich sein?

Ich wusste nur, dass sich etwas ändern musste. Und vielleicht war ich das selbst.

30

Als ich nach Hause kam, begrüßte Yuki mich so begeistert, dass ich trotz allem lächeln musste. Ich klickte die Leine in ihrem Halsband ein und ging mit ihr wieder nach draußen. Mein Schatten dehnte sich über dem braun werdenden Rasen aus, und Schatten Yuki trottete voraus.

Verzweiflung machte sich in mir breit. Ich ging schneller, meine Füße folgten dem Rhythmus meiner wirbelnden Gedanken. Wie konnte Conner mir vorwerfen, dass ich mit Gregor zum Herbstball gehen wollte? Aber klar, er hatte mich ja nur nach der Schule mit Gregor zusammen gesehen. Und Gregors Zettel gelesen. Und ich hatte ihm gesagt, dass ich nicht mehr mit ihm zum Ball gehen wollte.

»*Oh nein!*«, schrie ich zum Himmel hinauf.

Yuki blieb stehen und sah mich an, die Ohren zurückgelegt und ihren kleinen Stummelschwanz zwischen die Beine geklemmt.

»Tut mir leid.« Ich nahm sie hoch, und sie schnoberte an meinem Hals. Ich drückte sie an mich. »Ich mache alles kaputt, Yuki.«

Meine Gedanken wirbelten im Kreis herum, dann erstarrten sie, und ich konnte mich auf nichts konzentrieren, als ich Yuki wieder absetzte und weiterging. Oder nein, ganz so war es nicht. Ich dachte an Conner, aber ich war so durcheinander. Warum traf es mich so hart, dass er sauer auf mich war? Wir würden doch einfach nur in den früheren Zustand zurückfallen – bevor ich angefangen hatte, mit Conner rumzuziehen, und als Audrey noch meine beste Freundin gewesen war.

Ich hatte mich mit Audrey ausgesöhnt. Darauf hatte ich die ganze Zeit hingearbeitet. Bald konnten wir wieder miteinander herumhängen und shoppen gehen, so wie immer. Aber im Moment fielen mir nur die Dinge ein, die ich vermissen würde. Mittagspause mit Conner, Basketball spielen, mit den Hunden Gassi gehen, über seine dummen Witze lachen. Sein warmes Lächeln, sein Wuschelhaar. Ach, und den Filmabend bei Doug. Diesmal wäre ich an der Reihe gewesen, den Film auszusuchen. Aber ich wurde garantiert nicht mehr eingeladen.

Yuki japste und zerrte so heftig an der Leine, dass ich aus meinen Gedanken hochschreckte. Ich war unversehens im Park gelandet. In der Ferne ertönte der vertraute Rhythmus eines gedribbelten Basketballs – so, als riefe er mich.

Dann stieß Conner einen Triumphschrei aus – offenbar hatte er den Ball im Korb versenkt. Seine Stimme hallte in meinem Kopf wider. Mir stockte der Atem, als wäre ich von einer hohen Klippe gesprungen, und mein Herz krachte wild gegen meine Rippen.

Oh mein Gott. Ich *mochte* Conner. Also so *richtig*. Der Gedanke erfüllte mich mit Angst und Freude. Hauptsächlich Freude. Glaubte ich jedenfalls.

Ich vermisste ihn jetzt schon schrecklich. Ich wollte auch in Zukunft jeden Tag mit ihm zusammen sein. Und egal, was ich für ihn fühlte, eins wusste ich hundertprozentig: Er war ein guter Freund gewesen.

Ohne Conner hätte ich Yuki nicht bekommen. Und Conner hatte meine Liebe zu Schnee bemerkt. Ich dachte an den Anruf, als ich von Grandpa erzählt hatte. Er hatte mich kein einziges Mal unterbrochen oder das Thema gewechselt oder von sich selbst geredet.

Sogar mitten in unserem Streit hatte er gesagt: Ich möchte, dass du glücklich bist. Er nahm sich zurück, damit ich mit Audrey befreundet sein konnte. Mir zuliebe. Weil er verstanden hatte, dass ich unfähig war, für mein eigenes Glück zu kämpfen. Warum? Was hinderte mich daran? Plötzlich fiel es mir wie Schuppen von den Augen. Der Grund, warum ich es immer allen recht machen wollte, war ganz einfach: Ich hatte Angst, dass ich sonst nicht geliebt wurde. Wenn ich mich um alles kümmerte, war ich wichtig. Wurde gebraucht. Aber Mom hatte gesagt, dass ich loslassen müsse. Es sei nicht mein Job. Und im tiefsten Inneren wusste ich, dass sie recht hatte. Mom, Dad, Macy – sie liebten mich auch so. Ich musste nicht immer etwas für sie tun. Ich konnte einfach nur ich selbst sein. Und bei meinen Freunden hätte es genauso sein müssen.

Die Vorstellung, mit Audrey darüber zu sprechen, machte mir Angst. Andererseits konnte ich ihr auch nicht vorwerfen, dass sie auf meinen Gefühlen herumtrampelte, wenn ich ihr gar nicht zeigte, was ich fühlte. Falls Audrey wirklich etwas an mir lag, musste sie wollen, dass ich glücklich war.

Ich rannte praktisch nach Hause, und Yuki flitzte hinter mir her, mit hängender Zunge, den Schwanz nach oben. Ich platzte auf einmal fast vor Freude und Zuversicht, dass ich endlich doch noch bekommen würde, was ich mir wünschte. Ich musste nur den Mund aufmachen!

31

Ich setzte Yuki zu Hause ab und schrieb Audrey, dass ich zu ihr kommen würde.

»Hi!«, quiekte Audrey fünfzehn Minuten später, während sie mich zur Tür hereinzerrte. »Wir haben das ganze Haus für uns allein.«

Ich folgte ihr ins Wohnzimmer, wo sie sich auf die Couch setzte und eine von zahlreichen Einkaufstüten auf dem Boden durchwühlte. Sie war offensichtlich shoppen gewesen.

»Und?«, fing sie an. »Hast du mit ihm geredet?« Ihre Stimme bebte förmlich vor Erwartung.

Ich wusste natürlich, dass sie Conner meinte. Sie wollte hören, ob ich ihm schon gesagt hatte, dass ich nicht mit ihm zum Ball gehen würde. Ich hatte kein Problem darin gesehen – Conner war normalerweise ziemlich locker –, deshalb hatte mich seine Reaktion komplett überrumpelt. Und jetzt Audrey … Es würde noch zehnmal härter werden, ihr klarzumachen, dass ich mit ihnen beiden befreundet sein wollte.

Ich spielte auf Zeit, ging zu den Regalen hinüber und betrachtete die gerahmten Familienfotos. Etwas war anders. Ein neues kleines Bild im ovalen Messingrahmen stand auf einer Seite von Conners Regal. Ich beugte mich vor, um es genauer zu studieren. Es war ein Foto von mir. Mit angehaltenem Atem nahm ich es hoch.

»Er hat es vor ein paar Wochen aus dem Familienalbum herausgerissen«, sagte Audrey mürrisch. »Mom hat ihn angebrüllt, weil da jetzt eine leere Stelle auf der Seite ist.«

Das Foto war von dem Sommer, als Mr und Mrs Lassiter eine wichtige Lieferung für einen Promi-Kunden in Santa Monica hatten. Sie verrieten uns nicht, was es war, aber das Haus war riesig, hinter Steinmauern verborgen und mit einem Eisentor davor. Audrey und ich mussten im Auto sitzen bleiben und gibberten darauf, dass vielleicht ein Promi an die Tür kam, aber das passierte nicht. Hinterher fuhren Audreys Eltern mit uns zum Hafen, wo wir uns mit Spielen vergnügten und essen gingen.

Das Foto, das Conner gerahmt hatte, hatte Mr Lassiter heimlich von mir gemacht, als ich am Pier stand und auf den Ozean schaute. Meine Haare waren zu einem Pferdeschwanz zusammengebunden, aber ein paar Strähnen hatten sich im Wind gelöst und flatterten mir über die Wange. Es war mein absolutes Lieblingsbild, aber ich war zu schüchtern gewesen, Mr Lassiter um einen Abzug zu bitten.

Ich stellte das Foto ins Regal zurück. Es war ein Wunder, dass Conner es noch nicht zum Fenster hinausgeschmissen hatte.

»Hast du dich jetzt lange genug angestarrt?«, fauchte Audrey mich an.

»Warum bist du so gegen mich und Conner?«

»Du weißt doch genau, wie ich zu ihm stehe!« Audrey zog einen pinkfarbenen Pulli aus einer ihrer Tüten und strich ihn auf ihrem Schoß glatt.

»Das ist eine Sache zwischen dir und ihm. Und er hat dir nichts getan, was du ihm nicht mit gleicher Münze zurückgezahlt hast.«

Audrey zog einen Schmollmund und faltete den Pulli wieder zusammen. »Ist doch egal«, sagte sie. »Du brauchst ihn nicht. Du hast jetzt wieder mich. Wir fangen ganz von vorne an.«

Aber Audrey irrte sich. Ich brauchte Conner. Er war der Einzige, mit dem ich über Grandpa und Yuki und solche Dinge reden konnte. Er verstand mich. Und bei Audrey war ich mir da nicht mehr so sicher. War ich ihr überhaupt wichtig?

Wann hatte Audrey das letzte Mal etwas Nettes für mich gemacht? Ich hielt inne. Und ich? Wann hatte ich etwas für Conner gemacht? Mir sank der Mut, als mir klar wurde, dass ich ihn die ganze Zeit für selbstverständlich genommen hatte. Er war für mich da, und nur das zählte. Ich dagegen war nie für ihn da gewesen. Ich schämte mich zutiefst. So gesehen war ich nicht besser als Audrey.

Sie schnaubte, und mir wurde bewusst, dass ich ihr nicht geantwortet hatte. Das Schweigen zwischen uns hatte sich so lange ausgedehnt, dass ich mich nicht mehr erinnerte, was sie mich gefragt hatte.

Audrey packte den Pulli auf ihrem Schoß. »Du bist nicht mit Conner befreundet. Sondern mit mir.«

»Ich will aber mit euch beiden befreundet sein.«

Audrey warf ihren Pulli in die Tüte zurück. Das Papier raschelte laut, und ich zuckte zusammen.

Ich holte tief Luft. »Audrey, die Dinge zwischen uns müssen sich ändern. Conner war die ganze Zeit ein sehr guter Freund für mich.«

»Wenn du dich da mal nicht täuschst«, murmelte Audrey vor sich hin, aber laut genug, dass ich es hören konnte.

»Ich will, dass wir neu anfangen. Und das machen wir auch. Es muss nicht schlechter sein als vorher, nur weil es anders ist.«

»Wovon genau redest du?« Audrey starrte mich mit schmalen Augen an.

»Davon, dass ich mit dir *und* Conner befreundet sein will. So wird das jetzt sein.«

»Ist das ein Befehl?«, feixte Audrey.

Ich schüttelte den Kopf. »Nein. Du hast die Wahl. Du hast immer eine Wahl.«

Audrey blinzelte, als sähe sie mich zum ersten Mal. Und vielleicht war es auch so. Vielleicht konnte sie endlich sehen, wie wichtig mir das war.

»Du hast recht«, sagte sie. »Wir haben immer eine Wahl. Wir beide sind seit einer Ewigkeit beste Freundinnen. Wir haben eine Geschichte. Mit Conner hast du nichts, außer das, was du in den letzten paar Wochen mit diesem Spinner gemacht hast.«

Mir sank der Mut. Audrey blieb stur. Und sie würde sich nie umstimmen lassen. »Du meinst also, ich muss mich für einen von euch beiden entscheiden?«

»Ich meine, du musst *mich* wählen!«

Ich drehte mich zu meinem Foto in Conners Regal um. Alle meine wahrhaft glücklichen Momente in den letzten paar Wochen hatte ich mit ihm erlebt. Und wenn ich noch weiter zurückging, in die Zeit vor den Beschimpfungen, musste ich zugeben, dass Conner und ich uns immer gut verstanden hatten.

Wie konnte ich also Audrey wählen?

Und nicht Conner?

Die Entscheidung war klar, was aber nicht bedeutete, dass sie mir leichtfiel. Und es würde Konsequenzen haben.

»Oh, Audrey«, sagte ich leise und schaute sie an. »Ich kann das nicht mehr – etwas machen, nur damit du glücklich bist. Ich meine, natürlich will ich, dass du glücklich bist, aber nicht, wenn es mich unglücklich macht.«

»Was soll das heißen?« Audrey stand auf.

»Weißt du noch, wie du mir am Anfang des Sommers gesagt hast, ich soll mein Glück beim Schopf packen?«

Audrey verschränkte ihre Arme.

»Ich will mit dir befreundet bleiben, aber ich will auch mit Conner zusammen sein.«

»Du bist richtig dumm«, sagte Audrey. »Du tust immer so, als wären dir alle anderen wichtiger als du, aber in Wahrheit denkst du nur an dich selbst.«

Genau!

»Ich muss Conner suchen«, sagte ich. »Ich muss mich bei ihm entschuldigen.«

»Bei Conner entschuldigen?«, kreischte Audrey. »Und was ist mit mir?«

»Tut mir leid, Audrey, wirklich.« Ich ging zur Tür, und Audrey kam hinter mir her.

»Willst du wirklich unsere Freundschaft wegwerfen? Wegen Conner?«

Ich griff nach der Türklinke. »Ich habe nie unsere Freundschaft weggeworfen.« Das war die Wahrheit. »Ich mag Conner. Er bringt mich zum Lachen, und ich bin glücklich mit ihm.« Es war ein gutes Gefühl, diese Wahrheit laut auszusprechen und dazu zu stehen. »Ich kann nicht alles in Ordnung bringen. Ich kann nicht jeden glücklich machen. Das ist nicht mein Job.«

»Du bist auch verdammt schlecht darin.« Audreys Stimme klang brüchig. »Wenn du jetzt durch diese Tür gehst, war's das. Dann sind wir fertig miteinander. Und wenn du mit Conner zum Ball gehst, können wir beide nicht mehr befreundet sein. Aber irgendwann wirst du es bereuen, weil du mich nämlich brauchst. Und wenn du jetzt gehst, werde ich dir das nie verzeihen.«

»Können wir nicht einen Kompromiss schließen?«,

fragte ich, obwohl ich die Antwort bereits wusste. Keine Entschuldigungen mehr für Audrey. Nicht, dass ich froh darüber gewesen wäre oder dass ich nicht mehr mit ihr befreundet sein wollte, aber das war jetzt offensichtlich nicht mehr möglich. »Leb wohl, Audrey.«

32

Ich ging in den Park zurück, aber Conner und die anderen waren bereits weg, als ich zum Basketballplatz kam. Ich schaute auf meine Handyuhr. Conner war nicht nach Hause gekommen, also war er vermutlich bei Doug. Und ich wollte dieses Gespräch auf keinen Fall vor Zeugen führen.

Ich rief ihn an, wurde aber so schnell auf die Mailbox umgeleitet, dass er wohl meine Nummer gesehen und mich weggeklickt hatte. Ich starrte auf das Display. Konnte es ihm nicht wirklich übel nehmen. Er war natürlich noch sauer, aber ich wollte es nicht so lange hinausziehen.

Also gut, dann eben eine Textnachricht, sagte ich mir, während ich nach Hause ging. In Gedanken verfasste ich mindestens tausend, aber nichts fand Gnade vor meinen Augen. Ich hatte nur einen Versuch, das wusste ich. Conner würde meine Nachricht sowieso ignorieren, aber die erste Zeile musste sitzen, wenn sein Blick darauf fiel.

Ich stürzte die Treppe zu meinem Zimmer hinauf, mit Yuki im Schlepptau, die fröhlich hinter mir herhüpfte. Wir setzten uns auf mein Bett. Yuki schmiegte sich an mich, und das tröstete mich und machte mir Mut. Ich musste das unbedingt loswerden, bevor die Jungs ihren Film ansahen.

»Wird schon schiefgehen«, sagte ich zu Yuki.

Ich habe dich gewählt, Conner. Ich habe Audrey gesagt, dass du sauer auf mich bist und dass ich dir das nicht übel nehmen kann. Aber selbst wenn du nie wieder ein Wort mit mir redest, wähle ich trotzdem dich.

Mir schlug das Herz bis zum Hals. Oder vielleicht war es auch in meinen Magen gerutscht, weil mir so schlecht war, als müsste ich mich jeden Moment übergeben. Zehn Minuten lang starrte ich auf mein Display – die längsten zehn Minuten meines Lebens – und beschwor es, von »gesendet« auf »neue Nachricht« umzuschalten. Vielleicht hatte der Film bereits angefangen, und Conner achtete nicht auf sein Telefon. Oder er wollte wirklich nichts mehr mit mir zu tun haben. Der Gedanke war wie ein Weltuntergang für mich, und ich ließ verzweifelt meine Stirn auf meine Knie sinken.

»Was machst du da?«

Ich fuhr hoch, als Macy zur Tür hereinschaute, und schob schnell mein Handy in meine Tasche. »Nichts. Was ist?«

»Mom und Dad wollen *Boggle* spielen«, verkündete Macy strahlend.

»Jetzt gleich?« Ich war so auf mein Telefon konzentriert gewesen, dass ich sie gar nicht nach Hause kommen gehört hatte.

Macy nickte. »Sie bestellen Pizza zum Abendessen.«

Ich lächelte, war froh über die Ablenkung. Ich wollte nicht die ganze Zeit daran denken, dass Conner meine Nachricht ignorierte. Außerdem hatte ich die Spieleabende mit der ganzen Familie sehr vermisst. Ich nahm also Yuki auf den Arm und folgte Macy die Treppe hinunter.

Mom und Dad hatten das Spiel bereits auf dem Küchentisch aufgebaut. Ich glitt auf meinen Platz, während Macy eine Schüssel mit Chips auf den Tisch stellte und Mom mir eine Schokoladentafel von einer Marke reichte, die ich noch nicht kannte.

»Die hab ich im Laden gesehen und dachte, vielleicht willst du sie mal probieren«, sagte Mom.

»Danke!« Mir lief das Wasser im Mund zusammen. Ich konnte mich gar nicht daran erinnern, wann ich das letzte Mal Schokolade gegessen hatte – was komisch war. Ich wickelte sie auf und biss ein großes Stück ab, während Dad Notizblöcke und Bleistifte austeilte. Die Schokolade war bittersüß, aber ausbalanciert, und die Textur schön schmelzend. Vielleicht so wie unsere Familie jetzt, ausbalanciert und glatt.

Meine Gedanken wanderten zu Conner. Was für ein Schokoladentyp war er? Oder, wenn wir schon dabei waren, ich? Darüber hatte ich noch nie richtig nachgedacht.

Und plötzlich wusste ich es. Conner und ich waren wie meine selbst gemachte heiße Schokolade. Die Zutaten passten auf den ersten Blick nicht wirklich zusammen, aber dann doch irgendwie. Und nicht jeder mochte die Mischung. Sie war einzigartig und besonders, nur wenige fanden sie gut. Zu dumm, dass aus Conner und mir nie etwas werden würde.

»Das war aber ein tiefer Seufzer«, sagte Dad zu mir. »Wappnest du dich schon gegen die Niederlage?«

»Haha.« Ich schnappte mir einen Bleistift. »Also los.«

Mom deckte das *Boggle*-Raster mit den Buchstabenwürfeln auf, und wir kritzelten alle drauflos, nur das Kratzen der Bleistifte auf dem Papier war zu hören. Das erste Wort, das ich sah, war LIEBE, dann BALL, dann HUND. Ich blinzelte. Ich brauchte anspruchsvollere Wörter.

»Zeit!«, rief Macy, als drei Minuten um waren.

Wir spielten mehrere Runden, bis Mom mit fünfzig Punkten gewonnen hatte. Als es endlich Essenszeit war, bestellte Dad die Pizza, und ich deckte das Raster für eine allerletzte Runde auf, mit der wir uns die Wartezeit verkürzen wollten. Wir hatten gerade zu spielen angefangen, als es an der Tür läutete.

»Das ging aber flott«, sagte Dad.

»Na ja, letztes Mal hast du dich bei ihnen beschwert, dass sie so lange gebraucht haben«, erinnerte Mom ihn.

»Ich gehe«, sagte ich, »aber spielt nicht ohne mich weiter.«

Ich nahm das Geld vom Tisch und ging zur Tür. Es war aber nicht die Pizza.

Conner stand draußen. Mein Herz geriet ins Stolpern. Conner auf meiner Veranda! Sein kastanienbraunes Haar war zurückgekämmt. Er trug *Adidas*-Jogginghosen und ein graues Hoodie, das ich noch nie an ihm gesehen hatte.

Yuki sprang bellend an Conner hoch. Er kniete sich nieder, streichelte ihren Kopf und lächelte zu ihr hinunter. Hätte er mich doch nur auch so angelächelt!

»Was machst du denn hier?«, fragte ich in unverfänglichem Ton.

Er stand auf. »Können wir spazieren gehen?«

»Muss erst fragen«, sagte ich und wollte in die Küche zurück.

»Geh nur! Wir spielen ohne dich weiter!«, rief Mom heraus.

Gut, dass wir spazieren gingen, dann konnten sie mich wenigstens nicht länger belauschen. Ich schlüpfte in meine Schuhe. Conner hielt mir die Tür auf, als wir in den Abend hinaustraten.

»Also …«, fing er an. Wir entfernten uns von meinem Haus, schlenderten den Block hinunter.

»Also.« Ich atmete durch, um mich zu beruhigen, aber es half nichts. Ich war ein einziges Nervenbündel. Kühle Luft streifte meine Haut, und das Rascheln der Blätter dröhnte mir in den Ohren. Selbst unsere Schritte, in perfektem Gleichklang, hallten laut auf dem Pflaster.

Warum war Conner hier? Ich konnte die Anspannung nicht länger ertragen und wollte nicht in einem Schweigen verharren, das so voller Fragen war.

»Wohin gehen wir?«, fragte ich, statt die eigentliche Frage zu stellen, die mir auf den Nägeln brannte.

»Zu diesem Bubble-Tea-Dings?«

»Oh. Da war ich noch nie. Ist es gut?«

»Weiß nicht. Aber du hast Audrey im Sommer mal gesagt, dass du hinwillst.«

Wir legten den nächsten halben Block schweigend zurück, und meine Gedanken drehten sich im Kreis. Wenn er mit mir zu dem Bubble-Tea-Stand wollte, konnte er doch nicht so wütend auf mich sein? Mach jetzt den Mund auf, Keiko, feuerte ich mich an.

»Bist du noch sauer auf mich?«

Conner warf mir einen Seitenblick zu, lächelte aber nicht. Wir blieben beide stehen.

»Ich muss dir was geben.« Er zog ein Metallkästchen hinter seinem Rücken hervor und reichte es mir.

»Was ist das?«, fragte ich.

»Mach's auf.«

Ich hielt das rechteckige Kästchen in der Hand, das kalte Metall vereiste mir die Hände.

»Na los«, sagte Conner.

»Warum?«

»Mach's einfach auf. Schnell.«

Conners unübersehbare Nervosität steckte mich an.

»Es ist doch hoffentlich keine von diesen eingerollten Spielzeugschlangen, die einem ins Gesicht schnellen?«

Conner streckte die Hand aus, öffnete den Deckel und ließ den Inhalt in meine Hand fallen. Es war kalt. Und feucht.

»Ein Schneeball?«, fragte ich, als ich merkte, was ich da in der Hand hielt. »Wie kommst du im Oktober in Pacific Vista zu einem Schneeball?«

Ich umfasste das eisige Ding mit den Händen und presste es zu einer kompakten Kugel zusammen. Die Kälte prickelte mir auf der Haut.

»Besser hab ich's nicht hingekriegt«, sagte Conner. »Ich habe Eiswürfel zermahlen. Meine Mom hat mich dabei erwischt und hält mich jetzt wahrscheinlich für komplett durchgeknallt.«

»Du hast mir einen Schneeball gemacht?« Das Eis schmolz schnell in meiner Hand, kaltes Wasser tropfte durch meine Finger.

»Gefällt er dir?«

»Ja, super«, hauchte ich. »Es ist das Schönste, was mir jemals jemand geschenkt hat.«

Conners Lächeln wärmte mich vom Kopf bis zu den Zehenspitzen.

»Danke«, sagte ich, während ich auf den Schneeball schaute und dann wieder zu Conner. Diese Augen. Dieses Lächeln. »Dann bist du also nicht mehr sauer auf mich?«

»Ich habe deine Nachricht bekommen.«

»Oh.«

»*Das* war das Schönste, was ich je von *dir* bekommen habe«, sagte Conner.

»Ich habe bisher nicht wirklich viel für dich getan«, sagte ich stockend. »Dabei warst du ein so guter Freund für mich, und ich wusste es gar nicht wirklich zu schätzen. Tut mir leid.«

Conner lächelte mich an, sodass mir das Herz wie ein Vogel in der Brust herumflatterte.

»Und mir tut es leid, dass ich eifersüchtig auf Gregor war und so bescheuert reagiert habe«, sagte Conner. »Ich glaube dir, dass nichts zwischen euch war.«

Ich atmete erleichtert auf.

»Und es tut mir auch leid, dass Audrey dich zu einer Entscheidung gezwungen hat – aber dass du mich gewählt hast, tut mir natürlich gar nicht leid.«

»Ich würde immer wieder dich wählen, Conner Lassiter«, sagte ich leise.

Conner nahm meine beiden Hände, und mein Herz klopfte wild.

»Keiko, nur damit wir das geklärt haben: Willst du meine Freundin sein?«

Conner sah unbeschreiblich süß aus, wenn er rot wurde. Ich konnte nur hoffen, dass das bei mir auch so war. Ich bekam kaum genügend Luft, um »Ja« zu sagen.

»Ähm.« Conners Gesicht blieb feuerrot.

»Was?«

Er beugte sich zu mir vor, und ich wich nicht zurück. Ich schloss nur die Augen, als seine Lippen sich auf meine legten, ein bisschen rau, aber warm, und küsste ihn zurück. Als wir auseinanderwichen, grinsten wir beide. Mein erster Gedanke war: *Das muss ich Jenna erzählen!* Aber dann sagte ich mir: *Warum denke ich jetzt an Jenna? Conner hat mich geküsst!* Und er stand direkt vor mir.

Ich schwor mir, mein Glück in Zukunft selbst in die Hand zu nehmen. Also konnte ich auch gleich damit anfangen. Ich ging auf die Zehenspitzen und legte meine Lippen zu einem zweiten Kuss auf Conners. Er war noch besser als der erste.

Danksagungen

Man braucht ungefähr vierhundert Kakaobohnen, um ein Pfund Schokolade herzustellen. Obwohl Romane schreiben eine einsame Tätigkeit ist, sind viele Leute nötig, um ein gutes Produkt daraus zu machen. Ich habe keinen Zweifel, dass mindestens vierhundert Personen mich beeinflusst oder mir bei der Publikation geholfen haben, und ich weiß jede einzelne von ihnen zu schätzen. Ein ganz besonderes Dankeschön an die folgenden:

Meine Agentin und meine Lektorin, die mir geholfen haben, meine Träume zu verwirklichen. Tricia Lawrence, meine Agentin, hat an mich und mein Schreiben geglaubt. Deine Führung und Freundschaft bedeuten die Welt für mich. Tiefer Dank auch an meine Lektorin Jenna Abramowitz, die Keiko und ihre Geschichte so liebt. Deine klugen Anmerkungen waren unverzichtbar, um Keikos Geschichte den nötigen Glanz zu verleihen.

Liebe und Dank an Jo Knowles und Cindy Faughman, meine Schreibpartnerinnen seit fünfzehn Jahren. Ihr wart da, als Keiko und ihre Freunde auf die Seite spazierten, und ihr habt mir durch viele Entwürfe geholfen. Ich werde euch beiden ewig dankbar sein, dass ihr eure Schreibzeiten geändert habt, als ich nach China gezogen bin, sodass wir weiter online zusammenarbeiten konnten. Ohne euch und ohne das wären diese Geschichte und andere vielleicht nie entstanden.

Für hilfreiches Feedback an Kristy Boyce, Debby Garfinkle und Grace Kendall (auch für den tollen [englischen] Titel). Dank an meine wunderbare Mentorin Jennifer Jacobson, die mich dazu animierte, tiefer zu graben, und an die restliche Leitung des Highlights Foundation Whole Novel Workshops: Melissa Wyatt, Rob Costello, Nicole Valentine, Nancy Werlin, Amanda Jenkins und Sarah Aronson. Ganz besonderen Dank an Andrea Wang für Verständnis, Unterstützung, Ermutigung und vor allem eine unverbrüchliche Freundschaft.

Der Weg des Schreibens war lang und holprig. Viele Freunde haben mich ermutigt, unterrichtet und angeleitet. Ich weiß sie alle aus tiefstem Herzen zu schätzen. Folgende Schlüsselpersonen waren sehr wichtig auf dieser Reise: Cynthia Leitich Smith (meine Mentorin in den ersten Anfängen), Laurie Halse Anderson, Jerry Spinelli, Jennifer Groff, Daphne Benedis-Grab, Cynthia Lord, Nancy Castaldo und die Livejournal Writing Community vom letzten Jahr. Danke an die lautesten Cheerleader: Kristy Boyce (du verdienst eine Menge Erwähnungen!), Jason Gallaher, Kara LaReau, Ann Braden (für den letzten entscheidenden Schubs), meine EMLA-Familie, Elly Swartz und meine lebenslange Freundin Lisa Fung. Besonders dankbar bin ich meiner *anam cara* Lynn Bauer – mein Licht im Dunkeln, mein Fels in der Brandung.

Besonderen Dank an Ben Bauer und Leigh Bauer, die alle meine Fragen in puncto Teenies beantwortet haben; Jeannine Atkins und Peter Laird, die mir ihr schönes Zuhause zur Verfügung stellten; das Cover-Model Halina James, weil sie Keiko so perfekt verkörpert; Dom Ramsey, Autor von *Chocolate*, für das spezielle Kakao-Rezept, das Keiko verwendet. Corrie Wang für den Namen des Imbissstands; meinen Mann Bob, der mir einen Schneeball aus zermahlenen Eiswürfeln gemacht hat, und meine Tochter Caitlin für die Gespräche über alles.

An alle bei Scholastic für ihre unermüdliche Unterstützung, unter anderem Shelly Romero, Abby McAden, David Lavithan, Jordana Kulak, Rachel Feld, Julia Eisler, Lizette Serrano, Emily Heddleson, Danielle Yadao, Stephanie Yang, Yaffa Jaskoll, Josh Berlowitz, Elizabeth Whiting, Nikki Mutch und das restliche Vertriebsteam.

An meine Mom, Yasuko Hirokane Fordiani, die alle meine Schreibversuche ab sechs Jahren aufwärts aufbewahrt hat, die mich in die Bibliothek mitnahm und nie Nein zu einem Buch sagte. Ich liebe dich. An meinen verstorbenen Vater, Denta Hirokane, der meine Liebe zu Büchern förderte, indem er mir von klein auf vorlas – ich liebe und vermisse dich.

Ich bin froh, dass ich eine Familie habe, die an mich

glaubt. Vielen Dank und alles Liebe an meinen Stiefvater Bob Fordiani; meine Schwester Gail Hirokane; meinen Schwager John Parkison; meine Nichte Laurel Parkison; und alle meine Tanten, Onkel und Cousins. Danke an die ganze Florence-Familie, die mich mit offenen Armen aufnahm – zu viele, um sie hier aufzulisten –, aber ganz besonders an meinen Schwiegervater Will; seine Frau Irene; und meine verstorbene Schwiegermutter Nell.

An SCBWI für Konferenzen und die schreibenden Freunde, die ich heute habe. An Lehrer und Bibliothekare und Autoren und Illustratoren: Ihr seid so inspirierend. An *We Need Diverse Books* für all die wichtige Arbeit, die ihr macht. An meine Leser und Buchhändler, insbesondere *Bank Square Books* und *Savoy Bookshop & Café*, danke für die ganze Unterstützung.

Ich habe das Beste bis zum Schluss aufgespart. Unendlich viel Dankbarkeit geht an meinen Mann, Bob Florence, für all die Jahre, die er an mich geglaubt hat, auch wenn ich es selbst nicht mehr konnte. Du hast mich immer unterstützt, hast nie nach dem Geld und der Zeit gefragt, die in mein Schreiben flossen. Danke, dass du meinen endlosen Erörterungen über meine Charaktere zugehört, dass du mit mir gefeiert und köstliche Mahlzeiten für mich zubereitet hast. Ich glaube, ich weiß gar nicht mehr, wie man kocht. Und danke für das »Word Nest«, mein Schreibstudio mit Blick auf einen Teich. Ohne deine Liebe und Unterstützung hätte ich das alles niemals geschafft.

An Jason Florence, meinen wunderbaren Stiefsohn – danke, dass du zu meiner Autogrammstunde gekommen bist, als ich in deiner Stadt war, und ebenso für die vielen Donuts, Spaziergänge und Hundegespräche. Ich bin so froh, dich in meinem Leben zu haben.

An Caitlin Masako Schumacher, meine liebenswerte, inspirierende Tochter, die mich schon mit acht Jahren darauf hinwies, dass ich traurig/griesgrämig werde, wenn ich ein paar Tage lang nicht schreiben kann. Danke, dass du mir Zeit und Raum zum Schreiben gelassen hast, statt mir Schuldgefühle einzureden, und dass du dich aufrichtig für mich freuen konntest, wenn ich gute Nachrichten erhielt. Auf dich ist eben Verlass! Danke, dass du an mich glaubst. Ich bin die glücklichste Mom der Welt.

Bob, Jason, Caitlin – ihr seid die perfekten Zutaten für eine Familie. Ich liebe euch!

Debbi Michiko Florence ist in Kalifornien geboren und aufgewachsen, als Amerikanerin mit japanischen Wurzeln in der dritten Generation. Sie ist stolze Mutter einer Tochter, eines Tierrettungshundes, zweier Enten und eines Kaninchens. Nachdem sie eine Zeit lang als Zoo-Pädagogin gearbeitet hat, schreibt sie heute Bücher in ihrem »Word Nest« in Connecticut, wo sie mit ihrem Mann lebt. Und natürlich liebt sie Schokolade, besonders die dunkle Sorte, ohne Nüsse, mit Karamell und Ahornsirup.
debbimichikoflorence.com